마이너스 인간

염유창 장편소설

해피북스
투유

저는 죽어 마땅한 죄인입니다. 천 번 만 번 죽어 마땅한 잘못을 저질렀습니다. 한순간의 그릇된 판단과 술기운으로 엄청난 실수를 반복하고 말았습니다. 제가 한 행동을 뼈저리게 후회하고 있습니다. 다시는 이런 일이 벌어지지 않게 하겠다고 반성하고 또 맹세합니다. 씻을 수 없는 상처와 고통을 받은 유가족께도 머리 숙여 깊이 사과드립니다. 그날의 사고는 단연코 제 의지와 무관하게 벌어진 일이었습니다. 회사에서 받는 스트레스가 극에 달했던 데다 가정불화까지 겹쳐 술을 진탕 마시게 됐고…….

막힘없이 오른쪽으로 내달리던 커서가 돌연 급브레이크를 밟았다. 글을 쭉 훑어보던 시윤의 입에서 쯧, 하고 마땅찮은 헛소리가 튀어나왔다. 문장이야 나무랄 데 없지만 진부했다. 이래서야 이름만 바꿔 복사 후 붙여넣기한 공장식 반성문과 다를 바 없지 않나. 판사의 심금을 울리기는커녕 하품만 유발하게 생겼다. 시윤은 주저 없이 백스페이스 키를 눌렀다. 커서가 역주행하며 활자를 남김없이 지워버렸다.

시윤은 뿔테 안경을 벗어 책상에 내려놨다. 쉬어도 풀리지 않는 피로감이 온몸을 옭아맸다. 지금처럼 글이 막힐 때면 피로는 더 기승을 부렸다. 시윤은 세수하듯 안면을 양 손바닥으로 감쌌다. 그런 다음 지끈대는 관자놀이를 손끝으로 꾹 눌렀다. 마사지는 별 효과가 없었다. 머릿속은 여전히 안개가 낀 듯 멍했다. 의자 머리 받침대에 뒷머리를 댄 채 눈을 감았다가 5초 만에 떴다. 고단한 콧숨을 내쉬며 목을 좌우로 돌렸다. 허리를 바로 세우고 의자를 책상 앞으로 바짝 끌어왔다. 한가하게 쉴 틈은 없었다. 오늘까지 넘겨줘야 할 반성문이 한 트럭이었다. 다시 안경을 쓰고 노트북 옆에 놔뒀던 의뢰인의 답변서를 들춰봤다.

의뢰인이 직접 작성한 답변서에는 이름, 주소, 직장 등의 개인정보는 물론이고 사건 경위나 그간의 심경 등이 간략히 기술돼 있었다. 이번 의뢰인은 그야말로 구제불능이었다. 벌써 세 번째 음주운전을 저질렀다. 단속에 걸린 게 세 번일 뿐이지, 그간 숨 쉬듯 음주운전을 되풀이했을 것이다. 첫 번째 사고 때는 그나마 자기 혼자 가로수를 들이박는 선에서 끝났다. 하지만 두 번째 사고에서는 폐차시켜야 할 정도로 차가 박살이 났다. 인명 피해도 발생했지만, 하늘이 도왔는지 양쪽 다 가벼운 타박상을 입는 정도로 그쳤다. 벌금형에 6개월 면허정지 처분을 받았지만, 그깟 처벌로는 망나니를 제어할 수 없었다. 사고 친 지 6개월도 안 돼 또 술을 처먹고 운전대를 잡았으니까. 몸도 가누지 못할 만큼 만취한 상태로. 사고 현장에서 실시한 음주 측정 결과 혈중알코올농도가 0.18퍼센트나 나왔다. 면허 취소 기준인 0.08퍼센트를 훌쩍 뛰어넘는 수치였다. 의뢰인은 경찰이 출동할 때까지 자신이 차로 사람을 쳤다는 사실도 인지하지 못한 채 인사불성으로 뻗어있었다.

반복된 음주운전의 말로는 참혹했다. 오토바이 배달로 가족을 먹여 살리던 40대 가장이 그 자리에서 즉사했다. 사람을 죽이고 한 집안을 완전히 파탄 냈는데도 반성하는 기미조차 없었다. 의뢰인과 직접 만난 적은 없지만 안 봐도 훤했다. 반성하는 인간이라면 애당초 음주운전을 하지 않았을 테니까. 유가족에게 죄송한 마음이 손톱만큼이라도 있었다면 형량 감경을 위한 반성문 대필을 의뢰하지도 않았을 테니까. 아마 재수 없게 걸렸다고 생각하겠지. 한술 더 떠 죽은 피해자를 원망하고 있을지도 모른다. 왜 하필 그때 내 차 앞으로 지나가서 자기 인생을 망쳤냐면서. 양심이 있으면 설마 그렇게 후안무치한 생각을 하겠느냐고? 세상에는 생각보다 양심 없는 작자가 수두룩하다.

의뢰 접수와 고객 관리를 전담하는 이 실장의 푸념을 들어봐도 양심을 팔아먹은 인간들은 쎄고 쎘다. 그녀 또한 의뢰인을 만나는 일은 거의 없었다. 대부분 전화나 메일로 일을 처리했다. 의뢰인들도 비대면 방식을 선호했다. 자신들의 추한 민낯을 여기저기 드러내고 싶지는 않을 테니까. 이 실장이 주고받는 통화만으로도 고객들의 됨됨이는 어렵지 않게 유추할 수 있었다. 우리의 소중한 고객님들은 태반이 상종 못 할 쓰레기였다. 자신의 죄를 깊이 뉘우치거나 반성하는 인간들은 손에 꼽을 정도였다. 본인의 죄로 인해 고통받는 피해자나 유가족은 안중에도 없었다. 피해보상이나 사죄하는 데도 심혈을 기울이지 않았다. 그들의 관심사는 오로지 형량 감경뿐이었다. 어떻게 하면 선처를 받아 형량을 낮출 수 있는지에만 혈안이 돼있었다.

반성문 대필을 시작했던 무렵에는 이런 시스템이 좀처럼 적응되지 않았다. 애초에 대필이란 작업 자체가 영 내키지 않았다. 왠지 작가의 양심과 본분을 저버리는 것 같은 기분이 들어서. 더구나 반성문은 학창 시절에도 써본 적이 없었다. 잘못한 것도 없는데, 잘못했다고 펜을 놀리려니 글이 써지지 않았다. 무엇보다 파렴치한 가해자들의 추악한 본성을 반듯하게 포장시켜준다는 것에 양심의 가책을 느꼈다. 흉악한 범죄를 저지른 건 다름 아닌 본인이면서도 그들은 온갖 데로 책임을 전가하기 급급했다.

어렸을 때 학대를 당한 탓이라느니, 항우울제를 먹고 있는 탓이라느니, 직장 사람들이 자신을 왕따시키고 괴롭힌 탓이라느니, 이 사회가 자신을 배척한 탓이라느니. 그들은 온갖 자질 구레한 핑계를 대며 선처를 호소했다. 동정표를 받기 위해 세상 불행하고 불쌍한 척은 다 했다. 더 기가 막힌 건 이런 얼토당토않은 연극이 제법 잘 먹힌다는 점이었다. 가해자의 반성 여부를 반성문이나 공탁금 등으로만 정량 평가하는 재판부의 안이한 태도도 문제였다. 실제로 반성문이 감형 판결에 영향을 미치는 경우가 적지 않았다. 가해자가 수차례 제출한 반성문을 참작했다는 판결문은 쉽게 찾아볼 수 있었다. 그렇기에 변호받을 권리가 당연한 것처럼 반성문 작성도 필수 코스가 되어버렸다. 반성문을 써주는 변호사나 법무사 혹은 대필 업체들이 우후죽순 난립할 수밖에 없었다.

시윤이 몸담은 곳 또한 그런 대필 업체 중 하나였다. 반성하는 척만 하는 머저리들을 대신해 반성문을 써줘야 한다는 것에 심한 자괴감을 느낄 때가 많았다. 솜방망이 처벌을 받게 해주는 데 자신이 쓴 반성문이 일조할지도 모른다고 생각하니 피해자에 대한 막연한 죄책감마저 생겼다. 그러나 시간이 흐를수록 그런 감정은 무뎌지고 엷어졌다. 금세 면역이 됐는지 아무리 흉악 범죄를 저지른 악당이라 해도 눈 하나 깜빡하지 않게 됐다. 기계적으로 반성문을 쓰고 또 썼다. 어차피 돈벌이 수단일 뿐이니까. 입에 풀칠이라도 하려면 어쩔 수가 없다고, 혹은 이 또한 피의자의 권리라고 정당화시킨 지 오래됐다. 그렇다고 해서 반성문이 술술 잘 써지는 건 아니었지만.

백지 상태의 워드프로세서를 눈알 빠지게 쳐다보고 있으려니 벨소리가 울렸다. 힐끗 휴대폰을 본 시윤은 미간을 찡그렸다. 이 실장이었다. 작가 관리도 그녀의 주요 업무 중 하나였다. 관리자보다는 사채업자처럼 느껴졌지만. 돈 대신 글을 내놓으라고 독촉하는. 안 받고 무시하려 해도 받을 때까지 벨이 요란하게 울릴 것이다. 시윤은 마지못해 휴대폰으로 손을 뻗었다.

"또 뭡니까? 아직 마감 시간도 안 됐는데."

"어머, 왜 이렇게 까칠하실까? 인사도 없이. 내가 무슨 빚쟁이라도 되는 것 같네."

이 실장이 특유의 코맹맹이 소리로 칭얼거렸다.

"빚쟁이나 다름없죠. 허구한 날 쪼아대고 닦달하잖아요. 돈이 아니라 반성문인 게 다를 뿐이지."

"그거야 기작이 늘 마감 시간을 못 지키니까 그렇지."

이 실장은 시윤을 '기작'이라고 불렀다. 기시윤 작가의 줄임말로, 제 딴에는 치켜세워 준다고 그런 별칭을 붙인 것 같았는데 시윤은 듣기 싫었다. 이 실장이 친한 척하며 은근히 말을 놓는 것도 기분 나빴다. 재택근무라 직접 부딪힐 일이 없다 보니 따지기도 뭐해서 참고 있을 뿐이었다. 시윤은 헛웃음을 삼켰다.

"마감 못 지키는 게 왜 내 탓입니까. 일이 몰릴 때는 하루에 열 개 가까이 쓰고 있잖아요. 그뿐이에요? 툭하면 긴급이라면서 중간에 딴 일을 마구 끼워 넣는데 어떻게 마감을 지킵니까? 그것도 반나절 만에 뚝딱 만들어내라고 하면서."

"우리 일은 스피드가 생명이라고 몇 번을 말해요. 시간 단축이 곧 돈이라고. 사이트에도 떡하니 박아놨잖아요. 3일 이내 수령을 원하면 7만 원, 이틀 10만 원, 하루는 15만 원, 열두 시간 이내는 18만 원이라고."

"내가 무슨 AI도 아니고 최소한 글감에 대해 고민할 시간은 줘야죠."

"고민 같은 걸 뭣 하러 하지? 누가 노벨문학상 받을만한 작품을 쓰래요? 반성문은 형식이 딱딱 정해져 있잖아. 거기에 맞춰서 의뢰인의 사연을 적당히 집어넣기만 하면 되는 걸 왜 사서 고생을 하는지 모르겠네."

시윤은 어이가 없었다. 그렇게 대충 써서 주면, 퇴짜 놓기 일쑤면서. 우리는 다른 업체와 달리 차별화된 고품격 반성문을 지향한다느니 하면서 핀잔줄 땐 언제고.

"막상 틀에 박히게 맞춰 쓰면 식상하다면서요?"

"그거야 타 업체 거랑 다른 점이 하나도 안 보여서 그랬던 거고. 기작은 책도 몇 권 출간한 등단 작가잖아. 프로인 만큼 당연히 높은 퀄리티의 결과물을 뽑아내야 하지 않겠어요? 그만큼 딴 작가에 비해 대우도 잘해주고 있는데."

시윤은 속으로 콧방귀를 뀌었다. 기껏해야 건당 5,000원을 더 주는 주제에 엄청나게 좋은 조건인 양 생색을 내다니. 허튼소리에 시간 낭비하고 싶지 않아 용건을 물었다.

"원고 때문에 전화한 겁니까?"

"아니라니까 그러네."

"또 긴급 의뢰 들어왔어요?"

"의뢰가 들어오긴 했지. 근데 반성문은 아니에요."

"반성문이 아니면 뭔데요? 탄원서요?"

"그것도 아닌데."

시윤은 뜨거운 콧김을 내뿜었다.

"지금 나랑 스무고개 하자는 겁니까? 마감 시간 내에 원고 받고 싶으면 빨리 얘기하시죠."

"뭐냐면…… 책 대필이에요."

뜸을 들이며 머뭇대던 이 실장이 말을 토해냈다.

"책 대필은 죽어도 안 한다고 했을 텐데요. 이만 끊습니다."

단칼에 거절하고 전화를 끊으려는데 이 실장이 다급한 목소리로 붙들었다.

"잠깐만, 왜 이렇게 성질이 급해. 다짜고짜 거절하지 말고 무슨 의뢰인지 들어나 봐요. 얘기 한번 듣는다고 손해 보는 것도 아니잖아."

"듣고 자시고 할 것도 없습니다. 자서전이든, 에세이든 남의 이름으로 책 내는 일은 절대 안 한다고 했을 텐데요."

"거참, 이해를 못 하겠네. 어차피 반성문 대필도 남의 이름으로 법원에 제출하는 거 아닌가. 반성문은 대신 써주면서 책만 안 되는 까닭이 뭔데? 소설을 대필해 달라는 것도 아니잖아."

돈 벌려고 이 바닥에 들어온 주제에 왜 책에만 알량한 작가의 자존심을 내세우는 건지 모르겠다는 투였다.

이 실장의 지적이 틀린 말은 아니었다. 어차피 대필은 다 똑같은 대필이니까. 반성문은 법적 기록물이고, 책은 출판물이라는 것만 다를 뿐이었다. 그럼에도 책 대필에만큼은 손을 대고 싶지 않았다. 모두가 거기서 거기라고 느낄지언정. 어쩌면 시윤의 마지막 보루라고도 할 수 있었다. 상황이 나아지면 언젠가는 다시 내 글을 쓰겠다는 각오를 마음 한편에 늘 품고 살았다. 현생에 시달리다 보니 그런 결심이 많이 바래지고 열어지긴 했지만, 아예 포기한 건 아니었다. 장르는 다를지라도 책 대필에 발을 들이는 순간, 유령 작가로 생을 마감할 것 같은 두려움도 컸다. 내 이름으로 된 작품을 영영 못 쓸 것 같은 불안이랄까. 게다가 반성문은 한번 내 손을 떠나면 더 이상 볼 일이 없다. 법원 기록 보관실에 영원히 봉인될 테니까. 그러나 책은 다르다. 시중 서점이나 인터넷, 혹은 도서관 같은 곳은 물론 지하철이나 누군가의 집에서 우연찮게 접할 수도 있다. 치부가 될 수도 있는 책이 언제 어디서 불쑥 고개를 들이밀지 모른다. 이런 심정을 이 실장에게 굳이 밝히고 싶지는 않았다. 말한다 해도 이해하지 못하겠지만.

"하기 싫은데 이유가 어디 있습니까? 그냥 하기 싫습니다. 이 얘기는 못 들은 걸로 하죠."

"이번 의뢰는 자서전이나 에세이류가 아니에요. 그러니까 긍정적으로 고려해 봐요."

"장르가 뭐든 저는 안 한다니까요."

"교양서적이에요. 심리상담 관련 서적."

이 실장은 시윤의 이야기는 듣지도 않고 제 할 말만 해댔다. 시윤은 깊게 한숨을 내쉬었다. 거머리 같은 이 실장을 떼어내려면 무작정 안 하겠다고 버티는 것보다 납득할 만한 변명을 대는 게 낫겠다 싶었다.

"제가 심리상담 관련 서적을 어떻게 씁니까? 심리상담사도 정신과 의사도 아닌데. 그쪽 분야는 쥐뿔도 모른다고요."

"에이, 대필 한두 번 해본 것도 아니고 아마추어처럼 왜 그래요? 분량이나 장르만 판이할 뿐이지, 반성문하고 하등 다를 게 없다니까. 집필에 필요한 자료나 글감은 의뢰인이 전부 제공해 줄 거예요. 부족하거나 필요한 게 있으면 그쪽에 요청하면 되고."

별걱정을 다 한다는 듯이 이 실장이 콧소리를 냈다.

"아무리 그래도 전공자도 아닌 사람이 쓰면 어설플 수밖에 없어요. 티가 난다고요. 수박 겉핥기밖에 안 된다니까요."

"책의 완성도는 그렇게까지 신경 안 써도 돼. 이런 의뢰인들은 대개 본인 이름이 박힌 책 한 권 갖고 싶어 하는 것뿐이니까. 자기도 이렇게 책을 냈다고 으스대면서 작가 행세를 하고 싶은 거지."

그딴 지적 허영심을 채워주기 위해 자신의 재능과 에너지를 허비해야 한다는 사실에 더더욱 거부감이 들었다.

"그저 작가 타이틀을 얻고 싶은 거라면 본인이 직접 써도 되잖아요."

"아무리 완성도는 크게 신경 안 쓴다 해도 최소한 출판 가능한 수준은 돼야 할 거 아니야. 의뢰인들은 대부분 글과는 거리가 먼 사람들이에요. 일평생 쓴 글이라고 해봤자 이력서의 자기소개서나 끼적여 본 게 고작일걸. 그러니 우리 기작 같은 전문가의 손길이 필요한 거지. 뭣보다 우리 의뢰인들은 본업이 너무 바빠서 글을 쓸 시간이 없다고."

"뭐가 됐든 전 안 합니다. 딴 사람한테 맡기세요. 저 말고 대필 작가가 없는 것도 아니잖아요."

"기작이 우리 회사 에이스니까 그렇지. 이 프로젝트는 기작이 아니면 안 된다니까. 의뢰인이 대필 작가로 기작을 콕 집었다고."

"에이스는 무슨? 만날 마감 못 지킨다고 타박할 때는 언제고. 보나 마나 실장님이 노예근성에 제일 찌든 나를 추천했겠죠. 됐습니다. 더 이상 긴말 안 하겠습니다. 저는 안 합니다. 끊습니다."

"자꾸 이런 식으로 나오면 우리도 힘들어요."

이 실장의 목소리 톤이 냉랭하게 바뀌었다. 당근이 먹히지 않으니, 채찍을 휘두르기로 작정한 모양이었다.

"힘들다니요? 무슨 뜻입니까?"

"자꾸 이렇게 비협조적으로 나오면 우리도 기작과 계속 일하기 힘들다고. 어떤 회사가 자기 편한 일만 가려 받는 프리랜서를 원하겠어?"

시윤의 턱 근육이 도드라졌다. 휴대폰을 쥔 손에도 힘이 들어갔다. 책 대필을 맡지 않을 거면 아예 일을 관두라는 소리였다. 예전의 시윤이었다면 일말의 주저 없이 때려치웠을 것이다. 그러나 무작정 객기를 부릴 나이는 진작 지났다. 그나마 싱글이었다면 입에 거미줄을 치는 한이 있어도 목을 빳빳이 세운 채 사표를 내던졌겠지만, 지금은 부양해야 할 가족이 있다. 비록 같이 살지는 않더라도. 매달 꼬박꼬박 보내줘야 하는 양육비와 생활비만으로도 허리가 휠 지경이었다. 울컥 치솟았던 반발심과 자존심은 이내 냉혹한 현실 앞에 무릎을 꿇었다.

"휴, 그렇다면 어쩔 수 없죠. 알겠습니다. 대신 이번만입니다."

"어머, 잘 생각했어."

이 실장이 간드러진 웃음을 흘리며 반색했다. 시윤은 내심 혀를 내둘렀다. 뒤끝이 없는 건지, 생각이 없는 건지. 말을 안 들으면 자를 것처럼 협박할 땐 언제고 즉각 살갑게 구니 어느 쪽에 장단을 맞춰야 할지 알 수가 없었다. 여하튼 이왕 일을 하기로 한 거, 실속이라도 확실히 챙기기로 마음먹었다.

"돈은 얼마나 주실 건가요? 자서전보다 전문 서적 대필료가 더 센 걸로 알고 있는데."

"엉큼하기는. 안 한다고 할 땐 언제고, 벌써 잇속을 챙기려는 거야. 하기야 다들 돈 벌려고 일하는 거니까. 페이는 걱정할 필요 없어요. 두둑하게 챙겨줄 테니까. 의뢰인이 저서 작업에 들어가는 비용은 아끼지 않을 거라고 했거든. 이 양반이 돈을 꽤 잘 벌어."

이 실장의 목소리는 한껏 들떠있었다.

버스에서 내리자마자 강렬한 햇살이 눈을 찔렀다. 시윤은 눈두덩 위에 손차양을 펼쳤다. 실눈을 뜨기 무섭게 후덥지근한 열기가 온몸을 에워쌌다. 어찌나 뜨거운지 살갗이 따가울 정도였다. 오만상을 쓰며 그늘이 드리워진 건물 밑으로 빠르게 피신했다. 도시 전체가 거대한 찜통을 방불케 했다. 차원이 다른 폭염이 연일 맹위를 떨치고 있었다. 인류의 생존이 위협받는 건 아닌지 염려될 정도였다. 땡볕 아래 거리를 오가는 사람들의 표정도 한결같았다. 하나같이 인상을 찌푸리고 있었다. 시윤의 불쾌지수도 최고치를 찍은 지 오래였다. 이런 날씨에 외출한 것부터가 짜증의 절반 이상을 차지하고 있었지만. 시윤은 대필을 의뢰한 고객을 만나러 가는 길이었다. 자료만 메일로 주고받으면 됐지, 굳이 만날 필요까지 없지 않냐고 구시렁댔지만 이 실장은 들은 척도 하지 않았다. 전문성을 필요로 하는 작업인 만큼 의뢰인과의 커뮤니케이션이 매우 중요하다며 등을 떠밀었다. 뭘 원하는지 요구 조건을 들어보고 알랑방귀도 뀌면서 돈줄의 비위를 맞춰주라는 뜻이었다.

심리상담센터는 지하철역에서 도보로 15분 거리였다. 선선한 날씨였다면 산책 삼아 걸어도 괜찮았겠지만 아스팔트마저 녹일 듯한 오늘 같은 날에는 끝없이 펼쳐진 사막을 횡단하는 기분이었다. 상담센터가 입주한 빌딩 앞에 도착했을 때는 겉옷은 말할 것도 없고 속옷까지 땀으로 흥건했다. 냉방 중인 건물로 피신하듯 들어가자 그나마 좀 살 것 같았다. 엘리베이터를 타고 6층에서 내리자, 복도 왼편에 유리문으로 된 출입구가 나타났다. 통으로 된 유리창에는 '한숨심리상담센터'라는 상호가 붙어있었다. 내부가 훤히 들여다보이는 안쪽에는 안내 데스크가 보였다. 입구만 봐도 규모가 작지 않은 듯했다. 심리상담 업계에서는 나름 잘나간다는 이 실장의 허세가 빈말은 아니었던 모양이다. 시윤이 기웃대며 문을 밀고 들어가자, 안내원이 친절한 미소로 응대했다.

"어서 오세요. 저희 심리상담센터에는 처음 방문하신 건가요?"

"뭐, 그렇죠."

"그러면 이것부터 작성해 주시겠어요?"

그녀가 질문지를 철한 클립보드를 볼펜과 함께 내밀었다. 볼펜 몸통에는 '한숨심리상담센터'라는 글귀가 박혀있었다. 시윤은 따뜻한 느낌을 주는 파스텔톤의 응접실 내부를 힐끗대며 사무적으로 말을 내뱉었다.

"저는 원장님을 뵈러 왔는데요."

안내원은 이런 이야기를 많이 듣는 모양인지 하도 많이 반복해서 외운 것 같은 대사를 읊어댔다.

"원장님은 예약이 많이 밀려있어서요. 지금 예약을 잡아도 상담받으시려면 서너 달은 걸릴 거예요. 센터의 다른 선생님들도 모두 실력이 좋으세요. 다른 선생님께 상담을 받아보시는 건 어떠세요?"

"전 상담이 아니라 다른 일 때문에 왔습니다. 집필 관련해서 왔다고 하시면 알아들으실 겁니다."

"아⋯⋯. 네, 실례했습니다. 성함이 어떻게 되시죠?"

"기시윤이라고 합니다."

안내원이 전화기를 들더니 단축번호를 눌렀다. 10초도 안 돼 응접실 안쪽 복도에서 슬리퍼 끄는 소리가 들려왔다. 이윽고 하늘색 카디건을 입은 노년의 남성이 모습을 드러냈다. 그의 외양은 인상적이었다. 일단 키가 매우 컸다. 시윤의 키가 178센티미터라 작은 편이 아닌데도 올려다봐야 할 정도였다. 얼핏 봐도 190센티미터는 돼 보였다. 덩치도 만만치 않았다. 은퇴한 운동선수가 아닐까 싶을 만큼 몸통이 두툼했고, 어깨도 떡 벌어져 있었다. 60대 후반의 연령대에서는 좀처럼 보기 힘든 체격이었다. 조찬식이 소탈한 태도로 인사를 건넸다.

"오셨습니까? 예정에 없던 상담이 잡히는 바람에 좀 늦었습니다."

"저도 방금 왔습니다."

"다행이네요. 이쪽으로 가시죠."

상담실을 겸하고 있는지 원장실은 말로 표현하기는 어렵지만 왠지 모를 안정감이 느껴졌다. 편안한 분위기 조성을 위해 인테리어에도 신경 썼겠지만, 주인의 성향이 방 안에 고스란히 배어난 듯했다. 시윤은 조찬식의 안내로 소파 한쪽에 엉덩이를 댔다.

"날도 더운데 오느라 고생하셨습니다. 음료는 뭐가 괜찮으실까요?"

"물 한 잔만 부탁드리겠습니다."

조찬식이 인터폰으로 물과 간단한 다과를 준비해 달라고 부탁했다. 책상에서 명함을 챙겨 돌아온 그가 시윤에게 공손히 건넸다.

"정식으로 인사드리겠습니다. 한숨심리상담센터를 운영하는 조찬식이라고 합니다."

명함을 받은 시윤은 잠시 명함에 눈길을 뒀다가 테이블 끝에 맞춰 내려놨다.

"변변찮은 글쟁이라 전 명함 같은 게 없습니다."

"변변찮다니요. 등단 작가라고 들었는데요. 책도 몇 권 내셨다고."

"몇 권 내기는 했지만 모조리 망했습니다. 초판도 다 못 팔아서 재고 처분됐죠."

시윤의 쓴웃음에 조찬식의 입꼬리가 의미심장하게 실룩였다. 마치 그 표정은 당신의 냉소적인 태도와 자기 폄하는 상처

받지 않으려는 방어기제라고 말하는 것 같았다. 자격지심으로 인한 확대해석이겠지만 왠지 속마음이 간파당한 기분이 들었다. 살짝 언짢아진 시윤은 곧장 용건을 꺼냈다.

"쓰고 싶으신 책은 정확히 어떤 분야인가요?"

"작가님은 수영을 할 줄 아시나요?"

뜬금없는 반문에 시윤은 입을 앙다물었다. 갑자기 웬 뚱딴지 같은 소리지. 쓸데없는 잡담을 나눌 기분도 아니고 시간도 없는데. 절로 나오려는 한숨을 집어삼키고 인내심을 발휘했다. 고객은 왕이고 갑이니까.

"자유형은 조금 할 줄 압니다."

"여름이면 워터파크나 해수욕장도 놀러 가시고요?"

"예전에는…… 종종 놀러 가고는 했었죠."

아이들은 여름만 되면 워터파크에 가고 싶다며 노래를 불러댔다. 물놀이라면 사족을 못 쓰는 녀석들이었다. 한파가 지속되는 겨울에도 온천형 워터파크에 꼭 가야 했다. 마지막으로 함께 갔던 게 벌써 5년 전의 일이었다. 그때는 그게 마지막 가족여행이 될 줄은 몰랐는데…….

목구멍에서 뜨거운 덩어리가 북받쳐 오르기 전에 시윤은 얼른 과거로 열렸던 창문을 닫았다. 욱신거리는 심장을 달래고 있는데 원장실 문이 열렸다. 쟁반을 든 직원이 들어오더니 테이블 위에 물컵과 커피, 다과 접시를 내려놨다.

직원이 나가자 조찬식은 김이 모락모락 피어오르는 머그잔을 들었다. 한여름에 뜨거운 아메리카노라니. 보기만 해도 식도가 타들어 가는 기분이었다. 시윤은 단번에 찬물을 반 컵이나 들이켰다. 메었던 목이 조금이나마 트이는 것 같았다. 시윤은 조찬식이 자신의 미세한 감정 변화를 알아채지 못한 것 같아 다행이라 여겼다. 조찬식이 커피를 홀짝이며 대화를 이어갔다.

"제가 아는 사람이 들었으면 부러워했겠네요. 그 사람은 10년 넘게 물놀이를 가지 못했거든요."

"지인분이 수영을 못 하시나 보죠? 그래도 물놀이 정도는 갈 수 있지 않나요? 튜브나 구명조끼도 있잖습니까."

"그런 것도 소용없습니다. 물을 얼마나 무서워하는지 입수는커녕 발만 적시는 것조차 못 하거든요."

"그 정도로 물을 질색한다니 안타깝네요. 뭐, 물을 무서워하는 사람도 많으니까요. 그깟 물놀이 못 한다고 사는 데 지장이 있는 것도 아니고요."

시윤은 별일 아니라는 듯이 입을 오므렸다.

"실은 일상생활에 지장이 많습니다."

"어떤 지장이 있는데요?"

"목욕탕을 못 갑니다. 심지어는 자기 집 욕조에도 발가락 하나 담그지 못해요."

시윤은 내심 놀랐다. 물을 무서워해 수영장이나 바다에 입수하지 못하는 사람은 적잖게 봤어도 이 정도로 심각한 증상은 처음 들어봤기 때문이다. 욕조에조차 못 들어갈 정도면 병적인 수준이 아닌가 싶었다. 시윤은 호기심을 참지 못하고 물었다.

"그토록 물을 무서워하게 된 계기라도 있었나요?"

"어렸을 때 계곡에서 물놀이하다가 죽을 뻔했거든요. 그때 이후로는 물 냄새만 맡아도 호흡 곤란이 올 정도라고 하더군요."

시윤은 순간 눈앞이 흐려졌지만 나와는 무관한 일이라고 속으로 되뇌며 마음을 다잡았다. 가빠진 숨을 들이켠 후, 말과 함께 천천히 뱉어냈다.

"그때 받았던 충격이 컸던 모양이네요."

"네, 중증 트라우마 환자였습니다. 안타깝게도 트라우마를 치료하지 못해 일평생 물의 공포에 시달렸죠. 이처럼 트라우마는 정신적 고통으로 끝나는 게 아니라, 일상이 붕괴되고 인간관계마저 피폐해진다는 게 더 큰 문제입니다. 트라우마로 괴로워하는 사람들을 돕는 게 제 사명이라고 생각하고요. 아까 작가님 질문에 대한 제 답변도 바로 이겁니다."

"책의 주제를 트라우마로 하고 싶다는 말씀인가요?"

"그렇습니다. 특히 재난 트라우마와 관련된 책을 출간하고 싶습니다."

시윤은 난감한 표정으로 목덜미를 쓸어내렸다. 심리 관련 서적이라고 해서 요즘 유행하는 MBTI나 예민한 성격 등을 다루는 흥미 위주의 가벼운 교양서일 줄 알았는데 조찬식은 논문 수준의 전문서를 원하는 모양새 아닌가. 이러면 이야기가 완전히 달라진다. 글쟁이에게 재난 트라우마 서적을 써달라니. 초등학생에게 수능시험을 보라는 격이었다. 늦기 전에 발을 빼야 한다는 경보가 머릿속에서 마구 울려댔다. 처음부터 영 내키지 않았는데 차라리 잘됐다 싶었다. 다른 이유도 아닌 능력 부족으로 고사하는 거라면 이 실장도 별수 없으리라.

"제가 이해한 바로는 전공자들이나 볼 법한 전문서적을 출간하고 싶으신 거 같은데……. 죄송하지만 이번 일은 제가 낄 자리가 아닌 것 같네요. 저보다는 이쪽 분야에 정통한 작가를 섭외하시는 편이 나을 겁니다."

"제 설명이 부족했나 봅니다. 저는 어렵고 난해한 전문서적을 출간하려는 게 아닙니다. 누구나 읽기 쉽고 공감할 수 있는 재난 트라우마 서적을 만들고 싶은 겁니다. 그러기 위해서는 관련 지식에 정통한 업계 종사자보다는 오히려 작가님 같은 비전공자가 이번 일을 지휘하는 게 적합하다고 판단했습니다. 독자들에게 더 쉽고 부담 없이 다가갈 수 있을 테니까요."

"타깃층을 그렇게 광범위하게 잡았다면 말씀하신 대로 독자의 눈높이에서 글을 쓸 수 있는 작가가 적임자겠지요. 그렇다 하더라도 재난에도 트라우마에도 문외한인 사람이 집필하게 되면 완성도가 떨어질 수밖에 없습니다. 심리학이나 상담 분야를 전공하신 분이 담당하는 게 결과물이 훨씬 좋게 나오지 않을까요?"

"누구나 살면서 불가항력적인 것과 맞닥뜨릴 때가 있습니다. 그게 커다란 재난일 수도, 경미한 사고일 수도 있겠죠. 대부분 시간이 지나면 당시의 기억은 희미해지고 몸도 건강해집니다. 하나 한번 다친 마음은 결코 쉽게 회복되지 않습니다. 다 극복했다고 확신하고 아무 문제도 없다고 믿지만, 실은 트라우마의 속박에서 벗어나지 못하는 거죠. 그런 분들에게 미약하나마 도움이 될만한 게 뭐가 있을지 고민해 왔습니다."

시윤이 고개를 갸웃거렸다.

"현재 상담센터를 운영하면서 도움을 주고 계시지 않습니까?"

"상담은 몹시 제한적이고 한정적인 수단일 뿐입니다. 상담사가 하루에 만나는 내담자는 많아야 예닐곱 명을 넘기지 못합니다. 더욱이 인식 개선이 많이 이뤄졌다고는 해도 상담센터나 정신과 방문을 꺼리는 분들도 여전히 많습니다. 몸이 아프면 치료를 받듯 마음 또한 병들었을 때 치료해야 한다는 사실 자체를 받아들이지 못하는 분들이 허다하죠. 그래서 책이라는 매개체를 선택한 겁니다. 다른 트라우마 환자들의 감정과 고통 그리고 극복 사례를 손쉽고 폭넓게 공유할 수 있으니까요. 이를 통해 트라우마를 대하는 자세라든가, 본인의 상처 난 마음을 어떻게 보듬고 어루만지는지 등을 배울 수도 있고요. 책을 읽음으로써 자신에게 문제가 있다는 걸 인지하는 것만으로도 커다란 진전이라고 할 수 있죠."

과장된 제스처도 없고 목소리를 높이지도 않았지만, 조찬식의 말에서 열띤 의지가 전해졌다. 가슴을 뒤흔드는 묘한 울림도 느껴졌다. 색안경을 끼고 그를 봤던 게 조금은 머쓱해졌다. 작가 타이틀에 대한 욕심 아니면 책을 센터의 홍보 수단으로 이용하려는 한심한 작자이겠거니 지레짐작했던 선입견은 상당히 묽어졌다. 돈벌이 수단이나 자기 과시를 위한 이기적인 출간이 아닌, 고통받는 이들을 돕기 위한 이타적인 목적의 출판이라니. 훌륭한 동기지만 조찬식의 포부를 곧이곧대로 믿는 건 아니었다. 시꺼먼 속내를 듣기 좋은 말로 포장하는 인간들은 쌔고 쎘으니까.

"기획 의도 자체는 훌륭하네요."

"좋게 봐주셔서 감사합니다. 저는 심리학 학위를 가진 사람보다 작가님의 도움이 훨씬 절실합니다. 심리학이나 상담학은 모르셔도 됩니다. 전문성이 필요한 부분이 있다면 제가 적극 도와드리겠습니다. 뭣보다 책을 내는 데 필요한 핵심 작업은 제 능력 밖의 일입니다. 오직 작가님만이 해주실 수 있는 일이죠."

"저만 할 수 있는 일이라니…… 그게 무슨 일입니까?"

"재난 트라우마를 겪고 있는 분들의 증언을 확보해 주시는 겁니다."

"말씀인즉 재난을 겪은 피해자들의 인터뷰를 따오라는 건가요?"

"그렇습니다. 재난을 겪었을 당시의 심경이나 그 후에 어떤 트라우마를 겪었는지, 그리고 현재 상태는 어떤지 등을 솔직 담백하게 듣고 취합한 다음에 글로 옮겨주시면 됩니다."

시윤은 숨이 막혔다. 들으면 들을수록 업무의 난도가 높아졌다. 빠져나가야만 하는 이유도 점점 늘어나고 있었다.

"그렇다면 더욱더 번지수를 잘못 짚으신 거 같은데요. 전 일개 대필 작가일 뿐입니다. 기자가 아니에요. 취재나 인터뷰는 해본 적이 없습니다."

"소설 집필 전에 자료 조사를 하지 않나요? 작가도 캐릭터와 관련된 인물 인터뷰나 설정 구성을 위해 사전 취재를 한다고 들었는데요."

"취재를 안 하는 건 아니지만 전문적인 인터뷰와는 완전히 다릅니다. 제가 전문 인터뷰어도 아니고요. 그리고 요즘은 인터뷰 없이도 인터넷에서 원하는 자료를 쉽게 찾을 수 있어서요."

"인터뷰라고 해서 부담 가지실 필요는 없습니다. 그저 대화를 나눈다고 생각하면 됩니다. 피해자들의 이야기에 귀를 기울여주고 그들의 아픔을 글로 어루만져주면 되는 겁니다."

부담 갖지 말라는 이야기가 더 부담으로 다가왔다. 시윤은 난색을 표했다.

"일반인과 인터뷰하는 게 아니잖습니까? 상담사도 아닌 제가 트라우마 환자들을 상대할 수 있을지 모르겠네요. 그전에 피해자들이 저를 만나주기나 할까요? 그들과 접촉하는 일부터가 난관일 것 같은데요."

"인터뷰 요청을 거절당할 수도 있겠죠. 그렇다 하더라도 진정성을 갖고 꾸준히 문을 두드리면 언젠가는 닫힌 마음을 열

수 있지 않을까요? 작가님께 저희 센터 명함을 만들어드리겠습니다. 저희 상담센터에서 재난 트라우마 서적을 제작 중이라고 하면, 그분들도 마냥 거절하지는 못할 겁니다."

시윤은 곤란한 얼굴로 입을 꾹 다물었다. 못 하겠다고, 아니 하기 싫다고 대놓고 말하고 싶었다. 시윤이 아무 대꾸도 하지 않자 조찬식이 파격적인 제안을 했다.

"최초에 제시했던 페이의 두 배를 드리겠습니다. 저는 이 작업을 작가님과 함께 꼭 진행하고 싶습니다."

"왜 하필 저죠? 그 정도 돈이면 덤벼들 작가가 줄을 설 텐데요."

"작가님이 쓴 책을 읽어봤습니다. 글에서 작가님만의 감수성과 배려가 물씬 풍기더군요. 그걸 보고 재난 트라우마 환자를 상대로 인터뷰를 진행할 수 있는 분이란 확신이 들었습니다. 수려한 글솜씨는 말할 것도 없고요. 오로지 작가님만이 제가 바라는 저서를 집필해 주실 수 있습니다. 트라우마 환자들이 일상을 되찾을 수 있도록 도와주십시오. 긍정적으로 검토해 주시길 꼭 부탁드리겠습니다."

이렇게까지 띄워주고 매달리는데 못 하겠다면서 단칼에 뿌리칠 수가 없었다. 실은 거절하기에는 몹시도 매혹적인 보수이기도 했다. 1년 정도는 일을 안 해도 먹고살 수 있을 정도니.

"인터뷰 대상은 어떤 기준으로 선정하는 겁니까? 재난을 겪었던 사람이면 누구든 상관없는 겁니까?"

"그건 아닙니다. 인터뷰는 별개의 재난을 겪은 사람들이 아닌 동일한 재난 피해자들을 대상으로 진행할 생각입니다. 트라우마 저서 역시 특정 재난에 초점을 맞출 거고요."

"특정 재난이라면 어떤?"

"성한시에 있는 포레그린뷰라는 아파트를 아십니까?"

시윤은 벌써 수염이 거뭇해진 턱을 쓸며 포레그린뷰라는 이름을 곱씹어봤다. 귀에 익었지만, 선명한 이미지는 떠오르지 않았다.

"글쎄요. 잘 모르겠는데요."

"작년에 산사태로 아파트 한 동이 매몰돼 일부 주민들이 지하주차장에 갇혔던 재난사고는 들어본 적 있으십니까?"

부연 설명을 듣자마자 왜 이름이 낯설지 않았는지 깨달았다. 시윤의 잇새로 탄성이 새어 나왔다.

"아, 작년에 산사태가 발생했던 아파트가 포레그린뷰였군요."

"맞습니다. 작년에 매몰 사고가 발생했던 아파트죠."

포레그린뷰는 성한시 양우산 기슭에 위치한 아파트 단지였다. 대기업 건설사가 분양한 프리미엄 브랜드는 아니지만, 나름대로 인지도가 있고 가격도 준수한 편이라 중산층 사이에서 제법 인기가 높았다. 단지 뒤쪽에 자리한 양우산도 가산점을 받기에 충분했다. 힐링과 휴식 그리고 자연 친화적인 환경이 새로운 주거 트렌드로 떠오른 덕분이었다.

산사태는 작년 8월 3일 오후 10시경 발생했다. 장마철이었던 터라 불시에 쏟아진 엄청난 양의 폭우로 지반이 약해진 게 주된 원인으로 지목됐다. 일각에서는 건설사가 비용 절감을 위해 산사태 방지망 및 취수시설을 제대로 설치하지 않았다는 주장도 제기됐다. 산을 무리하게 깎아서 아파트를 짓는 바람에 산사태 발생은 필연적이었다는 의견도 있었다.

어쨌든 산사태로 무너진 흙더미가 아파트 한 동을 덮쳤다. 대량의 토사가 1층 주거 공간의 반 이상을 뒤덮었다. 지하주차장 입구도 완전히 매몰됐다. 당시 지하주차장에 있던 아홉 명의 주민도 갇혔다. 설상가상으로 허물어진 지반을 통해 빗물과 지하수가 주차장 안에 차오르기 시작했다. 신속히 구조하지 않는다면 전원이 익사할 판이었다. 그러나 폭우가 멈추질 않았다. 2차 산사태 발생 우려도 제기됐기에 구조 작업은 더디게 진행됐다. 붕괴된 건축 더미와 토사를 파내 입구를 뚫는 데만 하루가 넘게 걸렸다. 그 사이 지하주차장 세 개 층이 완전히 침수됐다. 물을 빼내는 데만도 반나절이 소요됐다. 구조 관계자들을 비롯한 모두가 말은 안 했지만, 생존자는 없을 거라고 여겼다. 토사나 붕괴한 자재를 피해 운 좋게 살아남았더라도 익사했을 거라고 여기저기서 수군거렸다. 가족들마저 희망의 끈을 놓아버린 지 오래였다. 시신만이라도 온전히 찾을 수 있기를 바라는 분위기였다. 그런 암울한 전망이 현장뿐만 아니라 뉴스에서도 여실히 전해졌다.

구조대가 진입을 시작했을 때도 구조가 아닌 시신 인양 작업

일 뿐이라는 체념이 대다수의 머릿속에 박혀있었다.

들어간 지 30분쯤 지났을 때 뜻밖의 소식이 들려왔다. 구조대로부터 생존자를 발견했다는 무전이 들어온 것이다. 구조본부에서 대기하던 이들이 환호성을 터뜨렸지만, 그 기쁨을 오래도록 만끽하지는 못했다. 생존자가 있어 봐야 고작 한두 명일테고, 줄초상은 피할 수 없는 일일 테니. 그러나 잠시 후 기정사실이나 다름없었던 절망적인 예상이 완전히 빗나갔다. 한 명을 제외한 여덟 명이 살아남았다는 희소식이 전해졌기 때문이다. 믿지 못할 소식이었다. 마침내 구조대가 생존자를 구조해 밖으로 나왔을 때, 포레그린뷰는 비극과 참상의 재난지가 아닌 감격과 환희의 장소로 탈바꿈했다. 한 명을 제외한 매몰자 전원이 그야말로 기적적으로 생환해서 돌아왔으니까. 한동안 뉴스와 신문이 온통 그 사건으로 도배됐었으니 성한시 시민이라면 모르려야 모를 수가 없었다. 시윤이 껄끄러운 표정으로 물었다.

"제가 인터뷰해야 할 대상이 포레그린뷰 재난의 생존자들입니까?"

"그렇습니다. 희생자 한 분을 제외한 여덟 분의 인터뷰를 해주십시오."

"그분들이 인터뷰에 응할까요?"

"작가님 생각에는 어떨 것 같습니까?"

조찬식이 반문했다.

"문전박대라도 당하지 않으면 다행이겠죠. 여덟 명 중 절반이라도 인터뷰에 나설지 의문이네요. 재난 당시의 끔찍했던 기억을 떠올리고 싶어 할 사람은 없을 테니까요. 참혹했던 기억을 완전히 떨쳐내기에는 1년이란 시간이 터무니없이 짧아 보이기도 하고요. 당시의 공포와 충격으로 아직도 힘들어하고 있을 겁니다. 아니, 생사의 기로에 섰던 일이니만큼 평생 잊어버리지 못하겠죠. 어쩌면 간신히 극복해 낸 상처를 도로 끄집어내 들쑤시는 일이 될 수도 있습니다."

"작가님의 우려는 이해합니다. 그만큼 트라우마란 놈은 집요하고 무섭지요. 제 지인의 사례만 봐도 알 수 있듯이요. 쉽지 않은 작업이 될 겁니다. 그렇기에 더더욱 그분들의 인터뷰를 책에 담아야 합니다. 그분들이 느꼈던 감정과 경험담이 다른 환자들에게 훌륭한 본보기가 될 테니까요. 뭣보다 그분들 자신들을 위해서라도 꼭 필요한 작업입니다. 가슴속에 응어리졌던 것을 털어놓는 것만으로도 트라우마가 완화되거나 치유되는 경우가 많거든요."

시윤은 조찬식의 열정적이면서도 간절한 눈빛을 외면했다. 훌륭한 취지임에는 분명하지만 벌써부터 골치가 아팠다. 듣기만 해도 여간 까다로운 작업이 아니었다. 고생길이 눈앞에 선했다. 인터뷰는커녕 생존자들과 말 한마디나 섞을 수 있을지 걱정부터 앞섰다. 그런 낌새를 눈치챘는지 조찬식이 구슬리듯 혀를 놀렸다.

"작가님이 수락만 해주신다면 제가 생존자들에 대한 정보부터 시작해서 필요한 것은 뭐든 전폭적으로 제공해 드리겠습니다. 그러니 너무 걱정하실 필요 없습니다. 메일 주소를 알려주시겠습니까?"

"메일 주소는 왜 물어보시죠?"

"트라우마 환자들의 치료 사례가 담긴 자료를 보내드리려고요. 프로젝트의 당위성을 이해하는 데 큰 도움이 될 겁니다."

보고 싶지 않았지만 필요 없다고 말할 수도 없는 노릇이었다. 시윤은 테이블 위에 놓인 메모지를 한 장 뜯어냈다. 펜을 찾는 시늉에 조찬식이 냉큼 책상에서 고급 만년필을 가져왔다. 메일 주소를 쓴 메모지를 건네자, 조찬식은 연신 잘 부탁드린다면서 시윤이 이미 일을 맡은 것처럼 활짝 웃었다.

고민할 시간을 며칠 달라고 했지만, 면전에서 거절하기 민망해서 댄 핑계일 뿐이었다. 맡을 일이 아니라는 생각에는 변함이 없었다. 심사숙고할수록 확고해졌다. 한번도 써본 적 없는 생뚱맞은 분야라서 자신이 없었다. 끔찍한 재난을 겪은 생존자들과 인터뷰해야 한다는 점도 막대한 부담으로 다가왔다. 뭣보다 생존자 중 유일한 희생자가 물에 빠져 죽지 않았던가. 그 사실을 떠올리는 것만으로도 온몸의 모공에서 식은땀이 샘솟았다. 재난과는 아무 연관 없는 사고였다고 하지만, 익사했다는 점만으로도 숨통이 조여들었다. 이런 증상도 트라우마의 일종인 걸까. 개인적인 문제는 둘째치고 적성에도 맞지 않았다.

시윤은 대화 상대방의 감정에 공감을 못하는 편이었다. 푸념이나 하소연을 들으면 왜 이깟 일에 상처나 스트레스를 받는지, 왜 우울해하거나 힘들어하는지 이해하지 못했다. 상대방 이야기에 집중하지 못하고 문제의 원인부터 찾기 바빴다. 당신 잘못인 것 같은데, 라는 직설을 집어삼키느라 애를 써야 했다. 그렇기에 누군가의 하소연을 꿋꿋이 경청해 주며 무조건적인 지지를 보내는 일에는 소질이 없었다. 이런 천성과 관련해 경미에게도 핀잔을 들은 적이 있었다. 오빠는 책은 잘 읽으면서 사람의 마음을 읽는 건 귀찮아한다고. 사람 자체에 관심이 없는 것 같다고. 기분이 썩 좋지는 않았지만 곰곰이 따져보면 틀린 말도 아니었다. 딱한 사정이나 안타까운 사연을 접하면 불쌍하다거나 안됐다는 마음이 안 드는 건 아니었다. 그러나 그게 끝이었다. 그 이상은 강 건너 불구경하는 느낌이었다. 타인의 사생활이나 골치 아픈 남의 일에 엮이고 싶지 않다는 게 솔직한 심정이었다. 그만큼 징징댔으면 적당히 좀 하라고, 본인 문제는 본인이 알아서 해결하라고 내뱉고 싶었던 적이 한두 번이 아니었다.

이렇게 기계 같은 인간 보고 극심한 트라우마를 겪고 있는 생존자들의 인터뷰를 진행하라고? 터무니없는 일이었다. 그들을 어떻게 대해야 할지, 무슨 이야기를 나눠야 할지 감도 잡히지 않았다. 멋모르고 덤볐다가 가까스로 안정을 찾은 그들을 자극할지도 모른다. 상태가 더 악화될 수도 있다. 아무리 배를 쫄쫄 굶었다 해도 아무거나 덥석 받아먹었다간 탈이 나기 마련이다. 조찬식이 제시한 조건은 군침을 흘릴 만큼 매력적이었지만 분수에 맞지 않는 일은 고사하는 게 마땅하다. 양쪽 모두에게 좋지 않은 결과가 나올 게 뻔했다. 시윤이 스트레스를 받는건 마땅히 감수한다 해도 의뢰인이나 인터뷰 상대에게까지 민폐를 끼칠 수야 없는 노릇 아닌가.

그렇게 생각을 정리했을 무렵, 국제전화가 걸려 왔다. 한때는 가족이었지만 지금은 남보다 못한 사이가 돼버린 사람으로부터.

시윤은 무심코 탁상 달력을 봤다. 양육비를 보내려면 아직일주일이나 남았다. 경미가 연락을 해올 때는 돈과 관련된 일밖에 없었다. 시윤도 먼저 전화하지 않았다. 경미와 통화할 때면 으레 수연이의 안부를 물었지만, 수연이를 바꿔달라고 한적은 없었다. 수연이를 바꿔줄 생각이 없는 건 경미도 마찬가지인 듯했다. 시윤이 전화만 하면 수연이는 자고 있거나 외출중이었으니까. 그날 이후로 자신을 대하는 아빠의 태도가 미묘하게 변했다는 걸 수연이가 감지했을지도 모른다. 그런 애정의거리감은 아이가 더 민감하게 캐치하는 법이니까. 아무렇지 않은 척 부녀지간에 대화를 나누고 싶어도, 괜찮지 않다는 게 티가 날까 봐 두려웠다.

어쨌든 지금은 전화가 올 시기가 아니었다. 좋지 않은 예감에 목 언저리의 맥박이 빠르게 뛰었다. 시윤은 전화를 받았다.

"웬일이야? 이 시간에 전화를 다 하고."

잠깐 뜸을 들인 경미가 초조한 목소리로 운을 뗐다.

"수연이가 아파."

시윤의 심박수와 함께 말투도 빨라졌다.

"아프다니? 어디가?"

"학교에서 갑자기 쓰러져서 병원에 갔더니 신장이 망가졌대. 이식수술을 받아야 한대. 아니면 평생 투석을 받아야 한다고……."

"뭐? 그동안 아무 증상도 없었잖아. 그게 아니면 나만 몰랐던 거야?"

시윤이 나무라듯 언성을 높이자, 경미가 변명조로 우물거렸다.

"나도 몰랐어. 가끔 배가 아프다는 얘기를 하긴 했는데 단순 복통인 줄 알았다고. 이렇게 심각한 병일 줄은 몰랐어."

"그게 애 엄마라는 사람이 할 소리야? 아프다고 했을 때 진작 병원에 데리고 갔어야지!"

"이쪽 상황도 잘 모르면서 쉽게 말하지 마. 수연이한테 소홀히 한 적은 한번도 없으니까."

경미가 억울하다는 듯이 볼멘소리를 냈다. 시윤은 머리카락을 헝클며 뒤숭숭한 심경을 다잡았다. 책임 소재를 따질 때가 아니다. 수연이의 상태부터 확인했다.

"수연이는? 입원 중인 거야?"

"신장 투석만 받고 일단 퇴원했어. 당장 수술할 수 있는 처지도 아니니까."

"수술은 언제 할 수 있는데? 설마 기증자가 나올 때까지 하염없이 기다려야 하는 건 아니겠지?"

"내 신장을 공여할 거야. 검사해 봤는데 다행히 내 신장이 수연이 몸에 적합하대."

시윤은 다소 안심했다. 하지만 두 사람 다 수술을 받아야 한다는 사실에 마음이 편치 않았다. 잠깐 대화에 틈을 뒀던 경미가 머뭇대며 말을 꺼냈다.

"수술비가 필요해. 알지? 여기 의료비 장난 아닌 거. 의료보험 혜택을 받아도 돈이 꽤 많이 들 거야."

"그냥 한국 들어와서 수술받는 건 어때?"

시윤의 제안을 경미가 단박에 내쳤다.

"그건 안 돼. 신장 이식수술을 받는다고 끝나는 게 아니야. 정기적으로 병원에 다니며 관리를 받아야 한다고. 수술은 여기서 해야 해."

"이참에 아예 한국으로 들어오면 되잖아. 그러면 나도 틈틈이 수연이를 돌볼 수도 있고."

싸늘한 침묵이 내려앉았다. 시윤은 자신이 해서는 안 될 말을 꺼냈다는 걸 비로소 깨달았다. 경미의 말투가 냉랭하게 변했다.

"내가 왜 당신을 떠났는지 잊어버렸어? 미국으로 올 때 분명히 말했을 텐데. 다시는 수연이를 당신과 만나게 해주지 않을 거라고."

시윤은 안타까운 탄식을 내뱉었다.

"벌써 5년이나 지났어. 당신도 이제 그만……."

경미가 핏덩이를 토해내듯 소리쳤다. 원망과 분노 그리고 비통이 단단히 응어리진 목소리로.

"이제 그만 뭘? 그만 잊으라고? 당신이 수연이를 쳐다보던 눈빛을 어떻게 잊어? 당신이 수연이에 대해 했던 말을 무슨 수로 잊느냐고! 당신이 했던 짓은 이미 내 심장에 문신처럼 아로새겨졌어. 죽을 때까지 지워지지 않는다고!"

말을 쏟아내던 경미가 숨죽여 흐느꼈다. 시윤의 가슴 한쪽도 욱신거렸다. 미안했지만 한편으로는 억울하고 답답했다. 훌쩍거리던 경미가 진정될 때까지 기다렸다가 변명하듯 달래었다.

"그땐 나도 제정신이 아니었잖아. 수민이가 그렇게 우리 곁을 떠날 줄은 몰랐으니까. 충격 탓에 이성적으로 생각할 수 없는 상태였다고. 내 잘못이 큰 건 알지만 수연이는 내 딸이야. 난 수연이를 사랑하고. 그러니까……."

경미가 가차 없이 말을 잘랐다.

"마음에도 없는 소리 하지 마! 수연이를 사랑한다는 사람이 수연이랑 통화 한번 안 해? 돌아오라고 하는 소리면 쓸데없는 짓이니까 그만둬! 여기 정착하려고 그동안 얼마나 고생했는지 알아? 힘들게 다진 기반을 모조리 내팽개치고 돌아갈 순 없어. 수연이도 이곳 생활과 학교에 완전히 적응했어. 친구들도 얼마나 많이 사귀었는데. 근데 새로운 곳에서 처음부터 다시 시작하라고? 그게 애한테 얼마나 가혹한 짓인지 모르지? 수연이한테는 한국이 외국이나 다름없어. 가뜩이나 몸도 안 좋은데 낯선 환경에서 투병생활을 병행하면 마음마저 병들 거야."

뭘 모르면 가만히 있으라는 듯이 쏘아붙이는 통에 시윤은 입을 다물었다. 그녀의 지적이 옳았다. 정을 붙인 곳에서 수술받고 회복하는 게 심적으로나 요양에 있어서나 더 도움이 될 터였다. 명색이 아버지인데 아픈 딸을 위해 해줄 수 있는 게 아무것도 없다니. 무력감이 전신을 휘감았다. 시윤의 목소리가 돌덩이를 매단 듯 축 가라앉았다.

"그래, 수연이가 안정감을 느끼는 곳에서 수술받는 게 좋겠지. 돈은 어떻게든 마련해 볼게. 무슨 일 생기면 바로 연락주고."

전화는 고맙다는 인사도 없이 끊어졌다.

시윤은 다음 날 센터 오픈 시간에 맞춰 조찬식에게 연락했다. 인터뷰를 비롯해 트라우마 저서 작업을 맡겠다고 전하자, 그는 뛸 듯이 기뻐했다. 제안했던 두 배의 보수를 선불로 달라는 요구도 흔쾌히 받아들였다. 시윤은 남몰래 가슴을 쓸어내렸다. 조찬식이 얼토당토않는 요구라면서 없던 일로 하자고 하면 어쩌나 싶어 내심 마음을 졸였던 것이다. 그는 포레그린뷰 생존자들의 자료부터 우편으로 보내주겠다고 했다. 또한 저서 제작은 시윤이 전문가니 인터뷰 및 집필 등 작업 일체를 일임하겠다고도 말했다. 귀찮고 부담스러운 일을 모조리 떠안은 기분이 들었지만, 투덜거릴 처지가 아니었다.

소개료로 몇 퍼센트나 받아먹는지는 모르겠지만 이 실장도 웃음기를 감추지 못했다. 그녀는 작업이 완료될 때까지는 반성문 쪽은 거들떠보지 않아도 된다며 선심 쓰듯 말했다.

다음 날 바로 계약서와 자료가 퀵으로 도착했다. 계약서에 사인을 해서 보냈더니 오후에 계좌로 돈이 입금됐다. 시윤은 곧장 은행으로 달려가 받은 돈을 몽땅 경미에게 송금했다. 돈을 잘 받았다는 경미의 문자를 받고 나서야 시윤은 한시름 놓을 수 있었다. 시윤도 미국행 비행기에 몸을 싣고 싶었다. 딸의 곁에서 손을 잡아주고 싶었다. 괜찮을 거라고, 금방 건강해질 거라고 응원해주고 싶었다. 하지만 항공료도 체류비도 부족했다. 무리해서 가려면 갈 수야 있겠지만 그러지 않는 편이 수연이를 포함한 모두를 불편하게 만들지 않는 일이었다. 이제부터 돈값도 해야 했다.

시윤은 착잡한 기분을 애써 밀어내고 작업에 착수했다. 저서 작업의 핵심은 생존자들의 인터뷰였다. 생존자들과의 인터뷰 성공 여부에 이 책의 성패가 달려있다고 해도 과언이 아니었다. 그들의 인터뷰를 싣지 못하면 출간 의미가 없다고 조찬식은 누누이 강조했다. 끈질기게 설득하고 회유해도 상대가 인터뷰를 완강히 거절하면 이쪽에서는 별도리가 없다. 어쩌면 절반 이상 거절할 가능성도 염두에 둬야 한다. 그렇게 조언했지만, 조찬식은 여덟 명 전원을 섭외해야 한다고 신신당부했다. 부드럽고 유순했던 인상과는 달리 일과 관련된 부분에 있어서는 깐깐하기 그지없었다. 시작도 하기 전에 진이 빠지는 느낌이었다.

조찬식이 보내준 우편물 봉투 안에는 시윤의 명함도 동봉돼 있었다. 명함 왼쪽에 '한숨'이라는 상호가 금박으로 반짝거렸다. 그 밑에는 작은 글씨로 심리상담센터라고 적혀있었다. 시윤의 이름 상단 오른쪽에는 얇은 폰트로 '인터뷰어 & 작가'라고 표기돼 있었다. 난생처음 명함이 생기니 기분이 묘했다. 요즘은 명함을 들고 다니는 작가가 드물지 않지만, 시윤은 생전 명함을 만든 적도 누군가한테 줘본 적도 없었다.

명함을 테이블 한쪽으로 치우고 자료를 꺼냈다. 생존자들에 대한 개인정보는 간략했다. 신상이라 해봤자 생년월일과 이름, 연락처 그리고 현재 거주지 및 직업 등이 다였다. 적은 분량이라 A4 한 장에 여덟 명의 정보가 전부 담겨있었다. 시윤은 생존자들의 정보를 찬찬히 훑어봤다.

여전히 포레그린뷰에 살고 있는 생존자는 안도진과 신지아, 그리고 박유선 세 명뿐이었다. 나머지 다섯 명 남정운, 이혜나, 오재환, 김광일, 임창민은 재난 이후 다른 동네로 이사했다.

시윤은 우선 포레그린뷰에 거주 중인 생존자들부터 만나보

기로 했다. 현재는 말끔히 복구됐겠지만 재난 현장이었던 아파
트도 한번 둘러보고 싶었다. 세 명 중 누구와 가장 먼저 접촉할
지 고민하다가 박유선을 골랐다. 전업주부이니 아무래도 집에
있을 가능성이 높지 않을까, 하는 단순한 이유에서였다.

　심호흡을 몇 차례 한 뒤 박유선의 휴대폰으로 전화를 걸었
다. 신호음이 세 번쯤 울렸을 때 상대가 전화를 받았다.

　"여보세요?"

　"안녕하세요. 박유선 님 되시나요?"

　"네, 그런데요. 누구시죠?"

　수다를 즐길 것 같은 높은 톤의 경쾌한 목소리였다. 모르는
번호일 텐데도 귀찮아하는 낌새는 없었다.

　"저는 기시윤이라고 합니다. 한숨심리상담센터라는 곳에서
작가로 일하고 있습니다."

　"심리상담센터요?"

　의아하면서도 호기심이 동했는지 말꼬리가 올라갔다.

　"네, 작년에 발생했던 포레그린뷰 재난사건의 생존자 중 한
분이시죠?"

　"아……. 그런데요."

　퍼뜩 경계심이 생겼는지 어조가 떨떠름해졌다. 시윤은 최대
한 정중하게 용건을 밝혔다.

　"저희 센터에서는 정신적 고통을 겪고 있는 분들의 심리 상
담을 해드리고 있습니다. 박유선 님처럼 불운한 재난이나 사고

로 마음을 다친 분들의 치유도 돕고 있고요. 다름이 아니라 이번에 저희 센터에서 재난 피해자들에게 힘이 되어줄 책을 제작 중입니다. 박유선 님 같은 재난 생존자들의 증언을 주요 내용으로 담을 예정이고요. 인터뷰에 참여해 주신다면 재난을 겪고 힘들어하는 이들에게 많은 위로와 도움이 될 겁니다. 괜찮으시다면 직접 만나 뵙고 말씀을 드려도 될까요?"

"난데없이 인터뷰라니……. 좀 당황스럽네요. 그때 일에 대해서는 딱히 할 말이 없는데요."

"인터뷰라고 해서 거창하게 생각하실 필요는 없습니다. 그냥 차 한잔 마시면서 가볍게 대화한다고 여기시면 됩니다. 당시 느꼈던 감정이라든지, 재난을 겪고 나서 일상에 생긴 변화나 달라진 마음가짐이라든지, 그런 내용들을 친구와 수다 떤다고 생각하시고 편안하게 말씀해 주시면 됩니다."

"글쎄요……. 제 얘기가 도움이 될지 잘 모르겠네요."

"자신을 희생해 타인을 구한 영웅적인 이야기를 원하는 게 아닙니다. 그런 훈훈한 미담이 있었다면 사실대로 들려주셔도 되지만요. 다시는 가족을 보지 못할까 봐 두려웠던 감정, 죽음에 대한 공포, 살고 싶은 의지, 그리고 눈만 감으면 떠오르는 악몽 등 박유선 님이 겪었던 일들을 꾸밈없이 들려주시면 됩니다. 이런 이야기에서 트라우마 환자는 재난 생존자들도 나와 다르지 않다는 걸 느끼고 큰 공감과 위안을 받거든요."

휴대폰 너머에서 애매한 탄식이 들려왔다. 나쁘지 않은 징조

였다. 망설이고 있다는 뜻이었으니까. 처음에 얘기를 듣자마자
에둘러 거절했을 때보다는 한 발 더 나아간 상태였다. 시윤은
조금 더 밀어붙였다.

"일단 찾아뵙겠습니다. 만나서 자세한 설명을 드리고 싶습
니다. 그때도 영 내키지 않으시면 거절하셔도 되니까요."

"괜히 헛걸음만 하시는 건 아닌지……."

"괜찮습니다. 어차피 그쪽에 볼 일이 있거든요. 다른 분들도
찾아봬야 해서요."

"다른 분이라면…… 누구요?"

그녀의 말꼬리가 어지럽게 흔들리는 듯했다.

"포레그린뷰에 거주 중인 안도진 씨와 신지아 씨도 만나 뵐
생각입니다. 차후 나머지 생존자분들께도 인터뷰 요청을 드릴
거고요."

"저뿐만 아니라 포레그린뷰 생존자 전원과 인터뷰할 거란
말씀이신가요?"

"그렇습니다. 책에서 다루게 될 주된 내용이 포레그린뷰 아
파트 재난 생존자분들의 트라우마라서요."

앓는 소리 같은 신음이 귓속으로 새어들었다. 더 밀어붙였다
간 역효과가 날 것 같아 시윤은 잠자코 기다렸다. 잠시 시간을
갖고 기다리자 긍정적인 답변이 돌아왔다.

"그럼 오세요. 직접 얘기를 들어보는 게 좋겠네요."

약속 시간을 정하고 전화를 끊은 시윤은 참았던 숨을 토해내

며 어깨를 늘어뜨렸다. 영업사원이나 텔레마케터가 된 기분이었다. 시작은 나쁘지 않았지만 역시 이런 일은 적성에 맞지 않는다는 확신만 강해질 뿐이었다.

양우산역 3번 출구로 나오자 고소한 냄새가 코를 간질였다. 떡볶이, 순대 등 분식류는 기본이고 우동과 닭꼬치, 닭똥집을 파는 술집 포장마차가 인도를 따라 주르륵 늘어서 있었다. 아직 해가 중천인데 벌써 플라스틱 테이블에 자리를 잡고 술판을 벌이는 등산객들도 보였다.

시윤은 잰걸음으로 노점상이 점거한 인도를 지나쳤다. 정신 산만한 거리를 빠져나와 오르막길로 진입하자 주택가가 나타났다. 잘 포장된 도로는 생각보다 가팔랐다. 얕은 숨을 헐떡이며 10분쯤 올라갔을 때, 왼쪽으로 포레그린뷰가 보였다. 아파트 입구 맞은편 샛길에는 양우산 정상으로 가는 등산로 팻말이 서 있었다.

멈춰 선 시윤은 숨을 고르며 포레그린뷰의 전경을 쭉 둘러봤다. 아파트는 깔끔하고 단정했다. 어디서도 재난의 흔적은 찾아볼 수 없었다. 어찌 보면 당연했다. 1년이나 지난 데다 산사태의 직격탄을 맞은 건 아파트 단지 맨 끝에 위치한 1501동이었으니까. 아파트 단지를 둘러싼 양우산도 지극히 안전하고 온화해 보였다.

시윤은 경비실을 지나 단지 안쪽으로 걸음을 옮겼다. 포레그린뷰는 일반적인 아파트의 외관과 별반 다르지 않았다. 주민들의 낯빛에서도 불안감이나 긴장감을 찾아볼 수 없었다. 1501동도 재난의 참상이 어두침침하게 서려있을 거란 예상과 달리 화사한 빛마저 띠고 있었다. 토사가 덮치고 빗물과 지하수가 가득 들어찼던 지하주차장 입구도 마찬가지였다. 막 분양된 새 아파트처럼 완벽하게 복원돼 있었다. 위태로운 조짐이나 조마조마한 낌새는 손톱만큼도 찾아볼 수 없었다. 1년 전 이곳에서 아홉 명이 매몰되는 참상이 벌어졌다는 사실이 믿기지 않을 정도였다.

시윤은 1501동 입구로 들어갔다. 박유선의 집은 602호였다. 엘리베이터를 타고 6층에서 내리자, 오른쪽에 602호 현관문이 보였다. 시윤은 어깨에 멘 크로스백을 고쳐 메고 옷매무새를 가다듬었다. 초인종을 누르자마자 기다렸다는 듯이 인터폰에서 목소리가 흘러나왔다.

"누구세요?"

"아까 전화했던 한숨심리상담센터의 기시윤입니다."

체인이 걸린 채 문이 살짝 열렸다. 벌어진 문틈으로 경계 띤 눈초리가 시윤의 위아래를 훑었다. 엉거주춤하게 서있는데 체인이 풀리더니 문이 반쯤 더 열렸다.

"들어오세요."

박유선은 두둑한 살집에 비해 입은 가벼워 보이는 인상의 50대 여자였다. 구김살은 없는 듯했지만 통장이든 뭐든 한자리 차지해야 직성이 풀릴 것 같은 인상이랄까. 시윤이 온다는 소리에, 화장을 했는지 눈가에 옅은 보라색 아이라인이 그려져 있었다. 시윤은 소파에 앉으라는 권유를 사양하고 티테이블 앞 바닥에 앉았다. 박유선과 눈높이를 맞추기 위해서였다. 차를 내오겠다는 말에 물 한 잔만 달라고 부탁했다. 그녀가 유리컵에 물을 따라 가져와 앉자마자 정중하게 명함부터 건넸다.

"만나주셔서 감사합니다. 기시윤이라고 합니다."

박유선은 명함을 요모조모 뜯어봤다. 센터명과 시윤의 이름을 나지막이 읊조리더니 명함을 면바지 주머니에 집어넣었다. 마지못해 명함을 보관하는 듯한 모습을 보니 대화가 쉽지 않은 방향으로 흐를 거란 예감이 들었다. 아니나 다를까 그녀는 방어적인 말부터 입에 올렸다.

"통화할 때도 말씀드렸지만 제가 해드릴 말이 많지는 않아요."

녹음기를 꺼내고 싶었지만 그걸 내미는 순간 입에 지퍼를 채우는 꼴이리라. 최대한 공감하는 척하며 대화를 이어 나가는 데 집중하기로 했다.

"충분히 이해합니다. 정신적 충격이 컸겠죠. 그런 참사를 겪어본 적이 없는 저로서는 생사의 기로에 서있던 박유선 님의 심경을 감히 헤아리지 못합니다. 아직도 그때 일로 많이 힘드시죠?"

"아휴, 그런 일을 겪었는데 멀쩡할 리가 없죠. 1년이 지났으니 그때의 기억이나 감정이 적잖게 희미해지기는 했지만 없었던 일이 되지는 못하죠. 평소에는 다 잊은 것처럼 아무렇지 않게 생활하다가도 생각지도 못한 순간에 공포라는 녀석이 칼날처럼 폐부를 쑥 저미고 들어온다니까요."

"악몽도 꾸시나요?"

"가끔이요."

"어떤 종류의 악몽인가요?"

그녀가 뜸을 들이다가 말문을 뗐다.

"아무래도 재난 상황과 유사한 내용의 악몽을 자주 꾸죠. 세세한 것까지는 기억나지 않아도 무의식 속에 그때 받았던 충격이나 두려움이 뿌리박혀 있는 거 같아요. 이런 걸 트라우마라고 하는 거죠?"

시윤은 수긍의 뜻으로 고개를 주억거렸다. 교양 심리학조차 수강해 본 적 없는 사람이 진단을 내릴 수 있을 리 만무했지만, 지금은 최대한 전문가인 양 아는 체를 해야 했다.

"역시 그랬군요. 아무튼 악몽의 내용은 달라져도 절망적인 환경은 흡사해요. 동굴처럼 밀폐된 장소에 갇힌다거나, 거대한 물탱크 같은 데에 빠져서 허우적거린다거나, 개미처럼 작아진 제가 변기에 빨려 들어간다거나 하는 종류의 악몽이 대부분이에요. 악몽을 꾸다가 소리를 지르고 경기를 일으키는 통에 옆에서 자던 남편이 깜짝 놀란 적도 많아요."

한 번 말문이 트인 그녀는 쉴 없이 조잘거렸다. 첫인상처럼 말하기를 좋아하는 성격인 것 같았다. 시윤은 내심 잘됐다 싶었다.

"무의식중에 행동에 제약을 받는 경우는 없으신가요? 차를 몰고 지하주차장에 내려가는 게 꺼려지지는 않나요?"

"제가 차를 몰지는 않아서요. 운전을 못 하거든요. 아직 면허도 없답니다. 남편이 차를 몰고 지하주차장으로 진입할 때면 저도 모르게 조수석에 앉아서 움찔댈 때도 있었어요. 재난 직후에는 훨씬 심했죠. 야외주차장에 차를 대라고 생떼를 부릴 정도였으니까요. 지금은 그 정도는 아니지만요."

시윤은 고개를 갸웃거렸다.

"운전을 못 하신다고요? 그러면 재난 당시 왜 주차장에 혼자 계셨던 겁니까? 주차장에 먼저 내려와서 기다렸던 건가요? 아니면 차에 뭔가를 두고 내려서 찾으러 돌아왔던 건가요?"

반쯤 벌어졌던 박유선의 입에서 뒤늦은 대답이 나왔다.

"아⋯⋯. 그날 남편은 집에 없었어요. 회사에서 야근 중이었거든요."

"차는요?"

"남편이 출근할 때 몰고 나갔죠⋯⋯."

"차가 없었다면 주차장에 내려갈 이유가 없지 않나요?"

"그게⋯⋯ 폭우가 쏟아지기에 주차장에 무슨 문제라도 생기지 않을까 걱정돼서⋯⋯. 전에도 주차장이 침수돼서 난리 난 적이 있었거든요."

"그때 당시 동대표를 맡고 계셨나요? 아니면 아파트 자치회 임원이시라든가."

"그런 건 아닌데 주차장이 침수되면 남편이 차 대기 힘들어 지잖아요. 제가 이런저런 걱정이 많은 편이라서요."

박유선이 콧잔등을 비비며 멋쩍게 웃었다. 뭔가 석연찮게 느껴졌지만, 오지랖이 넓어 보이는 것도 사실이라 크게 마음에 두지는 않았다. 시윤은 자연스럽게 재난 발생 직전의 시점으로 그녀를 이끌었다.

"당시 지하주차장 상황은 어떻던가요? 내려갔을 때부터 침수의 조짐이 엿보이던가요?"

"아니요. 비가 많이 내려서 지하주차장 쪽으로도 빗물이 어느 정도 유입되긴 했지만, 염려할 정도는 아니었어요. 몇 년 전 침수 피해를 겪은 뒤에 대비를 잘해놔서 그랬는지는 몰라도요."

"토사가 아파트를 덮치기 전까지는 어떤 문제점도 발견하지 못하셨다는 거죠?"

"네."

"몇 층부터 살펴보신 거죠?"

"지하 2층이요."

"지하 2층부터 살펴본 특별한 이유라도 있나요? 주차장 상태를 점검하려면 지하 3층부터 시작해서 순차적으로 올라가는 게 나을 것 같은데."

박유선의 시선이 잠깐 흔들리는 것 같더니 이내 안정을 되찾았다.

"우리 집 차를 보통 지하 2층에 주차해 놓거든요. 그래서 거기부터 살펴본 거죠."

납득이 안 가는 건 아니지만 어딘가 찜찜했다. 뭔가 숨기는 게 있는 것 같은 기분이 드는 건 왜일까.

"지하 2층을 한 바퀴 둘러본 건가요?"

박유선이 머뭇대다가 대꾸했다.

"뭐…… 그렇죠. 다행히 별문제는 없어 보이더라고요."

"지하 2층에 얼마나 계셨는데요?"

"글쎄요. 한 3~40분 정도였나……."

시윤은 목을 외로 꼬았다. 한 개 층을 돌아보는 데 그렇게 시간이 오래 걸릴까? 꼼꼼하게 점검하다 보면 그럴 수도 있으려나.

시윤은 컵을 들어 목을 축였다. 다음 단계로 넘어가기 전 숨 고르기가 필요한 타이밍이었다. 충격적인 재난의 기억을 끄집어내다가 패닉에 빠지거나 공포에 사로잡혀 인터뷰를 거절하면 말짱 도루묵이다. 여태까지 차근차근 쌓아온 신뢰가 우르르 무너져버릴 수도 있다. 분위기가 자칫 무겁게 흐르지 않도록 주의해야 한다. 시윤은 다소 일상적인 투로 운을 뗐다.

"산사태의 조짐은 못 느끼셨나요?"

"전혀요. 그만 올라가려고 엘리베이터 쪽으로 몸을 돌렸을 때 바닥에서 미세한 진동이 느껴지더라고요. 처음에는 근처 어디선가 굴착 공사라도 하는 건가 싶었어요. 근데 폭우가 쏟아지는 오밤중에 공사를 할 리가 없잖아요. 이상하다고 느낀 순간 느닷없이 아파트 건물 전체가 뒤흔들렸죠."

"많이 놀라셨겠네요."

"그럼요. 얼마나 자지러지게 놀랐는지 오줌을 지릴 뻔했다니까요. 절로 다리가 풀려서 주저앉기까지 했다고요. 처음에는 지진이라도 난 줄 알았어요. 차 밑으로라도 기어들어 가야 되나, 하면서 떨고 있는데 무지막지한 굉음이 고막을 때리더라고요. 소리가 난 쪽으로 눈을 돌렸더니 자욱한 먼지 사이로 무너져 내린 입구가 보였어요. 천장의 불들도 절반 이상 꺼진 상태였죠. 기분 탓인지는 모르겠는데 바닥도 살짝 기운 것 같았고요. 이러다 아파트가 완전히 붕괴되는 건 아닌가 싶어서 얼마나 무서웠는데요."

산사태로 쓸려 내려온 토사가 1501동을 덮쳤을 것이다. 그와 함께 지반 일부도 침하돼 엘리베이터와 계단 쪽 철골이 주저앉았겠지. 당시 끔찍했던 참상이 생생하게 눈앞에 펼쳐졌는지 박유선이 어깨를 부르르 떨었다.

"산사태가 발생했다는 사실은 모르셨나요?"

"지하 2층에 있는데 산사태가 난 건지, 지진인지 어떻게 알겠어요. 그런 걸 따지고 있을 정신도 없었고요. 한바탕 난리를 겪고 나니 도무지 발이 떨어지지가 않더라고요. 어디가 또 무너져 내리지는 않을까 전전긍긍하며 기둥 옆에 붙어있는 게 고작이었죠. 3, 4분쯤 지나고 난 뒤에야 가까스로 움직일 수 있었어요. 다른 주민들도 하나둘씩 조심스레 모습을 드러냈고요. 다들 자기 집에 깔려 죽을까 봐 벌벌 떨고 있었죠. 하나같이 하얗게 질린 얼굴로 어떻게 된 일인지 궁금해했지만, 거기서 아는 사람이 누가 있었겠어요. 아무튼 한시라도 급히 주차장을 빠져나가야겠다는 생각만큼은 모두 일치했던 모양이에요. 누가 지시한 것도 아닌데 다들 종종걸음으로 출구로 향했으니까요. 저도 사람들을 따라서 황급히 엘리베이터와 계단 쪽으로 갔어요. 그렇지만 말문을 잃고 망연자실할 수밖에 없었죠. 부서진 콘크리트 더미와 건축 잔해들이 입구를 완전히 막아버린 상태였으니까요. 어찌어찌 뚫고 나간다 해도 위로 올라가는 건 불가능했을 거예요. 입구가 그 정도로 부서진 걸 보면 엘리베이터와 계단도 멀쩡하지 않았을 테니까요."

"그래서 어떻게 하셨나요?"

"넋 잃은 얼굴로 무너진 입구를 바라보고 있는데 뒤에서 뜀박질하는 소리가 들렸어요."

"누군가가 공황 상태에 빠졌던 건가요?"

"아니요. 주민 한 명이 차량 출구 쪽으로 내달리더라고요. 그러자 모두가 홀린 듯이 그 사람을 따라갔어요. 차량 출입구로 빠져나가야겠다는 생각이 든 거죠. 지하 2층 통로를 한 바퀴 돌아 지상으로 향하는 지하 1층 통로로 올라가는데 갑자기 앞장섰던 무리가 급정지하더라고요. 하마터면 앞사람과 부딪칠 뻔

했죠. 짜증나서 한마디 던지려던 순간 어깨 너머로 숨이 턱 막

힐 듯한 전경이 보이더군요."

"차량 출구마저 토사 더미로 꽉 막혀있었던 거군요."

박유선이 빠르게 고개를 끄덕였다.

"눈앞에 밀려들어 온 토사 더미를 보고서야 산사태가 발생

했다는 걸 깨달았죠. 절망적인 현실에 의지가 꺾인 몇몇은 울

음을 터뜨리거나 힘없이 무릎을 꿇더군요. 하지만 저는 그때까

지도 탈출할 수 있을 거란 희망을 품고 있었어요. 출구가 한 군

데 더 남아있다고 생각했거든요."

"비상용 엘리베이터를 염두에 두셨던 거겠죠?"

"네, 붕괴된 주거용 엘리베이터 반대쪽에 비상용 엘리베이

터가 있어요. 지하와 지상층만 연결해 주는 엘리베이터라 지하

3층부터 지상 1층까지만 운행되죠. 그래서 주민들이 자주 이용

하는 편은 아니었어요. 주거용 엘리베이터는 지하주차장부터

본인 집까지 직행하는 데 반해 비상용 엘리베이터는 1층 로비

에서 내려서 다시 주거용으로 갈아타야 하니까요. 비상용 엘리

베이터는 무사할 수도 있지 않을까, 하는 기대감을 품고 모두

그쪽으로 달려갔어요. 엘리베이터 앞에 도착한 순간 살았다는

안도감이 발끝까지 퍼져나갔죠. 엘리베이터는 멀쩡했거든요.

다른 주민들도 뛸 듯이 기뻐했어요. 그 기쁨도 아주 잠깐밖에

못 누렸지만요. 엘리베이터가 작동하지 않았거든요. 산사태의

충격 탓인지 전기 계통에 말썽이라도 생겼던 모양이에요. 아무

리 버튼을 눌러도 엘리베이터는 지하 1층에서 멈춘 채로 꿈쩍도 하지 않았어요. 돌연 적막이 내려앉더군요. 그제야 다들 현실을 직시했죠. 지하주차장에 생매장 될 거라는 현실을요."

시윤은 거의 숨도 쉬지 못하고 그녀의 말을 경청했다. 당시의 긴박했던 현장 상황과 절망스러웠던 심경이 고스란히 느껴졌다. 지금까지는 이야기의 도입부일 뿐이라서 기록하지 않아도 상관없었다. 그러나 이제부터는 녹음이 필수였다. 빈약한 기억력에만 의존했다가는 놓치는 장면이 속출할 터였다. 시간이 지남에 따라 망각은 예사고 착각이나 왜곡의 손길도 더해질 것이다. 문제는 녹음의 '녹' 자라도 꺼내는 순간 나쁘지 않았던 분위기에 찬물을 끼얹을 수도 있다는 점이었다. 최악의 경우 인터뷰 자체를 거부할 수도 있다. 그 전에 인터뷰 동의부터 받아야 했다. 시윤은 신중하게 밑밥을 깔았다.

"그때의 일을 입 밖으로 꺼내보니 어떠신가요? 마음이 조금이나마 가벼워지거나 후련해지지는 않으셨나요?"

"음…… 그런 것도 같네요. 그동안 이런 얘기를 털어놓을 기회가 있었던 것도 아니니……."

"이렇게 한 발 한 발 나아가시면 됩니다. 고통스러웠던 기억을 토로하고 털어버림으로써 트라우마를 극복하는 거죠. 이번 인터뷰가 그런 기회의 장이 될 겁니다. 그런 의미에서 인터뷰를 수락해 주시겠습니까? 박유선 님뿐만 아니라 다른 트라우마 환자들에게도 큰 도움이 될 겁니다."

박유선은 입매를 비틀며 난감한 기색을 드러냈다. 막상 권유
받으니 내키지 않는 듯했다. 적당한 거절의 말을 고르느라 고
심하는 거겠지. 완전히 벽을 치기 전에 시윤은 다른 옵션을 들
이밀었다.

"정 부담스러우시면 이건 어떠십니까? 박유선 님 외에 나머
지 생존자분들에게도 프로젝트에 참여해 주십사 부탁드릴 예
정인데요. 그분들의 참여 여부를 보시고 결정하시는 겁니다."

시윤의 제안을 곱씹던 그녀가 보일 듯 말 듯 턱을 주억거
렸다.

"좋아요. 그렇게 할게요."

당장 힘든 결정을 내릴 필요가 없어져서 그런지 그녀의 표정
이 한결 편안해졌다. 느슨해진 입가에서도 안도감 같은 게 엿
보였다. 다른 생존자들이 100퍼센트 인터뷰를 거절할 거라는
자신감에서 기인한 여유인지는 모르겠지만.

"감사합니다. 그럼 지금부터 녹음해도 될까요?"

"녹음이요? 아직 하겠다고 결정한 건 아닌데……."

"정식 인터뷰가 아니더라도 백업은 해놔야 해서요. 나중에
참여를 원치 않으신다고 하면 삭제하도록 하겠습니다. 거절하
신 분의 녹음 파일은 그 즉시 폐기될 겁니다."

시윤을 바라보는 박유선의 눈매가 가늘어졌다. 그 말을 진짜
믿어도 될지 재보는 눈길이었다.

"요즘은 저작권 침해나 콘텐츠 무단 사용에 대한 처벌 수위

가 상당히 셉니다. 사전 동의 없이 녹음 파일을 멋대로 사용하는 일은 단연코 없을 테니 안심하셔도 됩니다."

"알겠어요. 그럼 그렇게 하세요."

시윤은 크로스백에서 소형 녹음기를 꺼내 작동시킨 후 테이블 가운데에 내려놓았다. 박유선은 힐끗 녹음기를 곁눈질했을 뿐 별다른 말은 하지 않았다.

"이어서 말씀해 주시겠습니까? 출구가 모조리 막혔다는 걸 깨달은 사람들이 어떤 반응을 보였나요?"

"다들 휴대폰을 붙들고 연락하기 바빴어요. 가족에게 전화하거나 112나 119에 신고를 해댔죠. 이내 사람들의 입에서 짜증과 공포가 뒤섞인 울분이 터져 나왔지만요. 통화 연결이 되지 않았거든요. 안테나 신호도 잡히지 않았고요. 저도 남편에게 수없이 전화를 걸어봤지만 소용없었어요. 지상 세계와 완전히 단절됐다는 사실만 일깨워 줄 뿐이었죠."

"많이 무서우셨겠네요."

"당연하죠. 모두 겁에 질려있었어요. 어쩔 줄 몰라서 허둥댔죠. 먹통인 휴대폰을 바닥에 집어 던지는 사람, 토사 더미를 손으로 퍼내는 사람, 여기서 죽기 싫다며 흐느끼는 사람. 다들 정신이 반쯤 나가있었죠. 물론 별일 아니라는 듯이 화장을 고치는 여자도 있었지만요."

마지막 인물을 언급할 때 언뜻 적의가 느껴졌다. 시윤은 슬쩍 그 여자에 관해 캐봤다.

"그런 상황에서 화장을 고친 여자분은 누구신가요?"

"502호 사는 신지아라고 해요. 아나운서 지망생이라나 뭐라나."

가시 돋친 말투와 일그러진 표정. 박유선의 반감이 더 뚜렷해졌다. 재난 이전에도 비호감인 이웃이었던 건가? 그게 아니면 매몰된 주차장에서 옥신각신했던 걸까. 극한의 상황이었던만큼 누구 한 명쯤 인간성의 밑바닥을 드러냈다 해도 이상할게 없었다. 신지아는 박유선과 함께 여전히 포레그린뷰에 거주하는 생존자였다. 문득 두 사람의 관계가 궁금해졌다. 서둘러접촉해 봐야겠다는 생각이 들었다.

"지하주차장에 함께 매몰됐던 주민들과는 친분이 있었나요?"

"같은 동에 살았으니 얼굴은 대충 알았죠. 오다가다 마주치면 목례하거나 짧은 인사말을 건네는 사람도 있었고요."

"그중 친하게 지내는 분은 없으셨고요?"

"에이, 요즘이 어떤 세상인데요. 이웃사촌은 교과서에나 나오는 말이에요. 서로 대화 한마디 해본 적 없는 주민이 훨씬 많을걸요. 층간 소음이나 주차 시비로 서로 얼굴을 붉히지나 않으면 다행이죠."

박유선이 어림도 없다는 듯이 손을 내저었다.

"생존자끼리 이름도 잘 몰랐겠네요."

"주차장에 갇히기 전까지는 그랬죠. 간혹 부를 일이 있어도

502호분이나 601호 아저씨, 이런 식으로 호칭했으니까요. 그러다 거기서 통성명을 하게 된 거죠."

"지금부터는 호수 말고 이름으로 말씀해 주시겠습니까?

"그럴게요. 제가 어디까지 얘기했죠?"

"신지아 씨가 화장을 고쳤다는 데까지요."

"맞다, 하도 어이가 없어서 제가 물어봤죠. 이렇게 심각한 상황에서 어쩜 태평하게 화장이나 고치고 있느냐고. 그랬더니 그 여자가 뭐라고 했는지 아세요?"

신지아는 박유선의 질문에 눈 하나 깜빡하지도 않았다. 박유선 쪽으로 눈길조차 주지 않았다. 콤팩트 거울에 시선을 고정한 채 뺨에 파운데이션을 툭툭 바르느라 여념이 없었다. 바로 지척에 있는데 못 들었을 리는 없다. 심지어 신지아 뒤에 있던 임창민조차 박유선이 건넨 말을 듣고 그녀를 쳐다봤으니까.

무시당했다는 생각에 박유선의 목덜미가 불그스름하게 달아올랐다. 부아가 치밀어 한마디 쏘아붙이려는 데 신지아가 입을 뗐다. 여전히 부지런히 손을 놀리면서.

"그렇게 호들갑 떨어봤자 아무 도움도 안 돼요. 괜히 아까운 체력 낭비하지 말고 가만히 좀 있어요."

"뭐요? 호들갑?"

박유선이 욱했지만, 신지아는 아랑곳하지 않고 지껄였다.

"우리가 당장 여기서 나갈 방법이 있기는 해요? 출구통로를 꽉 채운 토사 더미를 뚫을 수 있기를 해, 엘리베이터 입구의 잔해를 걷어낼 수 있기를 해? 잔해를 철거한다 한들 엘리베이터도 완전히 망가졌을 게 뻔하다고요. 지금은 우리 힘으로 할 수 있는 게 아무것도 없잖아요. 밖에서는 이미 구조 작업을 시작했을 거예요. 우리는 구조대가 올 때까지 얌전히 앉아서 기다리면 되는 거라고요. 쓸데없이 걱정하면서 발을 동동 굴러봤자 스트레스만 받는다고요. 아줌마."

박유선이 받아치려는데 남정운이 끼어들었다.

"구조되기 전에 아파트가 무너져 내리면 어쩔 건데?"

"아파트가 무슨 모래성인 줄 알아요? 겨우 이 정도 재해에 무너지게?"

원래 강심장인 건지, 생각이 없는 건지 신지아는 무사태평이었다. 맞은편에 멀찍이 따로 떨어져 있던 안도진이 맞장구를 쳤다.

"바깥 사정을 모르니 뭐라고 말하기는 힘들지만, 저도 신지아 씨 생각과 같습니다. 산사태가 얼마나 심하게 났는지는 알 수 없지만 토사가 쓸려 내려온 정도로 아파트가 무너질 것 같지는 않은데요."

그때 임창민이 살며시 손을 들었다. 자신에게도 발언권을 달라는 듯이.

"안심하기에는 이르지 않을까요? 산사태 때 받은 충격으로 계단과 엘리베이터 쪽 일부가 주저앉았잖아요. 아파트의 하중을 지탱하는 주요 골조가 심각한 손상을 입은 건지도 모릅니다. 간당간당하게 버티는 상태일 수도 있다고요. 2차 붕괴가 발생하지 않으리란 법도 없죠."

신지아는 대수롭지 않다는 표정으로 어깨를 으쓱였다.

"아파트가 무너질 거면 진작 무너졌겠죠. 지금까지 별 탈 없는 걸 보면 앞으로도 큰 문제는 없을 거예요."

의견이 엇갈린 상황에서 사람들의 시선이 자연스레 김광일에게 향했다. 아까 각자 자기소개를 할 때 그가 현재는 은퇴했지만, 이전에는 대학교에서 공학과 교수로 몸담았다고 밝혔기 때문이다. 그는 자신에게 이목이 쏠리자 헛기침한 뒤에 말문을 뗐다. 어디까지나 개인적인 소견이라는 단서를 달며.

"건축 쪽은 제 전문 분야가 아니라서 말씀드리기 조심스럽지만…… 아파트 또한 상당한 충격을 받았을 겁니다. 보시는 대로 기둥 한쪽이 주저앉았으니까요. 조만간 완전히 붕괴될 정도냐고 묻는다면 그렇다고 확실하게 대답하기는 어렵군요. 건축공학자 등의 전문가가 정밀 조사를 해보지 않는 한 육안으로는 판별하기 힘듭니다."

"뭐야, 결국 모른다는 소리잖아. 그러면서 잘난 척하기는."

찰나였지만 김광일이 비아냥대는 남정운을 차갑게 노려봤다. 그러나 이내 상대할 가치도 없다는 듯이 눈길을 거두고 덧붙였다.

"그래도 당장 붕괴되지는 않을 겁니다. 건물이 심하게 기울거나 벽이나 바닥에 금이 가지 않은 걸 보면요. 또 다른 변수가 생기면 어떻게 될지 모르겠지만."

"거봐. 내 말이 맞잖아."

김광일의 말에 신지아가 보란 듯이 우쭐거렸다. 박유선은 입을 삐죽였다. 당장 천장이 무너지거나 발밑이 꺼질 걱정은 안 해도 된다고 해서 한시름 덜었지만, 신지아가 뻐기는 꼴을 보고 있으려니 심사가 뒤틀렸다. 창백하게 질렸던 사람들의 낯빛에도 안도의 혈색이 돌았다.

"구조대가 올 때까지 다 같이 모여있는 게 어떨까요? 흩어져 있는 것보단 함께 뭉쳐있는 게 응급 상황이나 비상사태에 대처하기 좋을 테니까요."

임창민의 제안에 다들 고개를 끄덕였다. 오직 한 사람만 빼고.

"난 저 양반 말을 못 믿겠어. 죄다 추측일 뿐이잖아. 붕괴까지는 아니더라도 일부라도 주차장이 무너져 내릴 가능성은 충분하다고. 게다가 이 아파트가 제대로 지어진 건지 아닌지도 모르잖아. 얼마 전에 뉴스에 나온 것처럼 건축 자재를 빼돌리고 엉망으로 시공한 아파트일지 누가 알겠어. 저기가 저렇게 주저앉은 것도 철근을 빼먹어서 그런 걸 수도 있다고. 그런데 여기에 다 모여있겠다고? 옹기종기 모여있다가 사이좋게 몰살 당하는 건 사양하겠어. 난 내 차에 있을 거야."

그렇게 투덜거린 남정운은 무리에서 벗어나 지하로 내려가는 통로로 향했다. 남정운의 말이 터무니없게만 들리지 않았던 건지 눈치를 살피던 안도진도 슬그머니 일어섰다.

"저도 제 차에서 조금만 쉬다 오겠습니다."

그러자 신지아도 잽싸게 들러붙었다.

"나도 따라가도 되죠? 난 이런 맨바닥에서는 1분도 못 앉아 있겠어. 편하게 눕지도 못하잖아."

"뭐, 편한 대로 하시죠."

박유선은 두 남녀의 뒷모습을 게슴츠레 뜬 눈으로 끝까지 지켜봤다. 결국 지하 1층에는 임창민, 김광일, 전경석, 오재환, 박유선, 이혜나 여섯 명이 남았다. 박유선은 이혜나의 곁에 궁둥이를 붙이고 자리를 잡았다. 이혜나는 아담하고 도자기 같은 피부를 가진 여대생이었다. 외모만 놓고 보면 온실 속의 화초처럼 자란 공주 같았다. 아니나 다를까 이런 상황 자체를 못 견뎌 하는 듯 보였다. 주차장에 매몰되면 누군들 안 그러겠냐만 특히 더 불안에 떨며 안절부절못했다. 얼굴에도 핏기 하나 없었다. 말수도 적어 물어보는 것만 모기 같은 목소리로 대꾸할 뿐이었다. 쉴 새 없이 호구조사를 했음에도 첼로를 전공한다는 것만 간신히 알아낼 수 있었다. 호응이 변변치 않으니 박유선은 금세 흥미를 잃었다. 눈꺼풀이 점점 무거워지고 하품도 연거푸 터져 나왔다. 늦은 시간이기도 했지만 상상도 못 한 재난을 겪었으니, 심적으로도 육체적으로 상당히 지칠 수밖에. 박유선은 기둥에 등을 기대고 눈을 감았다. 언제 잠에 빠졌는지도 인지하지 못했다. 불길하게 바닥을 울리는 진동에 눈을 번쩍 떴다.

한창 떠벌리던 박유선이 돌연 입을 다물었다. 이야기가 이제 막 본궤도에 오르려던 참이었다. 시윤이 못내 아쉬운 눈으로 바라보자, 박유선이 변명조로 우물거렸다.

"그런데요……. 그때 무슨 일이 있었는지는 이미 알고 계시지 않나요? 뉴스에서 질릴 정도로 보도했을 텐데……. 다 아는 이야기를 굳이 제 입으로 또 들을 필요가 있나 해서요."

시윤은 쩝 입맛을 다셨다. 다 넘어온 줄 알았는데 아니었다. 원점으로 되돌아왔다는 생각에 기운이 빠졌지만, 그런 티를 낼 수는 없었다.

"재난 발생 시점부터 구조되기까지 일련의 과정에 대해서는 저도 잘 알고 있습니다. 여기 오기 전에 포레그린뷰와 관련된 뉴스 기사들을 깡그리 훑어보기도 했고요. 어쩌면 제가 박유선 씨보다 더 많이 알고 있을지도 모릅니다. 그러나 제가 본 것들은 수박 겉핥기에 지나지 않습니다. 제삼자가 쓴 관찰일지에 불과하죠. 그것도 직접 목격한 게 아니라 여기저기서 귀동냥한 것뿐이고요. 살아 숨 쉬는 듯한 재난의 참상과 비극은 오로지 현장에 계셨던 생존자 여덟 분만이 전해주실 수 있습니다."

박유선의 머리가 모호하게 앞뒤로 흔들렸다. 공감한다는 제스처라기보다 딴생각을 하는 것처럼 느껴졌다. 이를테면 시윤을 서둘러 내보낼 방법을 골몰하고 있는 것 같달까. 아니나 다를까 그녀의 입에서 핑곗거리가 흘러나왔다.

"오늘은 이쯤에서 그만하는 게 좋겠어요. 저녁 약속이 있거든요. 슬슬 나갈 준비를 해야 할 것 같아요."

아쉽긴 했지만 갑의 요구를 받아들이는 수밖에 없었다.

"알겠습니다. 그렇게 하시죠. 오늘 이렇게 협조해 주셔서 감사했습니다. 다음에 다시 연락드리겠습니다."

"우선 다른 분들의 허락부터 맡는 게 좋을 것 같아요."

다른 생존자들이 인터뷰에 참여하지 않는 한 다음은 없다는 소리로 들렸다.

602호에서 나온 시윤은 엘리베이터에 탔다. 1층 버튼을 눌렀다가 문이 닫히자 마음을 바꿔 먹었다. 곧바로 1층 버튼을 다시 눌러 취소하고 5층을 눌렀다. 신지아가 이 시간에 집에 있을 확률은 낮겠지만, 이왕 온 김에 502호도 들러보기로 했다. 어제 신지아와 안도진에게도 연락을 취해봤다. 신지아는 받지 않았다. 안도진은 일하는 중이니 나중에 연락하겠다며 용건을 묻지도 않고 전화를 끊었다. 둘 모두에게서 전화는 오지 않았다. 이래서야 만나기도 쉽지 않겠다 싶어 박유선을 제외한 일곱 명에게 메일을 보냈다.

포레그린뷰 재난에 대한 심리상담 저서를 집필 중인데 인터뷰하고 싶다는 간결한 내용으로. 아침에 일곱 명 전원이 메일을 읽은 걸 확인했지만 회신은 한 통도 오지 않았다. 한두 명 정도는 거절의 답장이라도 보낼 법도 하건만 짜기라도 한 것처럼 무시하다니. 맥이 빠졌다. 이들의 무대응을 예상 못 한 건 아니었다. 그동안 언론이나 기자들에게 얼마나 시달려 왔겠는가. 이런 접근에는 아예 말을 붙일 여지조차 주지 말자고 모두가 합의한 걸 수도 있다. 박유선은 기습적으로 접촉한 덕에 얼떨결에 만날 수 있었던 건지도 모른다.

문이 열리는 소리에 시윤은 생각을 멈추고 엘리베이터에서 내렸다. 오른쪽에 502호 팻말이 붙은 현관문이 보였다. 시윤은 고개를 돌려 물끄러미 501호를 응시했다. 유일한 희생자 전경석이 살았던 곳이었다. 현재는 다른 주민이 거주하고 있지만.

시윤은 502호로 걸어가 차임벨을 누르고 기다렸다. 아무 응답이 없었다. 재차 눌러봐도 마찬가지였다. 안에서는 어떤 기척도 들리지 않았다. 포기하고 돌아서는데 마침 엘리베이터가 도착했다. 엘리베이터 문이 열리고 여자가 내렸다. 그녀는 시윤을 보더니 멈칫했다. 시윤은 그녀가 502호의 주인임을 직감했다.

"신지아 씨?"

시윤은 신지아와 테이블을 두고 마주 앉았다. 잠깐 시간을 내달라는 부탁에 신지아는 커피나 마셔야겠다면서 시윤을 단지 내에 있는 카페로 데려왔다. 포레스트라는 카페로 아파트 브랜드와 잘 어울렸다. 그녀는 모락모락 김이 피어오르는 머그잔을 들고 뜨거운 라떼를 후후 불었다. 엄지손톱에 붙어있는 큐빅이 유난히 반짝거렸다.

"시간 내주셔서 감사합니다. 저는 한숨심리상담센터의 기시윤이라고 합니다."

시윤이 명함을 건넸는데도 신지아는 머그잔에서 손을 떼지 않았다. 내가 왜 그쪽 명함을 받아야 하는데요, 라고 말하는 것처럼 보였다. 머쓱해진 시윤은 짧게 헛기침하며 명함을 내려놨지만, 신지아는 눈길도 주지 않고 입을 열었다.

"그쪽이 보낸 메일은 봤어요. 피차 바쁜 사람들이니 시간 낭비하지 말죠. 인터뷰는 사양할게요."

"얘기만이라도 한번 들어……."

"됐어요. 재난에 대해서는 더 할 말 없어요. 상담도 필요 없고요. 내게 트라우마 같은 건 없으니까."

"이번 저서 집필은 지아 씨만을 위한 일이 아닙니다. 재난 트라우마로 괴로워하는 사람들을……."

"그건 그 사람들이 알아서 할 문제죠. 내가 왜 딴 사람까지 신경 써야 하죠. 내 몸 하나 건사하는 것도 힘들어 죽겠는데."

신지아를 공략하기는 힘들어 보였다. 설득은커녕 말도 못 붙일 만큼 쌀쌀맞게 굴었다. 그동안 얼마나 시달렸으면 이렇게 방어적으로 나올까 싶은 한편, 원래 성향 자체가 냉소적이고 이기적인 게 아닐까 하는 생각도 들었다. 정공법은 통하지 않을 것 같아 내재된 탐욕을 부추겨 보기로 했다.

"아나운서를 지망하신다고요?"

"그 얘기는 누구한테 들었어요?"

신지아가 마스카라로 떡칠된 눈을 흘겼다. 시윤이 아무 말도 하지 않자, 그녀가 알만하다는 듯이 위쪽을 턱짓하며 이죽거렸다.

"뭐, 윗집 아줌마한테 들었겠죠."

곱지 않은 눈초리로 보건대 박유선에 대한 감정이 좋지 않아 보였다.

"박유선 씨랑 사이가 안 좋으신가 보네요."

"좋고 말고 할 것도 없는 사이예요. 싸울 만큼 가까웠던 적도 없으니까."

"재난 당시 박유선 씨랑 안 좋은 일이 있었나요?"

"첫인상부터 별로였죠. 이웃의 프라이버시를 존중해야 한다는 기본적인 개념이 아예 없는 사람이거든요. 뭐가 그리 궁금한지 틈만 나면 참견하질 않나. 오지랖 부리며 남의 사생활을 동네방네 다 떠벌리고 다니질 않나. 툭하면 가십거리 찾아서 여기저기 기웃거리고. 사실 확인도 안 된 루머란 루머는 다 퍼뜨리고. 편협한 사람처럼 보이기는 싫지만, 인상은 과학이라는 말이 딱 들어맞는 아줌마더라고요. 주차장에 갇혀있는 동안 내 촉이 정확했다는 걸 재확인했고요."

"흠……. 그렇군요. 혹시 올해도 아나운서 시험을 보셨나요?"

시윤은 곁길로 샜던 이야기의 방향을 되돌렸다. 신지아가 콧잔등을 찡그렸다. 짜증과 속상함이 뒤섞인 표정으로.

"지상파와 종편 그리고 케이블까지 몇 군데 지원했으니 두세 군데서는 연락이 올 거예요."

자존심 때문인지 합격은 따 놓은 당상인 것처럼 허세를 부렸지만 지원하는 족족 낙방하고 있는 게 분명했다.

"지원자는 매년 늘어나는 데 반해 뽑는 인원은 계속 줄이고 있으니 쉽지만은 않겠죠. 어쩌면 좋은 수가 있을지도 모르겠는데……."

신지아는 관심 없는 척했지만, 시윤이 흘린 미끼를 바로 낚아챘다.

"좋은 수라니요?"

"책을 출판할 수 있게 인터뷰에 참여해 주시는 겁니다."

기대로 반짝였던 신지아의 눈이 곧바로 탁해졌다. 말투도 까칠해졌다.

"그게 무슨 좋은 수라는 거예요? 날 어떻게든 꾀어보려고 아무 말이나 막 던지시네. 아나운서 합격이랑 책 출간이랑 대체 무슨 상관이 있는데요?"

"지아 씨의 이름을 사람들에게 알릴 기회니까요. 그림도 좋잖아요. 비극적인 역경을 딛고 일어나 재난의 악몽으로 힘들어하는 이들을 위해 발 벗고 나선 미모의 재원이라니. TV 광고 못잖은 홍보 효과가 있을 겁니다. 여기저기서 인터뷰 제의도 들어오겠죠. 방송을 타기만 하면 신지아 씨의 외모와 능숙한 말발에 시청자들도 빠져들 테고요. 결국 방송 관계자들도 군침을 흘릴 겁니다."

신지아가 귀를 쫑긋 세우며 들었다. 솔깃해하는 게 분명했다. 시윤은 연이어 미끼를 투척했다.

"종이책과 오디오북을 동시에 제작하는 것도 괜찮겠네요. 지아 씨가 직접 내레이션을 맡는 겁니다. 분명 세간의 화제로 떠오를 겁니다. 연기자나 성우가 아닌 재난 피해자 당사자의 목소리로 당시 상황을 재구성하는 거니까요. 한마디로 '진짜'인 셈이죠. 아나운서 뺨치는 정갈하면서도 지적인 목소리도 사람들 입에 오르내릴 테고요. 그렇게 인지도를 높이면 설령 방송국에서 찾아주지 않는다 해도 유튜버나 개인 채널 등에서 섭외가 들어오지 않을까요? 오히려 뉴미디어 쪽으로 진출하는 게 더 나을 수도 있어요. 요즘은 전통 매체보다 유튜브 같은 개인 방송의 영향력과 파급력이 훨씬 더 크니까요."

신지아가 입을 오므린 채 턱을 매만졌다. 머릿속으로 저울질하는 듯했지만 이미 반 이상 넘어왔다고 시윤은 확신했다. 그녀가 한결 나긋나긋해진 태도로 말했다.

"뭐, 아이디어는 나쁘지 않네요."

"그렇죠? 그러면 인터뷰에 참여하시는 걸로 받아들여도 될까요?"

신지아가 손을 급히 내저었다.

"아니요. 저 혼자 결정할 수 있는 사안도 아니라서요."

"누군가의 허락이 필요하다는 건가요?"

다소 당황한 표정으로 신지아가 둘러댔다.

"가족들이 제 걱정을 많이 하거든요. 제가 괴로워하는 모습을 옆에서 지켜봤기 때문에 더는 재난과 관련된 일에 엮이지 않기를 바라는 거죠."

"가족분들 입장은 충분히 이해합니다. 하지만 제가 방금 드렸던 말씀을 들으시면 다들 이해하실 겁니다. 지아 씨 경력에 도움이 되는 일이니까요."

입술 끝을 깨물던 신지아는 끝내 욕망의 꼬드김에 넘어가고 말았다.

"좋아요. 인터뷰할게요. 가족들은 제가 잘 설득해 보죠."

"감사합니다. 잘 생각하신 겁니다. 후회하지 않으실 겁니다. 그러면 바로 인터뷰를 진행해도 될까요?"

"지금요? 여기서요?"

"일정이 빠듯해서요. 시간 날 때마다 인터뷰를 진행하지 않으면 마감을 맞추기가 어려워지거든요. 양해 부탁드리겠습니다."

"알겠어요. 어쩔 수 없죠."

신지아는 녹음 동의도 선선히 허락했다. 책 출간이 자신의 꿈을 이뤄줄 발판이 될 거라 여긴 건지 처음과는 달리 적극적으로 임했다. 아나운서처럼 입 모양을 자유자재로 바꾸면서 안면 근육을 풀거나 목소리를 가다듬기도 했다. 녹음기의 버튼을 누르자 오만하고 신경질적이었던 말투가 180도 바뀌었다.

"사고 당일 저녁 늦게 귀가하셨던 건가요?"

"아……. 학원 갔다가 집에는 8시쯤 들어왔어요."

"다시 외출하려고 주차장으로 내려갔던 거고요?"

"네, 뭐……. 그랬죠. 친구가 할 말이 있다고 보자고 하더라고요."

신지아가 시선을 내리깔며 대꾸했다. 차에 올라타 시동을 건 찰나, 박유선처럼 바닥에서 미약한 진동을 느꼈다고 했다. 곧이어 들이닥친 산사태로 건물 자체가 크게 휘청댔고, 뭔가가 부서져 내리는 요란한 굉음도 들었다고 이야기했다. 이어진 이야기 또한 박유선과 크게 다를 바 없었다. 흔들림이 멈추고 분진이 가라앉자 차 밖으로 나왔고, 갇힌 주민들과 출구를 찾았으나 허탕을 쳤다는 내용이었다.

"구조대를 기다리면서 다른 주민과 함께 있지 않고 따로 떨어져서 쉰 이유가 있나요?"

"이유랄 게 뭐 있나요. 그냥 차에서 편히 쉬고 싶었어요. 맨바닥에 앉거나 눕기는 좀 그렇잖아요."

"그렇군요. 안도진 씨와는 친했나 보죠?"

신지아가 단호하게 손사래를 쳤다.

"그럴 리가요. 사고 전까지는 말 한마디 섞어본 적도 없었어요. 같은 동에 살다 보니 오다가다 마주치기는 했지만요. 그럴 때도 서로 목례조차 해본 적 없는걸요. 뭐, 요즘은 이웃이란 게 다 그렇겠지만."

"왜 본인 차에서 쉬지 않고 친하지도 않은 안도진 씨를 따라 간 거죠? 잘 알지도 못하는 남자랑 같이 있는 게 더 불편할 것 같은데요."

신지아가 다소 과장된 억양으로 해명했다.

"합리적인 선택을 한 것뿐이에요. 위기 상황이긴 했잖아요. 무슨 돌발 사태가 벌어질지 모르고요. 혼자보다는 둘이 같이 있는 게 생존 확률을 높여줄 거라 판단했어요. 게다가 그런 재난 상황에서는 아무래도 힘이 센 남자가 쓸모가 많은 법이잖아요."

"남정운 씨 차에서 쉴 수도 있었을 텐데요."

그 말에 신지아가 눈살을 찌푸렸다. 그쪽은 아예 고려 대상조차 아니었다는 듯이.

"그 사람한테 의지하느니 차라리 602호 아줌마랑 있겠네요."

남정운의 평판이 주민들 사이에서 그리 좋지 않은 걸까. 박유선의 이야기 속에서도 남정운은 무례하고 거만한 인물이라는 인상을 받았다. 그러나 한쪽 이야기만 들어서는 모를 일이다. 생존자 간의 관계는 책의 주제와 아무 상관도 없었다. 그리 중요하지도 않은 것에 시간 낭비할 필요는 없겠지.

"주차장이 침수되고 있다는 건 언제 알아채셨나요?"

신경을 긁는 소음에 신지아는 눈꺼풀을 들어 올렸다. 황급히 뒷좌석에서 상체를 일으키고 유리창 너머를 두리번거렸다. 운전석에서 눈을 붙이던 안도진도 밖을 살피며 촉각을 곤두세우고 있었다. 신지아가 번들거리는 입술을 뗐다.

"이게 무슨 소리죠?"

"글쎄요, 나도 잘······."

안도진의 낯빛에 불안감이 드리워져 있었다. 신지아도 초조했다. 행여나 철근이 끊어지거나 콘크리트가 허물어지며 나는 소리는 아닐지. 차에서 나가 다른 구역으로 피신해야 하는 건 아닐까. 괜히 나갔다가 콘크리트 더미에 깔리거나 밑바닥이 꺼져 추락하는 건 아닐까. 전전긍긍했지만 쉽게 결단을 내릴 수가 없었다.

소음은 지하 3층 통로를 타고 밑에서부터 점점 올라오며 가까워졌다. 숨 쉬는 것조차 잊고 온 신경을 귀로 쏟았다. 시꺼먼 그림자가 통로에서 빠져나왔을 때야 소음의 정체를 확인할 수 있었다. 남정운이었다. 원인불명의 소음은 통로 안에서 남정운이 뜀박질하는 소리였던 것이다. 신지아와 안도진은 짜증이 뒤섞인 맥 빠진 숨을 길게 내뱉었다. 하지만 안심한 건 찰나에 불과했다. 남정운의 표정을 본 두 사람은 다시금 동요할 수밖에 없었다. 그는 귀신이라도 본 것처럼 하얗게 질린 얼굴로 헐레벌떡 1층 통로로 뛰어 올라갔다.

"뭐죠? 뭣 때문에 저렇게 놀란 걸까요? 지하 3층에 무슨 일이라도 생긴 걸까요?"

"모르겠습니다. 뭔가 심상치 않은 일이 생긴 것 같긴 한

데……. 우리도 일단 위로 올라가 보죠."

급히 차에서 내린 두 사람은 지하 1층으로 올라갔다. 사람들이 모여있는 곳으로 가보니 남정운이 숨을 헐떡이며 말을 토해내고 있었다.

"큰일 났어! 물이, 물이 차오르고 있어!"

"물이라니요? 물이 어디서 유입됐다는 겁니까?"

임창민이 눈을 휘둥그레 떴다.

"그걸 내가 어떻게 알아! 그딴 게 중요한 게 아니라 주차장이 침수되고 있다니까!"

남정운이 소리를 버럭 질렀다. 박유선은 여전히 이해가 안 간다는 표정이었다.

"웬 침수? 여기는 멀쩡하잖아요. 빗물 때문에 침수가 됐으면 지하 1층부터 됐어야지."

"그러게요. 여기는 침수는커녕 물기 하나 찾아볼 수 없는데. 지하 2층은 어때요? 침수된 곳이 있나요?"

임창민이 신지아에게 묻자, 그녀는 머리를 좌우로 흔들었다.

"지하 2층을 다 살펴본 건 아니지만 저희 구역에는 침수 흔적 같은 건 없었어요."

임창민이 김광일에게 의견을 구했다.

"교수님 생각은 어떠십니까?"

"지하 3층부터 침수될 가능성이 없는 건 아니에요. 지반이 내려앉으면서 지하수가 담긴 암반을 건드린 걸 수도 있습니다.

건물 귀퉁이가 주저앉으면서 상하 수도관이 터진 걸 수도 있고요. 아니면 흘러내린 토사가 배수 시설을 죄다 막아버려서 빗물이 주차장으로 유입되는 걸지도 몰라요."

"젠장! 언제까지 헛소리만 해댈 건데! 내가 거짓말이라도 한다는 거야? 그렇게 못 믿겠으면 직접 내려가서 확인해 보면 될 거 아냐?"

남정운의 성화에 그를 필두로 임창민과 김광일이 밑으로 내려갔다. 안도진과 신지아 그리고 이혜나도 뒤를 따랐다. 전경석, 박유선, 오재환은 쭈뼛대며 자리를 지켰다. 어떤 위험이 도사리고 있을지 모르니 내려가기 꺼림칙한 것이리라. 통로를 따라 지하 3층으로 내려온 사람들은 눈앞에 펼쳐진 광경에 할 말을 잃었다. 주차장은 홍수로 물난리가 난 도로변 같았다. 벌써 주차된 차들의 바퀴 절반 가까이 물이 차오른 상태였다. 남정운이 충격받은 얼굴로 중얼거렸다.

"젠장, 아까는 이 정도는 아니었는데. 바닥 절반 정도만 젖어 있었다고."

"뭐야? 그럼 그렇게 짧은 시간 동안 지하 3층 바닥이 완전히 침수됐다는 거예요?"

신지아의 새된 질문에 남정운이 신경질적으로 머리를 끄덕였다.

"물이 어디서 새어 들어오는 걸까요?"

임창민이 자못 심각한 표정으로 주차장을 훑어보던 김광일에게 물었다.

"글쎄요……. 벽이나 천장은 멀쩡해 보이는데. 아무래도 바닥 쪽인 것 같습니다. 빠르게 물이 차오르는 걸 보면 어딘가 구멍이 뚫린 게 아닌가 싶은데요. 제가 한번 살펴보고 오겠습니다."

"같이 가시죠. 잠시만요."

주위를 두리번대던 임창민이 바닥에 떨어져 있던 스프링클러 파이프를 주워왔다. 파이프는 임창민의 가슴께까지 올 정도로 제법 길었다. 파이프를 탐침봉 삼아 임창민이 앞장서자, 김광일이 뒤에 붙었다. 나머지도 물속으로 조심조심 발을 내디뎠다. 남정운만이 그 자리에 못 박힌 듯 서서 진저리를 칠뿐이었다.

"난 안 가. 그쪽으로는 한 발짝도 안 들어갈 거라고."

신지아가 다 들리게 비웃었다.

"겁쟁이 같으니라고."

주차장에 차오른 물이 구정물인 탓에 육안으로는 바닥의 균열을 확인하는 게 불가능했다. 선두에 선 임창민이 파이프 끝을 물속에 담근 채 바닥을 더듬으며 천천히 전진하기 시작했다. 상황이 이러니 지뢰밭을 건너는 것처럼 더디게 이동할 수밖에 없었다. 김광일이 뒤쪽을 돌아보며 주의를 줬다.

"우리 뒤만 따라오세요. 절대 행렬을 이탈하면 안 됩니다. 바닥 어딘가에 구멍이 뚫려 있을지도 몰라요."

김광일의 경고에 신지아는 다리가 움츠러드는 기분이 들었다. 돌아가고 싶었지만 이내 마음을 다잡았다. 남정운의 웃음

거리가 되느니 물에 빠져 죽는 게 낫지. 딱히 생명을 위협받을 만한 위험 요소도 보이지 않았다. 돌발 사태가 발생한다 해도 자빠져 홀딱 젖는 게 고작일 것이다.

뭣보다 이런 체험은 돈 주고도 하지 못하는 귀중한 자산 아닌가. 아나운서 면접에서 엄청난 가산점이 될 터였다. 재난 현장을 몸소 겪어본 아나운서가 얼마나 되겠는가. 목숨을 걸고 전장을 누비는 종군기자가 된 것 같아 마음이 들뜨기까지 했다. 젖은 운동화의 불쾌함마저 상쾌하게 느껴졌다.

주민들이 대부분 귀가한 밤 시간대라 주차 구역은 지하 3층임에도 빈자리가 거의 없었다. 걸을 때마다 첨벙대는 소음이 불길하게 벽을 타고 돌아왔다. B구역을 막 지나 C와 D구역 사이의 통로를 가로지르던 찰나 김광일이 돌연 팔을 들었다. 전원이 긴장한 채 발을 멈췄다.

김광일의 시선이 기둥과 기둥 사이 통로 바닥에 꽂혀있었다. 그곳의 수면만 뿌글뿌글 용솟음치고 있었다. 마치 공기방울 욕조 속의 물처럼. 김광일과 눈짓을 주고받은 임창민이 신중하게 발을 뻗어 그쪽으로 다가갔다. 나머지 인원도 주의 깊게 발밑을 살피며 뒤를 따랐다. 김광일이 기둥 앞에서 퍼뜩 멈춰 서더니 발치를 뚫어져라 내려다봤다. 그의 눈빛이 심상치 않았다. 호기심을 참지 못한 신지아가 그의 옆으로 돌아나가려는 순간 김광일이 외쳤다.

"한 발짝도 움직이지 말아요!"

신지아는 어깨를 흠칫 떨었다. 엄청난 박력과 기세에 눌려 꼼짝도 할 수가 없었다. 김광일의 곁에 섰던 임창민도 팔을 옆으로 뻗어 사람들의 진입을 막았다. 임창민이 파이프를 물속에 집어넣더니 바닥 여기저기를 찔러보기 시작했다. 뭐가 문제라는 거야, 라는 생각이 들 무렵 난데없이 파이프가 밑으로 쑥 들어갔다. 모두의 눈이 휘둥그레졌다. 바닥이 꺼져있었던 것이다.

임창민이 긴장한 얼굴로 바닥을 찌를 때마다 긴 파이프가 구정물 속으로 흔적도 없이 사라졌다. 파이프 끝이 닿지 않으니, 바닥이 얼마나 침하됐는지 가늠조차 되지 않았다. 굼벵이처럼 느릿느릿 주변을 돌며 확인한 결과 주차장 칸 여섯 개 정도 크기의 바닥이 싱크홀처럼 푹 꺼져있었다. 만약 수위가 더 높았다면 커다란 구멍의 존재조차 인지하지 못했을 터였다. 사람들의 낯빛이 흙빛으로 변할 수밖에 없었다.

"이 구멍을 통해 물이 유입되는 걸까요?"

임창민의 질문에 김광일이 답했다.

"아마도요. 어쩌면 이런 구멍이 더 있을지도 모릅니다."

"바닥이 왜 주저앉은 걸까요?"

"산사태로 인해 지반도 악영향을 받았겠죠. 뚫린 구멍을 통해 지하수나 빗물이 역류하는 것 같습니다."

"설마 지하주차장이 통째로 침수되는 건 아니겠죠?"

안도진의 음성이 떨려나왔다.

"지하주차장 전체가 침수될 가능성이 큽니다. 폭우가 그치지 않는 데다 웬만한 배수구는 죄다 토사로 틀어 막혔을 테니까요. 훌륭한 배수 구멍이 생긴 거나 다름없어요."

김광일의 암울한 전망에 다들 낯빛이 새파랗게 질렸다. 신지아가 동요한 목소리로 따졌다.

"빨리 구조되지 않으면 전부 물귀신이 될 수도 있다는 소리예요?"

"아마도요."

숨 막힐 듯하면서도 금방이라도 폭발할 것 같은 적막이 주변을 에워쌌다. 임창민이 잠긴 목소리로 제안했다.

"일단 올라가는 게 좋겠습니다. 모두에게 이 사실을 알리고 대책을 강구해 보죠."

"그렇게 됐던 거예요."

이야기하느라 목이 말랐는지 신지아가 남은 라테를 전부 들이켰다. 시윤은 시간을 확인했다. 벌써 두 시간이 훌쩍 지나가 있었다. 더 이상 인터뷰를 진행하는 건 무리일 터였다. 두 사람 연달아 다섯 시간 가까이 인터뷰를 했더니 시윤의 컨디션과 집중력도 급격히 저하된 상태였다. 무엇보다 다른 생존자들의 인터뷰 승낙을 받아내는 일이 더 시급했다. 신지아는 이미 잡은 물고기니 나중에 얼마든지 인터뷰를 할 수 있을 터였다.

"오늘은 여기까지 할까요? 준비도 안 된 상태로 인터뷰하느라 피곤하셨을 텐데."

"그러죠. 커피도 다 마셨으니. 좀 피곤하기도 하네요."

"다음 인터뷰 일정은 조만간 연락해서 알려드리겠습니다. 마지막으로 하나만 여쭤보고 싶은 게 있습니다. 다른 생존자분들이 인터뷰에 참여할까요?"

"쉽지는 않을 거예요. 이사 간 사람들도 많고 하니."

"신지아 씨가 권유하면 응해주실 만한 분이 있을까요?"

신지아는 어림없다는 듯이 머리를 내저었다.

시윤은 버스에 타자마자 휴대폰으로 메일을 확인했다. 받은 메일함을 본 시윤의 눈이 기대감으로 반짝였다. 새 메일이 여섯 통이나 와있었다. 생존자 여섯 명의 답장이었다. 그러나 이내 희망은 실망으로 바뀌었다. 김광일은 요즘 일이 너무 바빠서 인터뷰에 응할 수 없다고 정중하게 사양했다. 임창민은 기억도 잘 안 나는 오래된 일이라 큰 도움이 되지 않을 거라며 에둘러 거절 의사를 밝혔다. 이혜나는 아직도 당시 일을 떠올리는 것만으로도 괴롭고 힘들다며 자신을 내버려두라고 부탁했다. 남정운은 인터뷰에 응하면 얼마를 줄 거냐면서 돈 이야기부터 꺼냈다. 10억 정도면 고민해 보겠다는 말도 덧붙였다. 사실상 거절이었다. 안도진은 가족 핑계를 댔다. 재난뉴스만 봐도 여전히 부인과 아이들이 불안해한다면서. 오재환은 이렇다할 이유나 핑계도 대지 않았다. 그냥 하기 싫다고 짧게 회신을 보냈다.

결국 인터뷰 참여자는 신지아 한 명뿐이었다. 박유선은 다른 생존자들이 참여할 시 자신도 하겠다는 조건을 달았으니까. 이래서야 시작도 하기 전에 프로젝트가 무산될 판이었다. 쉽지 않을 거라 예상은 했지만 이 정도일 줄은 몰랐다. 차라리 잘 된 건지도 모른다. 작업량은 대폭 축소되고 일은 편해질 테니. 조찬식이 현 상황을 받아들일지가 문제였지만. 집으로 들어온 시윤은 옷도 갈아입지 않고 전화부터 걸었다. 탁상시계를 보니 지금쯤이면 퇴근했겠다 싶었는데 조찬식은 금방 전화를 받았다.

　"기시윤입니다. 통화 괜찮으신가요?"

　"물론이죠. 생존자 인터뷰 건 때문에 전화 주신 건가요?"

　"네, 현재 상황을 보고드려야 할 것 같아서요. 인터뷰 섭외가 여의찮습니다. 한 명만 요청에 응했을 뿐 나머지 여섯 명은 전부 거절했습니다. 다른 한 명은 다른 생존자들의 참여 여부에 따라 결정한다고 했고요. 한 명을 제외한 일곱 명은 인터뷰가 불가능할 것 같습니다."

　"인터뷰 승낙을 받아내는 일이 어려울 거라 예상하긴 했지만, 참여율이 생각보다 훨씬 저조하군요. 다들 면전에서 거절하던가요?"

　"우선 메일로 의향을 물어봤습니다. 사전에 분위기를 파악해 볼 요량으로요. 나중에 직접 만나볼 예정이긴 한데 마음을 돌릴 수 있을지는 잘 모르겠습니다. 다들 워낙 강경해 보여서요."

조찬식의 입에서 흠, 하고 의미심장한 탄식이 흘러나왔다. 그 또한 뾰족한 수가 없으리라.

"기 작가님 생각은 어떠십니까?"

"일단 만나서 설득하는 수밖에 없지 않을까요? 마음을 열 때까지 끈질기게 두드려봐야죠."

통할 거라고 생각하지는 않았지만, 하나 마나 한 소리라도 해야 했다.

"그러다 역효과가 날지도 몰라요. 마음의 문을 더 단단히 걸어 잠글 수도 있습니다. 한 명씩 공략하는 것보다 다 같이 모이는 자리를 마련해 보는 건 어떨까요?"

"사전 설명회 같은 걸 열어보라는 말씀인가요?"

"그것도 괜찮은 방법이겠네요. 거기에 더해 인터뷰도 단체로 진행해 보는 건 어떨까요? 그러면 생존자들이 느낄 부담도 덜하지 않을까요?"

시윤은 내키지 않았다. 미적지근한 반응이 나올 수밖에 없었다.

"인터뷰 형식을 바꾼다고 그들의 마음을 돌릴 수 있을까요? 여덟 명의 인터뷰 스케줄을 맞추기도 쉽지 않을 텐데요. 그런 부차적인 문제는 둘째치고 재난 생존자들을 한자리에 모으는 게 과연 괜찮을지 모르겠네요. 괜히 트라우마만 더 악화시키지는 않을까 걱정돼서요."

"개별 상담보다 집단 상담이 더 효과적인 경우도 있습니다.

포레그린뷰 재난 생존자들도 그런 케이스에 해당할지도 몰라요. 그들은 재난의 참상으로부터 극적으로 살아 돌아온 운명 공동체니까요. 결속력과 생명력이 그 어느 집단보다 공고할 겁니다. 게다가 단체 인터뷰의 장점도 많잖습니까. 시간과 수고를 상당히 아낄 수 있는 건 물론이고 훨씬 더 효율적으로 프로젝트를 진행할 수 있죠. 장소는 센터 상담실을 이용하면 되고요."

"그건 그렇지만……."

"밑져야 본전이니 단체 인터뷰 제의를 해보시죠?"

시윤은 그의 말을 따르지 않을 수 없었다. 딱히 다른 대안이 없기 때문이었다.

"알겠습니다. 메일로 단체 인터뷰 제의를 해보겠습니다."

"메일은 조금 시간을 두고 보내는 게 좋을 것 같습니다. 짧은 시간 안에 너무 몰아붙인다는 인상을 주면 반발심만 커질 수도 있으니까요."

3일 후 아침, 메일함을 확인한 시윤은 눈이 휘둥그레졌다. 조찬식의 말대로 어제 여덟 명의 생존자에게 메일을 보냈다. 단체 인터뷰를 하고 싶다는 내용이었다. 당연히 무시당할 줄 알았는데 하루 만에 전원이 회신을 해주다니 뜻밖이었다. 어찌 보면 그리 놀랄 일도 아니었다. 계속되는 연락에 진절머리가 나서 확실하게 거절 의사를 표현한 걸 수도 있다. 제발 좀 가만히 내버려두라는 답변이겠지. 하지만 메일을 전부 읽어본 시윤은 얼떨떨했다.

여덟 명 전원이 단체 인터뷰에 응하겠다고 했기 때문이었다. 어느 정도 가능성이 엿보였던 박유선과 인터뷰를 수락한 신지아는 그렇다 쳐도 나머지 여섯 명이 이틀 만에 돌변한 게 좀처럼 믿기지 않았다. 단체 인터뷰라면 전면에 나서지 않고 묻어 갈 수 있을 거라 여긴 걸까? 인원이 많아지면 주목받거나 발언할 기회도 적을 거라고 생각한 건지도 모른다. 말할 사람들이 넘쳐나니 그들에게 엎혀 가겠다는 심보일지도 모른다. 아니면, 난데없이 심경의 변화가 생긴 건가. 한, 두 명 정도는 그럴 수 있다 쳐도 여섯 명이 동시에 마음을 바꾸는 건 너무나 공교롭지 않은가. 잠깐 의구심이 들었지만 구태여 깊게 파고들지는 않았다. 조찬식의 아이디어가 한방에 먹혔다는 게 신기할 뿐이었다. 한편으로는 심리상담사라 그런지 확실히 사람의 심리를 잘 파악하는구나, 싶어 내심 감탄했다.

시윤은 한숨심리상담센터 C룸 내부를 둘러봤다. 약 20평 크기의 널찍한 회의실 한가운데에 의자 아홉 개가 원형으로 놓여 있었다. 집단 상담 시에 주로 이용한다는 좌석 배치로 조찬식의 조언을 따른 것이었다. 원형으로 좌석을 배치하게 되면 상석이나 말석의 개념이 사라져서 내담자 전원이 동등한 위치라는 인식을 갖게 된다고 했다. 내담자가 상하 관계가 아닌 수평적 관계임을 무의식적으로 받아들인다는 것이다. 더불어 원형구도인 덕에 구태여 고개를 돌리거나 상체를 틀지 않아도 참석자들을 한눈에 볼 수 있다는 장점도 있었다.

좌석 한가운데 있는 유리로 된 티테이블은 높이가 정강이 정도밖에 오지 않았다. 참석자들 사이에 시야를 가리는 어떤 장애물도 없는 셈이었다. 머리부터 발끝까지 참석자들의 전신이 온전히 노출되기에 사소한 손버릇이나 몸짓 등도 손쉽게 관찰할 수 있다. 무엇보다 원이라는 도형 자체가 심리적으로 안정감을 주기 때문에 속내를 털어놓게 만드는 데 효과적이라는 것이다. 별것 없어보였던 자리 배치에도 이토록 섬세한 배려와 심오한 계산이 내포돼 있었다니 감탄하지 않을 수 없었다.

상담실 벽 한편에는 각종 차와 커피 그리고 다과가 놓인 다용도 테이블이 있었다. 시윤은 손목시계를 확인했다. 3시 40분이었다. 몇 차례 연락을 주고받은 끝에 가까스로 정한 인터뷰 일정이 일요일 오후 4시였다. 대부분이 직장인이라 평일에는 시간 내기가 힘들고 저녁 시간대는 부담스럽다는 의견이 대다수였기 때문이다. 일요일은 상담센터도 휴진이라 센터에는 시윤 말고는 아무도 없었다.

조찬식도 일요일에 상담 봉사가 있다면서 정문 비밀번호와 시설 이용 안내만 전화로 전달해 줬을 뿐이었다. 무슨 일이 생기면 연락 달라는 말을 덧붙이고. 집단 인터뷰를 진행하게 되면 얼굴이라도 내비칠 줄 알았더니 의외였다. 프로젝트에 지대한 관심과 정성을 쏟는 줄 알았더니 개인 일정을 취소할 정도까지는 아니었던 모양이다. 상담실 점검을 마친 시윤은 안내 데스크 쪽으로 나왔다. 곧 방문할 참가자들을 맞이해야 했다. 로비 소파에 앉아 입구 너머를 내다보고 있으려니 엘리베이터에서 남자 한 명이 내렸다. 희끗희끗한 머리카락과 주름진 얼굴을 보건대 가장 연장자인 김광일이 분명했다. 키는 시윤보다 손가락 한 마디 정도 작았지만, 체중은 약간 더 나갈 것 같았다. 너무 마르지도 그렇다고 비만도 아닌 그만한 연령대에 딱 보기 좋은 체형이었다. 건강관리에 신경 쓰고 있다는 게 확연히 티가 났다. 시윤이 입구 문을 열고 나가자, 그가 정중하게 머리를 숙였다.

"안녕하십니까. 김광일이라고 합니다."

"이렇게 와주셔서 감사합니다. 메일과 전화로 인사드렸던 기시윤이라고 합니다."

시윤도 고개를 꾸벅 숙인 다음 그의 손을 양손으로 잡았다. 통성명을 마치자, 김광일이 물었다.

"다른 분들은 오셨나요?"

"아직입니다. 김 선생님이 제일 먼저 오셨습니다. 안으로 들어가시죠."

시윤은 그를 상담실로 데려갔다. 원형으로 놓여있는 의자들을 훑어본 그가 시윤을 바라봤다.

"제 자리는 어디인가요?"

"정해진 자리는 없습니다. 아무 데나 편하신 곳에 앉으시면 됩니다."

김광일이 잠깐 고민하더니 서있던 곳에서 가장 가까운 의자를 차지했다.

"저는 다른 분들의 안내를 위해 로비에 있겠습니다. 필요한 게 있으면 불러주십시오. 저쪽에 다과가 준비돼 있으니 차라도 한잔하면서 편하게 계십시오."

"알겠습니다. 신경 써주셔서 감사합니다."

뭘 마실 생각이 없는지 그는 다소곳이 앉아 내부를 둘러볼 뿐이었다. 시윤은 숙지한 프로필을 재차 상기시켰다. 김광일은 예순네 살로 모 대학교를 퇴직한 교수였다. 꼬박꼬박 존댓말을 쓰고 몸가짐도 점잖아보였다. 나이를 벼슬로 알고 직업을 계급으로 여기는 꼰대 타입은 아닌 듯했다. 권위적이거나 거만한 모습도 찾아볼 수 없었다. 첫인상은 좋은 편이었다. 하지만 첫인상은 첫인상일 뿐이다. 첫 만남에서는 누구든 무난한 성격의 소유자를 연기하기 마련이다.

로비로 나가자 출입구 앞을 서성이는 20대 여성이 보였다. 이혜나였다. 스물다섯 살의 첼로를 전공하는 음대 대학원생. 아담한 키에 앙상한 나뭇가지를 연상케 할 정도로 마른 체구였다. 저런 몸으로 어떻게 큰 악기를 매고 다니는지 걱정될 정도였다. 이혜나는 말수가 없었다. 인사를 건넬 때도 눈을 잘 쳐다보지 못했다. 수줍음을 많이 타고 내성적인 성격인 것 같았다. 상담실로 들어선 이혜나는 김광일을 보고 목례를 하더니 그와

한 칸 떨어진 의자에 앉았다. 김광일도 그녀의 성향을 알고 있는지, 인사만 교환한 후 더는 말을 붙이지 않았다.

다음 타자는 임창민이었다. 물류업에 종사하는 서른여덟 살의 개인사업자. 그는 탄탄한 몸매를 지닌 사내였다. 키는 181센티미터 정도 될까. 악수하는 손아귀에서도 단단함이 느껴졌다. 입술에 밴 웃음은 여유로웠고, 거리낌 없이 눈을 마주쳤다. 그런 태도에서 신중함과 자신감이 공존하는 듯한 인상을 받았다. 임창민은 김광일과 이혜나에게 깍듯하게 머리를 숙이더니 김광일의 오른쪽 옆에 앉았다.

네 번째로 도착한 인물은 신지아였다. 그녀는 시윤과 이미 만났으면서도 시윤을 처음 보는 것처럼 대했다. 상담실에 들어와서도 먼저 와있던 세 사람과 멀찌감치 떨어진 자리에 엉덩이를 걸쳤다. 그들과 아는 척도 하지 않았다. 김광일과 이혜나, 임창민이 인사하자 그제야 보일락 말락 하게 목만 까딱일 뿐이었다.

뒤를 이어 안도진이 도착했다. 서른여섯 살인 그는 성한시 유흥가에서 참치집을 운영하고 있었다. 안도진의 체격은 임창민과 비슷했지만 풍기는 이미지는 정반대였다. 임창민이 옹골진 이미지라면 안도진은 허우대만 멀쩡한 인상을 주는 남자였다. 반갑다며 실실대는 입꼬리도 어딘가 가식적인 것처럼 느껴졌다. 매일 미소로 손님을 접객해야 하는 서비스업 종사자다 보니 몸에 밴 것일 수도 있겠지만.

의료 기구 영업사원인 오재환은 4시 정각에 도착했다. 왠지 10분 전쯤 근처에 미리 와서 기다리다가 시간에 맞춰 들어온 것 같은 느낌을 주는 남자였다. 마흔두 살인 그는 시윤보다 키가 2센티미터 정도 컸고 호리호리한 몸매였다. 연신 상대방의 눈치를 살피며 분위기를 파악하려 애쓰는 것 같았다. 본인은 속내를 드러내지 않으려는 듯했지만, 얼굴에 감정이 다 드러났다.

3분 늦은 박유선은 연신 미안하다면서 지각할 수밖에 없었던 이유를 구구절절 늘어놨다. 그러고는 뒤늦게 인사를 건네며 친한 척을 했다. 상담실에서도 다른 사람들 보란 듯이 시윤에게 꼭 붙어 말을 걸고 안부를 물었다. 박유선은 이혜나의 옆에 앉더니 수다를 떨기 시작했다.

남정운은 4시 20분이 돼서야 나타났다. 마흔아홉 살, 이름만 대면 알만한 금융투자사 임원. 그는 20분이나 지각했는데도 미안하다는 말 한마디조차 없었다. 서두르는 시늉조차 하지 않았다. 존대를 하긴 했지만 반말을 섞어 썼고 갈수록 말이 짧아졌다. 거들먹거리는 표정과 깔보는 몸짓에도 무례함과 경솔함이 진하게 배어있었다. 어떤 사람이든 자신보다 밑에 있다고 여기는 태도였다. 상담실에서 그에게 인사를 하거나 안부를 묻는 이는 없었다. 그 또한 누구에게도 말을 걸지 않고 목을 뻣뻣하게 세운 채 안도진의 옆자리에 앉았다.

시윤은 상담실 문을 닫고 마지막 하나 남은 빈자리에 착석했다. 김광일의 왼쪽 옆자리였다. 시윤은 참가자들의 면면을 쭉 훑어봤다. 시윤을 기준으로, 시계방향으로 이혜나, 박유선, 안도진, 남정운, 오재환, 신지아, 임창민, 김광일 순으로 앉아있었다. 누구 옆에 착석했는지만 봐도 참여자 간의 친밀도와 거리감 등을 대략 파악할 수 있었다. 미묘한 긴장감과 데면데면한 공기가 참가자들 사이를 떠돌았다. 즐거운 추억을 공유한 사이도 아니고, 재난 이후 다 같이 한 자리에 모인 것도 처음일 테니 서먹한 것도 당연하겠지. 목을 가다듬은 시윤은 감사의 말부터 전했다.

"먼저 바쁘신데도 불구하고 다들 이렇게 참석해 주셔서 감사드립니다. 더불어 쉽지 않은 결정이었을 텐데 집단 인터뷰를 승낙해 주신 점도요."

남정운이 난데없이 딴소리를 늘어놨다.

"인터뷰를 하겠다고 한 적은 없는데."

시윤은 구겨지려는 입매를 억지로 폈다.

"참석 요청에 응하셔서 인터뷰에도 동의하신 줄 알았는데요. 실제로 오늘 여기에 나오셨고요."

"이 양반이 메일을 띄엄띄엄 읽네. 내가 언제 인터뷰에 동의한다고 했어? 한번 나와보겠다고만 했지. 인터뷰하겠다는 얘기는 한마디도 안 했다고!"

"할 생각이 없다면 지금이라도 돌아가는 게 낫지 않겠소? 괜히 미꾸라지처럼 분위기만 흐리지 말고."

김광일이 무표정한 얼굴로 툭 내뱉었다.

"그쪽이 뭔데 나한테 이래라저래라야! 그리고 내가 언제 안한다고 했어? 오늘 돌아가는 꼴을 보고 할지 말지 결정할 거야. 그러니까 나한테 신경 끄시지."

남정운이 눈을 부라리며 받아쳤다. 시윤은 절로 나오려는 한숨을 집어삼켰다. 아직 시작조차 안 했는데 벌써 서로 으르렁대니 관자놀이가 지끈거렸다. 그나저나 김광일과 남정운의 사이가 좋지 않은 걸까. 서로 못 잡아먹어 안달인 기운이 두 사람 사이에서 풍겨 나왔다. 남정운의 눈빛은 적개심으로 이글거렸고, 김광일의 싸늘한 시선은 혐오로 가득했다. 다행히 김광일은 더 응수하지 않았다. 오해가 생기지 않도록 모임의 취지를 정확히 짚고 넘어가는 편이 나을 것 같았다.

"당연한 얘기지만 여러분께 인터뷰를 강요하는 일은 없을 겁니다. 그럴 수도 없고요. 하기 싫거나 아니다 싶으면 언제든 떠나셔도 됩니다. 인터뷰 도중 고통스럽거나 힘드신 경우에도 즉각 말씀해 주십시오. 원하신다면 전문 상담사의 도움을 받게 해드리겠습니다. 전에도 말씀드렸지만 이번 인터뷰 및 도서 제작은 재난 트라우마 환자뿐만 아니라 여러분의 치유를 위한 작업이기도 합니다. 전문적인 인터뷰라기보다는 편하게 옛 친구들과 대화를 나눈다고 생각해 주셨으면 좋겠습니다."

"옛 친구는 개뿔!"

남정운이 다 들리도록 깐죽거렸다. 눈살을 찌푸리는 사람들이 적지 않았다. 적당히 좀 하지, 하는 표정들이었다. 김광일이 뭐라고 한마디 하고 싶은지 입술을 달싹거렸지만 입 밖으로 내뱉지는 않았다. 남정운을 상대하면 말싸움으로 번질 테고, 결국 분위기를 망칠 게 뻔하니 자제하는 것 같았다. 시윤도 남정운의 푸념을 무시하고 대략적인 개요를 밝혔다.

"서로 모르는 분은 없을 테니 소개는 생략하도록 하겠습니다. 인터뷰는 문답 형식으로 진행됩니다. 제가 질문을 하면 여러분이 답변하는 방식으로요. 대답은 어느 분이 하든 상관없습니다. 하고 싶은 말이 있다면 자유롭게 해주시면 됩니다. 대답하기 싫거나 곤란한 경우에는 건너뛰셔도 무방합니다. 모든 인터뷰 내용은 사전에 고지한 대로 녹음됩니다. 50분 간 진행한 후 10분 휴식 시간을 갖겠습니다. 질문 있으신가요?"

침묵을 승낙으로 간주하고 다음으로 넘어갔다.

"본격적인 인터뷰에 앞서 확인하고 싶은 게 있습니다. 재난의 경험이나 기억 때문에 아직도 고통을 겪는 분이 있나요?"

아무도 입을 열지 않았다.

"현재 정신과 치료나 심리상담을 받으시는 분은요?"

다들 묵묵부답이었다. 곁눈질하느라 눈만 빠르게 움직이고 있었다.

"그때 일로 악몽을 꾼다거나 지하주차장에 들어가면 숨이 막히는 등의 후유증을 앓는 분도 없으시고요?"

역시나 가타부타 말이 없었다. 이토록 미온적이고 비협조적인 태도로 나와서야 죽도 밥도 되지 않을 터였다. 인터뷰가 원활하게 진행될 리 없었다. 시윤은 박유선에게 눈길을 보냈다. 일전에 이와 같은 후유증을 앓았다고 이야기한 적이 있으니, 물꼬를 터주길 바랐다. 시윤의 의중을 알아챈 건지 그녀가 목청을 가다듬고 말했다.

"가끔 악몽을 꾸기는 하는데 심한 건 아니에요. 공포 영화를 보고 자면 가위에 눌린다든가, 하는 일들은 누구나 겪잖아요. 그런 정도죠. 재난을 겪은 직후에는 증상이 훨씬 안 좋기는 했어요. 지하로 내려가는 것도 영 꺼림칙했고요. 근데 지금은 아무렇지도 않아요."

"다른 분들은 어떠신가요?"

다시 도서관처럼 조용한 분위기로 돌아가는 게 아닌가 싶은 찰나, 임창민이 거들었다.

"박유선 씨처럼 악몽을 꾸거나 지하주차장 출입을 꺼린 건 아니지만 강박증이 생기긴 했습니다."

"어떤 강박증인가요?"

"어둡고 폐쇄된 공간에 갇혔던 일 때문인지 조명을 끄면 못 견디겠더군요. 밤에 잘 때는 물론이고 대낮에도 불을 켜놔야 안심이 됩니다."

"지금도 불을 켜고 생활하시나요?"

"아니요. 지금은 다 나았습니다. 트라우마보다 전기세가 더 무섭더라고요."

임창민의 우스갯소리에 몇몇이 피식거렸다. 그의 농담에 경직된 분위기가 다소 풀어진 듯했다.

"구조된 직후 상담은 안 받으셨나요?"

"필요성을 못 느꼈습니다. 시간이 지나면 알아서 괜찮아질 거라 여겼거든요. 어디가 아픈 것도 아닌데 그 정도 일로 병원을 가는 것도 유난 떠는 것 같았고요. 먹고살기 바빠서 정기적으로 병원에 다닐 여유도 없었죠. 대신 등산을 자주 다녔습니다. 산을 오르내리며 땀을 흘리고 상쾌한 공기를 마셨더니 어느새 강박증도 없어지더라고요."

"와, 대단하네요. 산사태 때문에 죽을 뻔 했는데 산에 가다니."

박유선이 진심으로 감탄했다는 듯이 입을 반쯤 벌렸다. 임창민은 어깨를 으쓱였다.

"그런가요? 산에서 쓸려 내려온 토사와 폭우로 인한 침수 때문에 그런 봉변을 당하기는 했지만, 딱히 산 탓이라는 생각은 못 해봤거든요. 그래서 산에 오르는 게 무섭지는 않았습니다."

"듣고 보니 그러네요. 산사태가 일어난 이유는 약해진 지반과 폭우의 영향 때문이었을 테니."

자연스럽게 대화가 이어진 걸 기회 삼아 시윤은 다른 이들의 참여를 유도했다.

"김광일 님은 어떠신가요? 재난 후 생긴 버릇이나 트라우마가 있으신가요? 그런 게 있었다면 혹시 어떤 방법으로 극복해 내셨나요?"

"트라우마라……. 글쎄요. 그런 게 생긴 것 같지는 않습니다. 저도 사람인지라 그때를 떠올리면 지금도 아찔하기는 합니다만. 그렇게 무서운 기억이 머릿속에 똬리를 틀 때면 클래식 감상을 합니다. 그러면 마음이 차분해지면서 악몽의 굴레에서 벗어나게 되더군요."

"고상한 척하기는. 클래식이 아니라 뽕짝이나 듣겠지."

남정운이 빈정거렸다. 김광일이 말만 했다 하면 사사건건 시비를 걸고 있었다. 무릎 위에 둔 주먹을 꽉 말아 쥔 김광일이 분을 삭이는 게 느껴졌다. 두 사람이 또 실랑이를 벌이기 전에 시윤은 얼른 질문으로 응수했다.

"남정운 님은 어떠신가요? 재난 트라우마를 겪지는 않으셨나요?"

"트라우마? 그딴 건 나약한 인간들만 걸리는 거야. 나처럼 강한 사람에게는 '해당 사항 없음'인 거지."

입만 열면 매를 버는 재수 없는 인간의 전형이었다. 남정운을 바라보는 사람들의 눈빛도 곱지 않았다. 원래도 비호감이었을 테지만.

"재난 후유증으로 힘들어하거나 스트레스를 받았던 적도 없다는 말씀인가요?"

"스트레스야 받았지. 인터뷰하고 싶다거나 당신은 치료받아야 한다는 이상한 인간들 때문에."

그의 깔보는 눈빛이 '바로 너 같은 자식들 말이야'라고 말하는 것처럼 보였다. 대화를 이어가는 게 무의미하게 느껴졌지만 그렇다고 배제할 수도 없는 노릇이라 공통 질문을 던졌다.

"남정운 님도 본인만의 스트레스 해소법이 있습니까?"

"당연하지. 스트레스 받을 때는 반신욕이 최고야. 반신욕으로 땀을 쭉 빼면서 온더락잔에 위스키 한 잔 하면 극락이 따로 없지."

"반신욕을 꽤 좋아하시나 봅니다."

"사족을 못 쓰지. 최고급 편백으로 만든 욕조도 특별 주문해서 설치했을 정도니까. 그게 얼마짜리인 줄 알아? 들으면 놀라서 자빠질걸. 웬만한 직장인 1년 치 연봉이랑 맞먹는다고."

혀를 차며 고개를 보일락 말락 젓는 김광일이 눈에 들어왔다. 저급하기 짝이 없다는 눈길이었다. 시윤은 분란이 생길 틈을 주지 않으려고 다른 사람에게 질문을 돌렸다.

"이혜나 님은 어땠어요? 재난을 겪은 후 일상생활에 변화가 생겼나요?"

"예전과 같다면 그게 더 이상하겠죠. 저는…… 무서웠어요……."

이혜나가 등을 움츠린 채 모기만 한 소리로 대답했다.

"특히 어떤 점이 무서웠나요?"

"또 그런 끔찍한 일을 당할까 봐……."

"당연히 그러시겠죠. 그렇게 큰 재난을 겪었으니. 혹시 상담은 받아보셨나요?"

그녀가 완강히 머리를 가로저었다.

"상담은 받기 싫었어요. 환자라는 낙인까지 찍히고 싶지는 않았으니까요. 상담을 받는다고 좋아질 것 같지도 않았고요."

"지금도 많이 힘드신가요?"

"조금씩 나아지고는 있어요. 저는 음악과 첼로에 많이 의지했어요. 어렸을 때부터 음악을 하긴 했지만 그 일을 겪은 후 더 첼로에 몰두하게 됐죠. 첼로를 연주할 때면 공포와 충격에 찌든 정신이 잠시나마 정화되는 기분이 들거든요."

다음으로 신지아가 자신만의 트라우마 대처법을 소개했다.

"나는 넷플릭스를 끼고 살았어요. 드라마란 드라마는 싹 다 본 거 같아요. 재밌는 시리즈를 정주행하다 보면 그때만큼은 온갖 고민이나 걱정 따위는 깨끗하게 잊게 되더라고요."

입이 근질근질했는지 박유선도 가세했다.

"나야 뭐 특별한 취미는 없으니 친한 언니, 동생들하고 수다 떠는 걸로 스트레스를 풀었죠."

"말은 바로 해야지. 수다가 아니라 뒷담화겠지."

핀잔을 주는 듯한 신지아의 혼잣말에 박유선이 눈을 치켜 떴다.

"뭐라고? 지금 나한테 한 소리예요?"

시윤은 참으라는 뜻으로 두 손을 펼쳐 보인 후 신지아에게 주의를 줬다.

"발언자의 얘기가 끝날 때까지 경청해 주시기를 부탁드리겠습니다. 조롱이나 비꼬는 말도 자제해 주십시오."

신지아는 들은 체 만 체하며 어깨를 으쓱거릴 뿐이었다. 박유선은 분이 안 풀리는지 신지아를 매섭게 노려봤다. 시윤은 분위기 전환을 위해 안도진에게 차례를 넘겨줬다.

"안도진 님은 어떠셨나요?"

"재난 후유증이나 트라우마를 앓지는 않았습니다. 원래 성격 자체가 덤덤하고 무딘 편이라서요. 저보다 오히려 아내와 아이가 충격을 많이 받았죠. 당시에 아내는 제가 죽은 줄 알고 실신해서 병원에 입원까지 할 정도였으니까요. 지금도 건물 지하로 내려간다고 하면 경기를 일으켜요. 지하주차장에 차를 대는 건 꿈도 못 꾸죠. 얼마 전 지하상가에 있는 헬스장을 등록했거든요. 운동하는 걸 좋아해서요. 운동하고 땀 흘리면서 스트레스를 해소하는 편이죠. 근데 아내가 헬스장 위치를 듣더니 당장 취소하라면서 펄쩍 뛰더라고요. 시내 한복판이라 산사태가 날 리도 만무하고 건물이 무너질 리도 없다고 설득해도 씨알도 안 먹혔어요. 끝내 아내의 성화에 못 이겨 그만뒀다니까요."

신지아가 콧방귀를 뀌었다. 뭔가 또 거슬리는 게 있는 건지, 아니면 다 큰 어른을 과잉보호하는 처사가 우스꽝스러운 건지 알 도리가 없었다. 시윤이 보기에도 과하다 싶은 면이 없는 건 아니었지만, 안도진의 아내 심정도 이해가 갔다. 참사를 당한 사람의 가족이 트라우마를 겪는 경우도 제법 많다고 들었다.

"아내분이 받은 충격이 상당히 크셨나 봅니다. 시간 되실 때 꼭 여기가 아니더라도 상담을 받아보시는 게 어떨까요?"

"저도 그러고 싶지만 절대 안 받을 겁니다. 병원 가는 걸 질색하는 사람이거든요. 자신에게 문제가 있다는 것도 인정 안 하는 성격이고요."

시윤은 마지막으로 오재환에게 시선을 돌렸다. 오재환은 자기 차례가 되자 다소 쑥스럽다는 듯이 목덜미를 매만지더니 씁쓸한 투로 말을 꺼냈다.

"저는 아직 그날의 일이 생생합니다. 잊으려고 애를 쓰면 쓸수록 더 또렷하게 뇌리에 각인되더군요. 아마 시간이 더 필요한 거겠죠. 어느 순간 잊었다고 생각하다가도 조금만 틈을 보이면 불쑥 지독했던 그때로 되돌아가더군요. 그래서 멍하게 있는 시간을 줄여보려고 무던히도 노력했죠."

"어떤 노력을 하셨는데요?"

"그간 TV나 휴대폰을 보는 것 외에는 변변찮은 취미 하나 없었거든요. 근데 재난 이후로 퍼즐 조립에 매달리기 시작했습니다. 잡념을 몰아내는 데 퍼즐만 한 게 없더군요. 시간 때우기에도 안성맞춤이고요."

아직 신변잡기나 다름없는 이야기인지라 다들 입을 여는 데 주저함이 없었다. 긴장이 풀리고 모임 분위기에도 어느 정도 적응했는지 자세도 한결 여유로워졌다. 본론으로 들어가서도 이런 기조가 쭉 유지되면 좋을 텐데. 어깨를 펴고 안경을 고쳐 쓴 시윤은 본격적인 인터뷰에 돌입했다.

"이제 그날로 한번 되돌아가 볼까요? 산사태가 일어난 원인이나 주차장이 침수된 이유, 그리고 일련의 구조 과정 등은 매스컴을 통해 숱하게 보도돼 잘 알려져 있습니다. 그렇지만 매몰되고 침수된 주차장 안에서 여러분이 무슨 고난을 겪었는지, 어떤 행동을 취했는지, 서로 무슨 대화가 오갔는지에 대한 이야기는 많지 않더군요."

"딱히 할만한 이야기가 없으니까요. 주차장에 매몰됐다가 차오르는 물을 피해 엘리베이터 위로 피신했고 끝내 무사히 구조된 게 다거든요. 단순한 전개죠. 재난영화처럼 극적인 서사를 기대하시면 안 됩니다. 현실과 영화는 180도 다르니까요."

안도진이 말했다. 그의 말도 일견 수긍이 갔다. 엎어지면 죽음이 닿는 곳에서 절망과 공포에 집어삼켜졌을 테니까. 구조되기를 간절히 기도하는 것 말고는 달리 할 수 있는 게 없었을 것이다. 그렇다 해도 이야깃거리가 아예 없을 리는 없다. 아무리 하잘것없고 시원찮은 소재라 해도 가공하기에 따라서는 다이아몬드가 될 수도 있었다. 원석을 보석으로 재가공하는 것이 시윤의 임무이자 역할이었다.

"대단한 사건이나 스토리가 아니어도 상관없습니다. 주차장에 갇혀있던 동안 벌어진 일을 가감 없이 말씀해 주시면 됩니다. 사소한 행동이나 의미 없이 나눴던 잡담도 괜찮습니다. 감정 상태의 변화를 얘기해 주셔도 되고요. 브레인스토밍이라 생각하고 떠오르는 대로 발언해 주세요."

살살 달랬음에도 입을 여는 이는 없었다. 육신은 1년 전에 무사히 구조됐지만 정신은 여전히 지하주차장에 갇혀있는 걸까. 말로만 괜찮아졌다고 한 건지도 모른다. 혹은 아무렇지도 않다면서 본인의 내면마저 속이고 있을 수도 있다. 당연한 일이다. 이들은 지옥에서 가까스로 탈출한 사람들이다. 입질이 오기를 하염없이 기다리느니 낚싯대를 사방팔방 던져보는 게 낫겠다 싶었다. 계속 말을 붙이다 보면 하잘 데 없는 대꾸라도 할 테고 그중에 뭐라도 얻어걸리겠지.

"주차장이 침수되기 시작한 걸 알고 어떤 행동을 취하셨습니까? 곧장 비상용 엘리베이터로 피신했나요? 비상용 엘리베이터로 피신하자고 한 건 누구의 아이디어였나요? 말씀해 주실 분이 계실까요?"

허들이 낮은 질문을 던졌는데도 떡밥을 무는 이는 없었다. 다들 시윤의 눈을 피하거나 딴청을 피우기에 바빴다. 이혜나는 고개를 푹 수그린 채 바닥에 시선을 떨궜다. 남정운은 눈 한 번 깜빡이지 않고 시윤을 마주 봤다. 내가 순순히 대답을 해줄 것 같으냐는 듯한 도발적인 눈빛이었다. 신지아는 매니큐어를 바른 자기 손톱만 들여다보고 있었다. 박유선은 입을 실룩이며 다른 사람들의 눈치를 보느라 바빴다. 김광일은 고뇌에 빠진 듯한 얼굴로 잠자코 있었다. 오재환은 커피가 담긴 종이컵 입구 끄트머리를 잘근잘근 씹어댔다. 안도진은 강 건너 불구경하는 것처럼 팔짱을 낀 자세로 사태를 관망하고 있었다. 어쩔 수 없이 누구 한 명을 지목하려는데 임창민과 눈이 마주쳤다. 그가 마지못하다는 듯이 말문을 열었다. 이대로 모두가 묵언수행만 하면 인터뷰가 진행되질 않으니 별수 없이 총대를 메겠다는 기색으로.

"제가 말씀드리죠. 오래전 일이라 기억이 정확하지 않을 수도 있습니다. 중간중간 막히는 구간이 있거나 틀린 부분이 나오더라도 양해 부탁드리겠습니다."

지하 3층을 둘러보고 온 뒤 전원이 지하 1층에 모여 비상회의를 시작했다. 임창민이 대표로 침수 상황을 설명해 주자 모두가 아연실색했다. 낯빛이 하나같이 죽음의 공포로 하얗게 질렸다. 박유선이 뭍에서 파닥이는 붕어처럼 입을 뻐끔거렸다.

"조만간 여기까지 물이 차오른다고요? 그러면 우리는 어떻게 되는 건데요?"

"바보야? 어떻게 되긴 뭐가 어떻게 돼? 다 같이 물귀신 되는 거지!"

남정운이 답답하다는 듯이 버럭 소리쳤다. 그 말에 다리가 풀린 박유선이 제자리에 털썩 주저앉았다. 옆에 있던 이혜나도 상체를 팔로 감싸고 덜덜 떨었다.

"왜 자꾸 재수 없는 소리를 해요? 주차장이 침수되기 전에 구조될 거라고요!"

신지아가 곧바로 반박했지만, 신경질적인 반응을 보건대 그녀 또한 초조한 게 분명했다.

"구조대가 몇 시간 만에 입구를 꽉 틀어막은 토사 더미를 퍼낼 수 있을 것 같아? 이렇게 장대비가 쏟아지는 열악한 환경에서? 불가능해. 아무리 빨라도 하루이틀은 걸릴 거야. 그때쯤이면 우린 이미 물귀신이 돼있겠지."

안도진이 겁에 질린 표정으로 울먹거렸다.

"난 죽고 싶지 않아! 이렇게 창창한 나이에 벌써 죽을 수는 없다고! 아직 할 일도 많고 하고 싶은 것도 많은데. 뭣보다 나만 바라보고 사는 아내와 자식을 놔두고 여기서 죽을 수는 없어! 제발 나 좀 나가게 해줘요! 나 좀 살려달라고요!"

볼썽사나운 모습이 꼴 보기 싫었는지 신지아가 앙칼지게 쏘아붙였다.

"추태 부리지 말고 가만히 좀 있어요. 여기 가족 없는 사람이 어디 있다고! 나이도 먹을 만큼 먹은 남자가 징징대기나 하고 쪽팔리지도 않아요?"

대놓고 면박을 당한 안도진의 귀밑이 시뻘게졌다. 어떻게 나한테 그런 말을 할 수 있느냐는 듯한 얼굴로 울분을 토했다.

"죽을지도 모르는데 가만히 있게 생겼어요? 당신은 물에 빠져 고통스럽게 죽어도 좋은 거야? 여기서 비참하게 익사해도 괜찮은 거냐고?"

"죽고 싶은 사람이 누가 있어. 당연히 살고 싶지. 나도 죽기 싫다고. 그렇다고 그쪽처럼 가족 타령하면서 응석을 부리지는 않잖아. 그럴 시간에 살 궁리를 해야지."

"왜 나만 쥐 잡듯이 잡는 건데! 당신, 나한테 무슨 억하심정이라도 있는 거야?"

"쳇, 억하심정은 무슨? 내가 당신을 언제 봤다고?"

"지금 나만 벌벌 떨고 있는 게 아니잖아! 여기 이 사람도 무서워서 반쯤 정신이 나갔다고."

안도진이 대뜸 옆에 있던 전경석에게 화살을 돌렸다. 안도진이 애먼 사람을 끌어들여 소란이 커지는 건 아닐까 우려했는데, 전경석은 어떤 반응도 보이지 않았다. 욱하거나 발끈해할 법도 하건만 자신의 발치만 내려다볼 뿐이었다. 안도진의 말대로 넋이 나간 것 같은 모습이었다. 불필요하고 소모적인 논쟁을 할 때가 아니었다. 임창민이 사태 수습에 나섰다.

"그만들 하시죠. 우리끼리 싸울 때가 아닙니다. 최악의 상황이긴 하지만 아직 시간이 있으니 해결 방안을 찾아보도록 하죠."

"해결 방안이 뭐가 있는데? 출구라는 출구는 모조리 봉쇄됐잖아. 계단과 엘리베이터 입구는 폭삭 주저앉았고 차량 출입 통로마저 토사로 틀어막혔다고. 설마 맨손으로 토사를 퍼내자는 건 아니겠지?"

연신 초를 치는 남정운 때문에 진이 빠졌지만, 임창민은 인내심을 발휘했다.

"그렇다고 가만히 있을 수는 없잖습니까. 뭐라도 해봐야죠.

서로 머리를 모으고 힘을 합치면 좋은 수가 떠오를 수도 있잖습니까?"

남정운이 또 딴죽을 걸기 전에 임창민은 김광일의 의견을 물었다.

"교수님 생각은 어떠십니까? 무슨 방법이 없을까요?"

"글쎄요. 자력으로 빠져나가기는 쉽지 않을 것 같습니다. 우리가 알지 못하는 비밀 통로나 출구가 있다면야 모를까……."

김광일이 무기력하게 말꼬리를 흐렸다. 그나마 무리의 브레인이라 할 수 있는 그의 입에서마저 비관적인 전망이 나오자, 사람들의 표정은 더욱 암울해졌다. 익사에 대한 공포가 벌써 목구멍을 틀어막은 듯했다.

"정말 아무 방법도 없는 거예요? 이대로 가만히 앉아있다가 물에 빠져 죽는 수밖에 없는 거냐고요!"

박유선의 절규가 주차장 내벽을 카랑카랑하게 때렸다. 음침하게 되돌아온 메아리가 그렇다고, 너희는 모두 물에 빠져 죽을 운명이라고 대답해 주는 듯했다. 체념과 공포가 미약했던 희망과 생존 의지마저 착실하게 갉아먹는 가운데 누군가가 웅얼거렸다.

"그쪽이라면 피할 수 있을지도……."

모두의 간절한 시선이 혼잣말한 사람에게 쏠렸다. 오재환이었다. 임창민이 다급히 물었다.

"그쪽이라니요? 침수로부터 안전한 장소가 있다는 말씀인가요?"

자신에게 쏠린 갑작스러운 관심이 부담스러웠는지 오재환이 자신 없는 어조로 대꾸했다.

"안전할지 어떨지는 저도 잘 모르겠지만⋯⋯."

"꾸물대지 말고 빨리 얘기해!"

남정운이 성마르게 윽박질렀다.

"당신은 가만히 좀 있어요! 사사건건 끼어들어서 어깃장 놓지 말고!"

보다 못한 김광일이 남정운을 나무랐다.

"네가 뭔데⋯⋯."

눈을 부릅뜨며 일어서는 남정운을 임창민이 잽싸게 가로막고 섰다. 다른 이들도 한목소리로 성토했다.

"그러게, 그만 좀 나대요!"

"훼방 좀 놓지 말고 이야기나 들어봅시다!"

"아, 진짜! 그놈의 입 좀 다물어요!"

생사가 달린 문제라 그런지 다들 날이 바짝 서있었다. 사람들이 눈을 희번덕대며 몰아붙이자, 남정운도 똥 씹은 표정으로 꼬리를 내렸다.

"터무니없어 보이는 아이디어라도 모아야 할 때입니다. 방금 말씀하신 장소가 어딘지 말씀해 주시겠습니까?"

임창민의 격려에 오재환이 조심스럽게 의견을 내놨다.

"제 생각에는⋯⋯. 지하 1층에 있는 비상용 엘리베이터라면 피신할 수 있을 것 같은데……."

"거기도 아까 확인했잖아요. 운행 불가능한 엘리베이터에 타서 뭘 어쩌자는 건데요? 주차장이 지하 1층까지 완전히 침수되면 비상용 엘리베이터도 물에 잠길 게 뻔한데."

신지아가 말했다. 그게 대체 무슨 해결책이냐는 냥 진한 실망의 목소리로. 이런 반론이 나올 걸 예상했는지 오재환은 당황하지 않고 침착하게 대꾸했다.

"맞습니다. 지하 1층까지 침수되면 비상용 엘리베이터도 물에 잠기겠죠. 하지만 엘리베이터 내부가 아니라 그 위쪽으로 피한다면요?"

김광일이 눈썹을 꿈틀대며 되물었다.

"위라면 엘리베이터 카 상부를 말씀하시는 건가요?"

"그렇습니다. 엘리베이터 천장에 비상사태를 대비한 탈출구가 있을 겁니다."

"엘리베이터 비상 탈출구를 통해 빠져나가자는 얘기라면 아마 힘들 겁니다. 엘리베이터가 작동 불능이라 굳이 말하지 않았는데……. 정상 작동이 됐다 해도 지상으로의 탈출은 불가능했을 겁니다. 비상용 엘리베이터와 주차장 출입구 모두 산비탈을 향해 나있거든요. 토사가 주차장 출입구를 덮쳤으니 비상용 엘리베이터 출입구 쪽 상황도 별반 다르지 않을 겁니다. 비상 탈출구를 통해 위로 올라간다 해도 밖으로는 나갈 수 없다는 소리죠."

"저도 승강로를 통해 탈출할 수 있을 거라는 기대는 안 합니다. 다만, 엘리베이터 카 상부 위로 올라가면 물에 빠져 죽는 일만은 피할 수 있을지도 모릅니다. 지하주차장이 통째로 침수된 후 수위가 지상까지 올라가게 되면 물은 아파트 건물 밖으로 흘러 나가게 될 겁니다. 1층부터는 트인 곳이 많으니까요. 1501동이 경사면에 있어서 물은 고이지 않고 흘러내릴 테고요. 엘리베이터는 지하 1층에 멈춰져 있지만 우리가 카 상부에 서있게 되면 목 위쪽은 아마 1층과 같은 높이에 있게 될 겁니다. 허리나 가슴까지는 물이 차오를 수도 있지만 머리는 잠기지 않을 수도 있어요. 엘리베이터 카 상부가 일종의 구명보트가 되는 셈이죠. 구조대가 올 때까지 거기서 버티는 겁니다."

안도진이 깜깜한 터널 속에서 한 줄기 빛을 발견한 것처럼 호들갑을 떨었다.

"좋은 생각 같은데요! 피부가 물에 퉁퉁 불 수도 있겠지만 최소한 죽지는 않을 테니까."

박유선도 격하게 고개를 끄덕였다.

"당장 비상용 엘리베이터로 가보자고요. 운이 좋으면 승강로를 통해 빠져나갈 수 있을지도 모르잖아요."

임창민이 김광일의 의견을 구했다.

"교수님 생각은 어떠십니까?"

"실제 수위가 어디까지 차오를지 예측하기는 힘들겠지만, 해볼만한 시도라고 생각합니다. 다른 대안이 없는 이상 유일한 방법이라고 볼 수도 있겠네요. 다만, 한 가지 우려되는 점은 산사태 시 엘리베이터가 얼마만큼의 충격을 받았는지 알 수 없다는 점입니다. 현재는 지하 1층에 멈춰져 있는 상태지만 추가 부하가 가해질 시 가라앉거나 추락하는 등의 심각한 문제가 생길지도 모릅니다."

이혜나가 소심하게 의견을 피력했다.

"외견상으로 특별한 이상이나 하자는 없어 보였는데요. 구조적으로 망가진 게 아니라 전력 수급을 받지 못해 작동이 중단된 게 아닐까요?"

"그렇다면 다행이고요. 엘리베이터의 안전장치가 무사하고 기계적인 결함이 없다면 탑승해도 별문제는 없을 겁니다. 혜나 씨 말대로 전기가 끊겨서 정지됐길 바라야죠."

임창민이 제안했다.

"비상용 엘리베이터를 다시 한번 살펴보는 건 어떨까요?"

"그게 낫겠네요. 여기서 왈가왈부할 게 아니라 직접 눈으로 확인해 보는 게 백번 낫죠."

신지아가 찬성했고 다른 이들도 고개를 까딱였다.

"잠깐만요. 그 전에 한 가지 더 말씀드릴 게 있습니다."

오재환이 머뭇대며 말문을 열었다. 다 된 밥에 재를 뿌리기는 싫지만, 꼭 짚고 넘어가야 할 게 있다는 표정으로.

"뭔데요?"

"엘리베이터의 비상 탈출구를 열려면 열쇠가 필요합니다.

삼각형 모양으로 된 특수열쇠가요."

안도진이 삐딱한 목소리로 다그쳤다.

"뭐요? 설마…… 열쇠가 없다거나 하는 소리는 아니겠죠?"

"안타깝게도 저에게는 삼각열쇠가 없습니다."

"비상 탈출구를 부술 수는 없습니까?"

임창민이 물었다.

"어려울 겁니다. 소방대원이 갖고 다니는 특수 장비 같은 게 있지 않는 한."

"결국 엘리베이터 위로 못 올라간다는 뜻이잖아요! 애초에 아무 도움도 안 되는 얘기는 왜 꺼낸 건데요? 목숨이 왔다 갔 다 하는 판국에 우리를 갖고 논 거예요?"

사기라도 당한 사람처럼 박유선이 울화통을 터뜨렸다. 오재 환이 손사래를 치며 부인했다.

"그럴 리가요. 주차장 어딘가에 삼각열쇠가 있을지도 모릅 니다."

"주차장 내부에 비상키 보관함이라도 있는 거예요?"

신지아가 부리나케 물었다.

"그런 소리는 못 들어봤습니다. 본 적도 없고요. 누구나 손댈 수 있는 곳에 비상키를 보관해 놓지는 않겠죠."

"도대체 키가 있다는 거야, 없다는 거야?"

자기 성질을 못 이기고 남정운이 상체를 부르르 떨며 고함을 내질렀다. 오재환이 쩔쩔매며 대답했다.

"키가 있을지 없을지는 저도 잘 모릅니다. 다만, 우리 동에 사는 주민이 갖고 있을 가능성이 높습니다."

"그 주민이 우리 중 한 명이야?"

"아닙니다. 여기에는 없습니다."

"이게 진짜! 장난해? 결국 키가 없다는 거잖아!"

임창민이 나서서 만류했다.

"일단 오재환 씨 얘기를 끝까지 들어보죠."

남정운은 입을 다물긴 했지만 사납게 오재환을 노려봤다. 계속하라는 임창민의 눈짓에 오재환이 주눅 든 표정으로 말을 이어갔다.

"제가 말한 주민은 흡연구역에서 만난 30대 후반 남자입니다. 종종 마주치다 보니 안면은 있었지만, 인사를 한다거나 아는 체를 하는 사이는 아니었습니다. 딱히 그럴 이유도 없었고요. 그러다 하루는 그 남자가 라이터를 놓고 왔는지 제게 불을 빌렸습니다. 그 일을 계기로 흡연구역에서 만나면 담배를 피우며 가벼운 잡담을 나누게 됐습니다. 이런저런 대화를 주고받다가 서로 하는 일도 알게 됐고요. 그의 직업은 엘리베이터 정비사였습니다. 엘리베이터 정비를 위해 매일 같이 온갖 건물을 돌아다닌다고 하더군요. 그래서 항상 자기 차에 각종 장비가 든 공구통을 싣고 다닌다고도 했고요."

이야기의 요점을 알아챈 김광일이 말했다.

"그 이웃 주민의 공구통에 삼각열쇠가 있을지도 모른다는 건가요?"

"엘리베이터 정비사니까요. 삼각열쇠도 들고 다닐 확률이 높지 않을까요?"

잿빛이었던 사람들의 낯빛에 조금이나마 희망의 기색이 감돌기 시작했다.

"차 번호가 뭔가요?"

오재환이 몹시 애석하다는 표정을 지었다.

"안타깝게도 차 번호는 모릅니다. 차종도 모르고요. 그 이웃의 차를 본 적이 없어서요. 이웃이 무슨 차를 타고 다니는지, 차 번호가 뭔지 묻는 경우는 없잖아요. 제가 아는 사실은 그 이웃의 차량이 SUV라는 것뿐입니다."

"주차장에 있는 SUV 차량을 전부 뒤져봐야 한다는 소리로군요."

임창민의 말에 안도진이 기가 막힌다는 듯이 쇳소리를 냈다.

"여기 차가 몇 대나 있는 줄 알아요? 못해도 수백 대는 될걸요. 근데 그걸 일일이 다 확인한다고요?"

"세단을 제외하고 SUV만 수색하면 되니 그것보다는 적을 겁니다."

김광일은 해볼만하다는 어조였다.

"언제 물이 여기까지 차오를지 모르는데 어느 세월에 그걸 찾고 있어요. 그것도 진짜 있는지 없는지도 모르는 걸."

"지푸라기라도 잡아봐야죠. 가만히 앉아서 마냥 죽기를 기다리는 것보다는 낫지 않겠습니까."

"누가 앉아서 죽고 싶대요? 가뜩이나 금쪽같은 시간을 쓸데 없는 일에 허비하게 될까 봐 그러는 거잖아요."

논쟁이 더 격해지기 전에 임창민이 주의를 환기했다.

"당장 비상용 엘리베이터부터 점검해 봐야 하지 않을까요? 비상 탈출구도 살펴보고요. 열쇠 없이도 열 수 있을지 모르잖 아요. 어떻습니까?"

그의 제안을 반대하는 이는 없었다. 전원이 삼삼오오 잰걸 음으로 비상용 엘리베이터 쪽으로 이동했다. 비상 탈출구를 열 지 못하면 맨손으로라도 부숴버릴 것처럼 하나같이 비장한 얼 굴로.

비상용 엘리베이터 앞에 도착하자 오재환과 임창민이 가운 데 문틈을 잡고 벌려서 문을 개방했다. 오픈된 엘리베이터 내 부는 평상시와 똑같아 보였다. 어디서도 고장이나 손상의 흔 적은 찾아볼 수 없었다. 겉만 멀쩡해 보인다고 해서 문제가 없 다고 단정할 수는 없지만. 전문가가 아니면 확인 불가능한 구 동장치나 케이블, 브레이크 등이 파손됐을 가능성도 충분했다. 주거용 엘리베이터 부근이 쑥대밭이 된 걸 보면 비상용 엘리베 이터도 산사태의 충격을 받았을 거라고 보는 게 타당했다. 이 렇듯 안전하다는 보장이 없기에 선뜻 엘리베이터 내부로 발을 들이려는 사람은 없었다. 서로 눈치만 보다 오재환이 나섰다. 뒤이어 임창민과 김광일도 가세했다. 마지막으로 합류한 사람은 뜻밖에도 신지아였다. 그녀는 뭐든 자기 눈으로 확인해 봐야 직성이 풀린다면서 자원했다. 안도진이 근심 어린 표정으로 신지아에게 말을 붙였다.

"진짜 들어가려고요?"

신지아는 쳐다보지도 않고 냉랭하게 대꾸했다.

"엘리베이터가 안전한지 확인해 봐야 할 거 아니에요. 비상 탈출구도 살펴봐야 하고요."

"남자가 세 명이나 가잖아요. 굳이 지아 씨까지 들어갈 필요는 없을 것 같은데요."

"여자라고 무시하는 거예요?"

"그게 아니라 위험할 수도 있으니 걱정돼서 그러는 거죠."

"그렇게 걱정되면 안도진 씨가 대신 들어가 주든가요."

"그 말이 어떻게 또……."

안도진이 눈을 내리깔며 얼버무리자, 신지아가 코웃음을 쳤다.

"그 정도까지 걱정되지는 않나 보네. 됐어요! 남이야 어디를 가든 말든 신경 꺼요."

안도진에게 등을 돌린 신지아는 엘리베이터 탐색팀에 합류했다. 사람들과 눈빛을 교환한 오재환이 깊게 심호흡한 뒤 엘리베이터 안으로 한 발을 내밀었다. 발끝으로 바닥을 툭툭 건드려본 후에 천천히 체중을 실었다. 별 이상이 없자 나머지 발도 안쪽으로 넣어 엘리베이터에 온전히 탑승했다. 초조함으로 부풀었던 사람들의 가슴이 안도로 가라앉았다. 임창민과 김광일, 신지아도 엘리베이터에 올라탔다. 엘리베이터는 미동도 하지 않았다. 덜컹대거나 끽끽거리는 불길한 소음도 나지 않았다. 네 명만 탔는데도 엘리베이터가 꽉 찬 느낌이 들었다. 비상용이라 그런지 비좁은 편이었다. 내부는 특별히 눈여겨볼 만한 게 없었다. 곧이어 엘리베이터에 들어간 사람들의 목이 일제히 뒤로 젖혀졌다. 오재환이 천장에 부착된 불투명한 패널 한가운데를 가리켰다.

"천장 패널을 떼어내면 비상 탈출구가 나올 겁니다."

임창민이 벽에 고정된 손잡이를 밟고 위로 올라섰다. 김광일과 오재환은 뒤에서 그의 허벅지와 허리를 받쳐줬다. 천장 패널은 다행히 너트나 볼트로 조여져 있지 않아 손으로 떼어낼 수 있었다. 패널을 걷어내자 천장의 비상 탈출구가 모습을 드러냈다. 이음새를 보아하니 사람 한 명이 겨우 통과할 수 있을 정도의 크기였다. 오재환의 말대로 탈출구 가장자리에는 세모 모양의 열쇠 구멍이 나있었다. 임창민은 손에 힘을 줘서 탈출구를 위쪽으로 밀어봤다. 벽을 미는 것처럼 꿈쩍도 하지 않았다. 얼굴이 시뻘게질 정도로 용을 써봤지만 소용없었다. 인간의 힘으로 탈출구를 여는 건 불가능했다. 망치 같은 공구가 있었다 해도 상황은 별반 달라지지 않았을 것이다. 밑으로 내려온 임창민이 머리를 절레절레 내저었다.

"열쇠 없이는 못 열 것 같습니다. 어떻게든 열쇠를 찾아야 합니다."

김광일도 재촉했다.

"서둘러야겠습니다. 아직 지하 3층만 침수된 상태지만 상황이 어떻게 급변할지 알 수 없으니까요."

넷이 밖으로 나오자마자 목을 빼고 기다렸던 사람들이 모여들었다. 박유선이 득달같이 물어봤다.

"엘리베이터는 어때요? 안전할 것 같아요?"

김광일이 대답했다.

"넷이 타도 별문제 없는 걸 보면 전부 탑승해도 괜찮을 것 같습니다."

연이어 안도진이 물었다.

"탈출구는요? 열 수 있을 것 같아요?"

이번에는 임창민이 대답했다.

"그냥은 못 엽니다. 열쇠가 꼭 필요해요."

"부수면 안 되나요?"

"특수 장비를 갖고 있지 않은 이상에야 힘들 겁니다. 어설프게 부수려고 시도했다가 강판이 휘어지거나 잠금장치가 망가지면 아예 못 열게 될지도 몰라요. 비상 탈출구 열쇠를 찾는 게 최선입니다."

"맞아요. 빨리 열쇠를 찾아야 합니다."

오재환도 그 의견에 힘을 보탰다.

"주차장이 세 개 층이나 되잖아요. 이 넓은 데서 무슨 수로 열쇠를 찾아요? 차량이 한두 대도 아닌데."

박유선이 툴툴대자 임창민이 대꾸했다.

"수색해야 할 차량이 많으니 각자 구역을 나눠서 수색하는 게 좋을 것 같습니다."

"우선 지하 3층부터 수색하는 게 어떨까요? 지하 3층은 이미 침수가 시작됐어요. 아직은 수위가 무릎 정도밖에 오지 않지만, 침수 속도가 빨라질 가능성도 배제할 수 없습니다. 빗물 유입량이 폭발적으로 늘어난다거나 지반에 이상이 생기는 등의 변수 때문에요. 지하 3층이 완전히 물에 잠기게 되면 그쪽에 주차된 차들은 확인할 수가 없습니다. 만에 하나라도 지하 3층에 주차된 차 안에 열쇠가 있다면, 그대로 수장돼 버리는 거죠. 그러니 다 같이 지하 3층부터 뒤지는 게 좋을 것 같습니다."

김광일의 제안에 임창민도 전적으로 동의했다.

"교수님 말씀대로 하는 게 좋겠습니다. 모두 다 같이 지하 3층으로 내려가죠. 여기서 구역을 나눈 후에……."

"미쳤어! 내가 거길 왜 내려가!"

한동안 잠잠했던 남정운이 거세게 반발했다. 신지아가 또 시작이냐는 듯이 인상을 썼다.

"당신만 쏙 빠지겠다는 거야? 우리가 죽을힘을 다해 마련한 구조선에 무임승차하겠다는 거냐고? 그 꼴은 절대 못 보지. 엘리베이터에 타고 싶으면 당신도 수색에 참여해! 밥값을 하라고!"

"누가 안 한대? 나도 열쇠를 찾을 거야! 그렇지만 지하 3층에는 절대로 안 내려가. 그 위험한 데를 내가 왜 가! 거기서 무슨 사고라도 당하면 누가 책임져 줄 거야? 아니잖아. 개죽음을 당할지도 모르는데 내려가라고? 미쳤어? 난 죽어도 거기는 안 가! 그쪽으로는 오줌도 안 쌀 거라고!"

남정운의 강경한 태도에 보이지 않는 동요가 퍼져나가는 듯했다. 오재환이 남정운을 달랬다.

"침수가 진행 중이기는 하지만 아직 그렇게 빠른 속도로 물이 차오르고 있는 건 아닙니다. 크게 위험하지는 않을 겁니다. 전원이 열쇠 탐색에 나서면 수색 작업을 조속히 마칠 수도 있을 테고요. 그러니……."

"무슨 소리야? 싱크홀도 생겼다며! 통로를 지나다가 느닷없이 발밑이 쑥 꺼질지 어떻게 알아? 아니면 벽이 붕괴하면서 물이 쏟아져 들어올 수도 있지. 그러면 그대로 뒈지는 거잖아! 가뜩이나 산사태로 건물도 약해졌을 텐데. 언제 무슨 일이 벌어질지 모르는 거 아냐!"

김광일이 참다못해 언성을 높였다.

"이봐, 위험지역에 가고 싶은 사람이 누가 있겠나? 위험을 무릅쓰고서라도 수색 작업을 하려는 건 다 같이 살기 위해서잖나. 근데 당신만 안전한 곳에 있겠다는 건가? 사람이 왜 이렇게 이기적이야? 왜 본인 생각만 하느냐고!"

"왜 또 나한테만 지랄이야! 나만 지하 3층에 내려가기 싫은 거야? 내가 이상한 거냐고! 까딱하면 죽을지도 모를 데를 내려가라고 강요하는 게 더 비정상 아니야? 안 그래?"

공포를 조장하는 남정운의 언사에 박유선이 면목 없다는 듯이 손을 빠끔 들었다.

"미안한데 나는 무릎이 시원찮아서 침수구역에서 수색하는 건 무리예요. 웬만하면 지하 1층을 수색해야 될 것 같아요."

그러자 안도진도 날름 구역을 선점했다.

"그러면 저도 신지아 씨랑 지하 1층을 맡겠습니다."

"나는 왜 끌어들여요?"

신지아가 무슨 속셈이냐는 듯이 눈을 흘기자 안도진이 비아냥댔다.

"신지아 씨한테 배울 게 많을 것 같아서요."

"좋아요. 그쪽이 얼마나 잘하는지 어디 한번 지켜보죠."

아무래도 지하 3층에 내려가기는 꺼림칙했는지 신지아도 못 이기는 척 받아들였다.

"어때? 이래도 나만 뻔뻔하고 파렴치한 놈인가?"

남정운이 의기양양하게 가슴을 펴며 우쭐댔다. 과반수가 남정운의 편에 선 셈이라 김광일은 더는 받아치지 못했다. 아니꼽게 그를 쳐다보는 게 다였다. 위험을 회피하고 목숨을 보전하려는 건 인간을 비롯한 모든 동물의 본능이다. 하기 싫다는 걸 억지로 등 떠밀어 보낼 수도 없는 노릇이었다. 임창민은 마지못해 수색 방식을 변경했다.

"지하 1, 2, 3층을 동시에 수색하도록 하죠. 어쩌면 그편이 열쇠를 더 빨리 찾을 수도 있겠네요. 지하 1층은 박유선 씨, 안도진 씨, 신지아 씨가 맡는다고 하셨고, 누가 지하 2층을 맡으시겠습니까?"

말이 끝나기도 전에 남정운이 선수를 쳤다.

"내가 지하 2층을 맡지."

임창민은 떨떠름하게 고개를 끄덕인 뒤 김광일에게 권했다.

"교수님도 연세가 있으시니 지하 2층을 맡으시죠."

"지하 3층을 맡고 싶지만 체력이 안 될 것 같긴 하네요. 폐를 끼칠지도 모르니 그렇게 하겠습니다."

남정운이 보란 듯이 피식거렸다. 같잖은 핑계가 우습지도 않다는 듯이. 너도 겁쟁이인 주제에 그동안 왜 훈계질을 했느냐는 비웃음이랄까.

임창민은 담당 구역이 정해지지 않은 나머지 인원에게 시선을 돌렸다. 이혜나와 오재환 그리고 전경석 세 명이 남아있었다. 오재환은 열쇠 수색을 제안한 장본인이니 지하 3층을 할당해도 불평하지 않으리라. 문제는 전경석과 이혜나였다. 아무래도 연약한 여성에게 위험구역의 수색을 맡기는 건 무리일 것 같았다. 작업 효율도 떨어질 것이다. 그렇다고 남자라는 이유만으로 전경석에게 지하 3층 수색을 강권하기도 애매했다. 위험지대를 기피한 대부분이 미꾸라지처럼 빠져나간 상황에서 전경석에게만 지하 3층을 배정하는 것도 형평성에 어긋나 보였다. 난감해하고 있는데 전경석이 불쑥 손을 들었다.

"제가 지하 3층을 맡겠습니다."

임창민은 전경석의 의향을 재차 확인했다.

"정말 지하 3층을 맡아도 괜찮겠어요? 위험할지도 모르는데."

"그러니 제가 해야죠. 가녀린 여성분을 위험한 곳에 보낼 수는 없으니까요."

임창민은 솔선수범 나서서 근심을 덜어준 전경석이 내심 고마웠다.

"흔쾌히 자원해 줘서 고마워요. 그러면 이혜나 씨가 지하 2층을 맡으시죠."

한 층을 세 개 구역으로 나눠 각자 SUV 차들을 뒤져보기로 정했다. 지하 1층은 안쪽부터 통로 쪽으로 박유선, 안도진, 신지아. 지하 2층은 김광일, 남정운, 이혜나. 지하 3층은 오재환, 임창민, 전경석 순이었다. 차량 유리창을 깰 도구도 하나씩 나눠 가졌다. 비상용 소화기, 잭업 렌치, 쇠파이프 같은 것들이었다. 수색해야 할 차량의 종류가 그나마 SUV로 좁혀져서 다행이었다. SUV인지도 몰랐다면 주차장 내에 세워진 모든 차를 일일이 뒤져봐야 했을 테니. 물이 급속히 불어나거나 벽이나 천창이 무너지는 등의 비상사태 시에는 즉시 작업을 중지하고 비상용 엘리베이터 앞에서 모이기로 했다. 열쇠를 찾지 못할 경우에도 두 시간 후에는 무조건 집합하기로 정했다. 각자 담당 구역으로 흩어지기 전에 임창민이 시간을 확인했다.

"지금 시각이 오전 5시 40분이니 7시 40분에 여기서 보도록 하죠. 중간중간 꼭 시간을 체크해 주십시오. 그전에 열쇠가 발견되면 좋겠지만요."

지하 1층에 세 명이 남고 여섯 명이 밑으로 내려갔다. 거기서 다시 세 명이 남고, 임창민과 오재환 그리고 전경석이 지하 3층으로 내려왔다. 지하 3층 통로 앞에 선 임창민은 혀를 찼다. 아까보다 물이 더 불어나있었다. 침수 수위가 허벅지 높이까지 올라온 상태였다. 이 정도 속도라면 3층 전체가 물탱크로 변하는 건 시간문제였다. 전원이 지하 3층을 수색하도록 더 강하게 밀어붙일 걸 그랬나, 싶은 후회가 일었지만 이미 늦었다. 무작정 밀어붙인다고 해서 겁먹은 사람들의 마음을 돌릴 수 있을 리도 없다. 혼란과 분쟁만 더 심해졌을 것이다. 최대한 빨리 차를 확인하는 수밖에 없었다. 임창민은 오재환과 전경석을 돌아보며 당부했다.

"물이 빠른 속도로 불어나고 있으니 최대한 안전에 주의하면서 작업합시다. 만에 하나라도 무슨 문제가 생기면 소리쳐서 도움을 요청하도록 하고요."

두 사람이 긴장한 표정으로 고개를 끄덕였다. 전경석이 통로 쪽 구역을 맡고, 임창민이 중앙 구역을, 그리고 오재환이 제일 안쪽 구역으로 들어갔다. 담당 구역으로 흩어지는 두 사람을 보며 임창민은 전경석이 자원해 줘서 다행이라는 생각이 들었다. 전경석도 다른 이들처럼 지하 3층 수색을 기피했다면 이혜나가 이곳을 떠맡을 수도 있었으니. 그랬다면 수색을 벌이는 내내 조마조마했을 것이다.

SUV가 세단 판매량을 추월한 지 오래여서 주차장에는 SUV 차량이 월등히 많았다. 조바심이 재차 목구멍을 타고 올라왔다. 지하 3층이 완전히 침수되기 전에 이 많은 차를 전부 확인할 수 있을까? 만약 미처 확인 못 한 차에 삼각열쇠가 있는데 지하 3층이 침수된다면? 상상만으로도 끔찍했다. 한시라도 빨리 SUV 차를 뒤져보는 수밖에 없었다. 임창민은 오른손에 든 차량용 비상 망치를 꽉 움켜쥐었다. 그러고는 앞에 있는 차의 유리창을 향해 힘껏 휘둘렀다. 경보음이 고막을 찢을 것처럼 울려댔다. 정신없이 차를 뒤지느라 시간이 얼마나 흘렀는지 알 수 없었다. 임창민은 팔뚝을 타고 흐르는 피를 손으로 닦아냈다. 창틀에 낀 깨진 유리에 쓸려 맨살에 자잘한 상처가 난무했다. 시계를 보니 벌써 한 시간 30분이나 지났다. 물도 더 불어나 이미 허리 지점까지 올라온 상태였다. 이제는 수압 때문에 차 문을 열기도 버거웠다. 차 안에 들어가려면 깬 유리창을 통해 몸을 욱여넣어야 했다. 몇 대를 확인했는지도 알 수가 없었다. 그걸 셀 겨를도 없었다. 아무리 찾아도 열쇠가 나오지 않으니, 삼각열쇠가 진짜 존재하기는 한 건지 불안해지기 시작했다. 어디서도 찾았다는 소식은 들려오지 않았다. 어쩌면 헛수고하고 있는지도 모른다. 그런 비관적인 생각을 하며 허탕 친 차에서 빠져나오는데 통로 쪽에서 새된 외침이 울렸다.

"찾았대요! 열쇠를 찾았대요!"

말을 멈춘 임창민이 생수병을 들어 목을 축였다. 혼자 두 시간 가까이 떠들었으니 입이 마를 법도 했다. 그는 어깨도 결리는지 왼팔을 살짝 들었다가 내려놨다. 딴 사람들도 지쳐 보였다. 남정운은 의자에 눕듯이 앉아 목을 쉼 없이 돌려댔다. 신지아는 다리를 꼬았다 풀기를 반복했다. 안도진은 연방 하품을 하며 기지개를 켰고, 박유선은 팔다리를 계속 주물렀다. 중간에 쉬는 시간을 가질 걸 그랬나. 하지만 도저히 중간에 이야기를 끊을 수가 없었다. 신기하게도 누구도 중간에 쉬자고 하지 않았다. 화장실에 가고 싶다고 손을 드는 사람도 없었다. 생수 뚜껑을 돌려 닫은 임창민이 이야기를 재개했다.

"삼각열쇠는 지하 2층에 있었습니다. 제 옆에 계신 김광일 교수님이 찾으셨죠. 아무튼 열쇠를 맞춰보려고 비상용 엘리베이터로 향하는데 뭔가 허전한 느낌이 들었습니다."

그 대목에서 임창민이 잠깐 뜸을 들였다. 다른 사람들도 긴장한 것처럼 느껴졌다.

"우리가 여덟 명이라는 걸 깨달은 겁니다. 한 명이 없었던 거죠."

"그게 전경석 씨였던 거죠?"

시윤이 물었다.

"그렇습니다."

"전경석 씨가 안 보여서 당황했지만, 처음에는 그다지 걱정하지 않았습니다. 차량 수색에 몰두하느라 열쇠 찾았다는 소리를 못 들었다고 여겼거든요. 지하 3층으로 도로 내려가 그의 담당 구역을 훑어봤죠. 하지만 그곳에도 전경석 씨는 없었습니다. 목청 높여 이름을 불러봐도 마찬가지였죠. 다른 데 있나 싶어 지하 1층과 2층도 뒤져봤지만, 그의 모습은 어디서도 볼 수 없었어요. 그때부터 불길한 예감이 들기 시작했습니다. 무슨 변고라도 당한 게 아닐지 걱정했죠. 그의 담당 구역인 지하 3층을 다시 샅샅이 살펴보기 시작했어요. 그때는 이미 물이 가슴까지 차오른 상태였죠. 그렇게 3층을 둘러보던 중에 전경석 씨를 발견한 겁니다. 익사한 채로 싱크홀 물웅덩이에 둥둥 떠있는 전경석 씨를요. 싱크홀 밑에서 물이 위로 치솟고 있었기 때문에 그나마 익사체라도 찾을 수 있었던 거죠."

시윤이 물었다.

"전경석 씨의 담당 구역 안에 그 물웅덩이가 포함됐던 겁니까?"

"네, 바닥이 뚫린 곳이 있으니 조심하라고 누차 경고했는데……. 빨리 열쇠를 찾아야 한다는 압박감과 조바심에 방향감각을 상실했던 거겠지요. 물이 워낙 혼탁한 탓에 바닥도 보이지 않았을 테고요. 제가 거기를 맡았어야 했는데……."

임창민은 착잡하기 그지없는 어조로 자책했다. 다른 이들도 안타까우면서도 겸연쩍어하는 표정을 짓고 있었다. 전경석이

자청해서 위험구역을 맡아주지 않았다면 불운한 재난의 희생자는 자신이 됐을지도 모를 일이니 겸연쩍은 것이겠지. 시윤은 휴대폰으로 시간을 확인했다. 원래 예정됐던 시간보다 한 시간이나 초과했다. 참여자들의 체력과 집중력도 많이 떨어진 상태였다.

"벌써 시간이 이렇게 됐군요. 오늘은 여기까지 하도록 하겠습니다. 다들 고생 많으셨습니다. 귀가하셔서 푹 쉬시고 다음 모임 때 뵙겠습니다."

집으로 돌아오니 밤 9시가 훌쩍 넘어있었다. 씻고 나온 시윤은 앓는 소리를 내며 책상에 앉았다. 쉬고 싶었지만, 오늘 한 인터뷰를 정리하고 편집해야 했다. 시간이 기억을 야금야금 지워버리기 전에 기록으로 남겨야 했다. 녹음기로 두 시간 남짓 진행된 인터뷰를 전부 녹음했지만, 그렇다고 온전한 내용이 담겨있다고 보기는 어려웠다. 미묘한 표정이나 뉘앙스, 제스처 같은 건 소리로 잡아내지 못하니까. 녹음한 걸 다시 들으면서 몸이나 표정으로 보여줬던 침묵의 언어를 첨가해야 한다.

음성을 텍스트로 변환해 주는 프로그램도 100퍼센트 완벽하지 않았다. 말소리가 작거나 잡음이 섞이면 음성 인식률이 떨어진다. 인터뷰이가 늘 정확한 발음과 표준어를 구사하는 것도 아니다. 그로 인해 해석 불가능한 문자나 오타도 꽤 많이 나왔다. 이러한 오류도 녹음 파일을 들으면서 수정해야 한다.

시윤은 우선 녹음 파일을 노트북으로 옮겼다. 그러고는 음성을 텍스트로 변환해주는 프로그램을 이용해 녹음 파일을 텍스트 파일로 변환했다. 변환 완료된 문서를 열어서 한번 훑어봤다. 예상보다 수정해야 할 부분이 적어 다행이었다. 시윤은 녹음 파일을 재생했다. 인터뷰 내용을 들으면서 눈으로 텍스트 파일과 비교했다. 발음이 뭉개진 부분은 몇 번이나 구간 반복을 하면서 불분명한 단어를 복원했다.

오늘은 발성과 발음이 좋은 임창민이 주도적으로 말을 한 데다, 다자 대화로 발전하는 양상도 거의 없었기 때문에 수정 작업은 그리 오래 걸리지 않았다. 오타와 비문 수정을 마친 다음 특기할 만했거나 인상적이었던 부분에 주석을 달기 시작했다. 귀를 쫑긋 세우고 듣고 있으려니 센터 상담실에 있는 듯한 착각마저 들었다.

직접 들을 때도 재난 당시의 현장감이나 생사의 기로에 선 사람들의 절박함이 생생했는데, 녹음본으로 다시 들어도 그 현장감과 공포는 여전했다. 작업을 어느 정도 끝내고 시간을 확인한 시윤의 눈이 가늘어졌다. 벌써 자정이 다 돼있었다. 시간 가는 줄 모르고 세 시간 동안 작업에 몰두한 것이다. 시윤은 냉장고에서 생수를 꺼내 마른 목을 축였다. 잠깐 스트레칭을 한 뒤 책상에 도로 앉았다. 팔짱을 끼고 작업한 내용을 처음부터 끝까지 정독했다.

검토를 끝낸 시윤은 손끝으로 옆머리를 툭툭 쪼아댔다. 실은 작업하는 내내 작은 위화감이 들었었다. 이야기의 앞뒤가 맞지 않는다거나, 없는 말을 꾸며냈다거나, 사건이 왜곡됐다는 등의 느낌을 받은 건 아니었다. 별 중요하지도 않은 아주 사소한 뭔가가 자꾸 마음에 걸렸다. 그게 뭘까. 당시에는 연신 머리를 굴려도 알 수가 없었는데, 지금은 그 사소한 위화감의 정체를 알 것 같았다.

그건 바로 전경석의 존재였다. 좀 더 정확히 말하자면 전경석의 부재랄까. 인터뷰 내내 전경석에 대한 언급이 극도로 적었다. 이야기 막판에 지하 3층 수색을 자원한 것과 사망된 채 발견된 대목을 제외하면 전경석의 분량은 없다시피 했다. 일부러 그에 대한 언급을 피하는 느낌마저 들었다. 전경석이 원체 말수가 적고 내성적인 성격이라 그런 걸 수도 있다. 딱히 튀거나 모난 언행을 하지 않았던 건지도 모른다. 그렇다 쳐도 그에 관한 이야기가 너무 없었다. 엄연히 재난 현장에서 실존했던 인물인데 전경석만 이야기에서 도려낸 느낌이랄까. 마치 불미스러운 일에 연루돼 방송 분량이 통째로 편집된 연예인처럼.

유일한 희생자이니만큼 그에 대해 언급하기가 조심스러웠던 걸 수도 있다. 그런 이유로 말을 아낀 거라면 이해가 안 가는 것도 아니다.

시윤은 인터넷 검색창에 전경석을 검색해 봤다. 수많은 양의 기사가 쏟아져 나왔다. 대부분 1년 전 기사였다. 그중 가장 최근 기사를 클릭해 봤다. 기사 내용은 임창민의 진술과 큰 차이가 없었다. 전경석이 솔선수범해서 열쇠를 찾다가 봉변을 당했다는 식으로 기술돼 있었다. 타인을 위해 자신의 목숨마저 희생한 숭고한 영웅으로 과장한 감이 없지는 않았다. 그러나 모두 사실에 기반한 이야기이긴 했다. 그럼에도 목 안이 까끌까끌한 느낌이 가시지 않았다. 뭔가가 딱 들어맞지 않고 미세하게 어긋난 감각이랄까. 한번 신경이 쓰이니 계속해서 거슬렸다. 쓸데없는 걱정일 수도 있겠지만, 전경석에 관한 이야기가 부실한 것도 사실이었다. 다음 인터뷰에서는 그에 대해서 좀 더 물어보자고 메모를 해두었다.

시윤은 상체를 부르르 떨며 눈을 떴다. 과로의 악영향인지 머리가 떵했고 속은 메슥거렸다. 오만상을 찌푸리며 주위를 두리번거렸다. 침대 귀퉁이에 말려있는 이불 속에서 진동이 느껴졌다. 책상에 엎드려 잤던 일까지는 생각났지만 그 뒤로 기억이 없었다. 비몽사몽인 상태로 침대로 와서 뻗어 잔 모양이었다. 시윤은 팔을 뻗어 이불 속에서 진동하는 휴대폰을 꺼냈다. 통화 버튼을 누르고 눈을 감은 채로 귀에 댔다.

"여보세요."

잠긴 목소리로 말하자 미안해하는 조찬식의 목소리가 들렸다.

"죄송합니다. 제가 주무시는 걸 깨웠나 보네요. 조금 있다가 다시 걸겠습니다."

"아닙니다. 통화 괜찮습니다. 말씀하시죠."

시윤은 상체를 일으켜 침대에 걸터앉았다. 시계를 보니 10시 30분이었다. 조찬식은 시윤이 지금까지 잔 걸 민망해하지 않도록 배려하려는 건지, 작가라는 직업군의 기상 시간에 정당성을 부여해 주려고 애썼다.

"작가님들은 아무래도 야밤에 창작 활동을 하는 분들이 많으시겠죠? 창의력이나 감성도 밤이나 새벽 시간대에 더 왕성하게 샘솟을 테고요."

"꼭 그렇지만도 않습니다. 작업 시간대는 작가마다 달라서요. 밤이나 새벽에 글 쓰는 걸 선호하는 작가도 있죠. 하지만 저는 소설을 쓸 때도 회사원처럼 오전 9시부터 저녁 6시까지 규칙적으로 작업하려고 노력했습니다. 지켜진 적은 많지 않지만요. 오늘은 어젯밤 인터뷰를 정리하느라 좀 늦게 일어났습니다."

"고생 많으셨습니다. 제가 쉬는 데 방해를 한 건 아닌지 모르겠네요."

"아닙니다. 마침 일어나려고 했습니다."

"그렇다면 다행이고요. 다름이 아니라 어제 인터뷰는 어땠는지 궁금해서 연락드렸습니다."

조찬식이 용건을 꺼냈다. 왠지 전화를 받을 때부터 그럴 것 같았다. 본인의 버킷리스트 중 하나가 난관 끝에 첫 삽을 떴으니 큰 관심을 가지는 것도 당연했다.

"인터뷰는 예상보다 순조롭게 진행됐습니다. 어제는 첫날이라 한 분이 대표로 주로 발언해 주셨지만, 다른 분들도 점차 적극적으로 참여해 주실 것 같습니다."

"생존자분들의 심리 상태는 괜찮아 보이던가요? 도움이 필요한 분은 없었습니까?"

역시 심리상담사답게 재난 피해자들의 마음 상태부터 신경 쓰는구나 싶어 조금은 감탄했다. 단순한 직업병일 수도 있지만.

"겉보기에는 다들 괜찮아 보였습니다. 인터뷰를 탐탁지 않게 여기는 분도 있지만 정신적으로 불안해 보이는 분은 없었습니다. 아직 첫 번째 인터뷰라 그런 증상이 나타나지 않은 걸 수도 있겠죠. 제가 전문가가 아니라서 그런 미세한 증상을 포착 못 했을 수도 있고요."

"작가님처럼 섬세한 분이시라면 미세한 증상이라도 알아채실 수 있을 겁니다. 상담이 필요한 분이 계시면 언제든 말씀해 주세요."

"그렇게 하겠습니다."

"어제는 무슨 이야기가 주로 나왔나요?"

"주차장이 침수되기 시작했을 때의 상황에 대해 들었습니다. 그리고 희생자가 나온 부분에 대해서도요."

"희생자라면 전경석 씨를 말씀하시는 거죠?"

홍미가 돋는지 목소리에서 열기가 느껴졌다. 그럴 만도 했다. 이런 말을 하면 비정하게 들릴 수도 있겠지만 전경석은 유일한 희생자라는 점에서 희소가치가 있었다. 유일무이하기에 특별하고 주목받는 것이다.

"네, 맞습니다."

"전경석 씨 얘기 중에 흥미로운 대목이 있었나요? 언론에 공개되지 않은 이야기라든가, 생존자들 사이에 숨겨진 비화 같은 것들 말입니다."

"새로운 사실이나 특별한 이야기가 나오지는 않았습니다. 언론에서 다뤘던 내용과 다르지 않더군요."

조찬식이 잠시 틈을 뒀다가 호기심이 깃든 어조로 물었다.

"전경석 씨가 자진해서 침수구역 수색에 나선 것도 사실이던가요?

"네, 사실이었습니다. 근데 그건 왜 궁금해하시는 건지?"

"목숨이 위태로울지도 모를 일에 자원한다는 게 쉽지 않은 일이잖습니까. 인간의 가장 큰 욕망인 생존 본능을 억제한 거니까요. 심리학적으로 봤을 때도 흥미로운 사례 중 하나라서요. 만약 제가 그 자리에 있었다면 그렇게 행동할 수 있었을지 솔직히 자신이 없군요."

"그건 저도 마찬가지입니다. 저도 흔쾌히 나서지 못하고 눈치만 봤을 겁니다. 어제 상담에서도 생존자들 대부분이 지하 3층 수색을 기피했다고 하더군요. 전경석 씨의 희생정신 덕분에 남은 생존자들이 무사히 구조될 수 있었던 거겠죠."

조찬식이 넌지시 자신의 뜻을 피력했다.

"기존에 알려진 사실과 대동소이하다지만, 그래도 세간에 알려진 것과 다르거나 가슴속에만 담아뒀던 것들이 없지는 않을 겁니다. 사람이란 게 그렇잖아요. 방송이나 기자 앞이라면 뭐든 좋게 잘 포장해 줘야 할 것만 같은 기분이 드는 거 말이에요. 가식이나 포장이 없는 날것의 사실과 감정을 토해낼 수 있도록 작가님이 많이 도와주셔야 할 겁니다. 그게 생존자들의 트라우마를 깨뜨리는 시발점이 될 테니까요."

심리상담은 둘째 치고 인간의 마음에 대해서 쥐뿔도 모르는 자신이 그런 역할을 수행할 수 있을까. 그러나 이미 돈을 다 받아먹은 상태에서 내뺄 수도 없는 노릇이었다. 시윤의 입에서 원론적인 답변이 흘러나왔다.

"노력해 보겠습니다."

"다른 특이 사항은 없었나요?"

조찬식의 의례적인 물음에 시윤은 바로 대답하지 못했다. 전경석에 대한 언급이 희한할 정도로 적었던 게 석연찮긴 했다. 그러나 보고할 만한 사안이라기에는 애매했다. 별것도 아닌 일에 괜한 의미 부여를 한 것 같은 기분도 들었다. 자신의 직감이 헛발질했을 가능성도 컸다. 좀 더 명확한 근거를 확보한 뒤에 이야기해도 늦지 않을 거라고 판단했다.

"네, 별다른 일은 없었습니다."

"알겠습니다. 앞으로도 잘 부탁드리겠습니다. 사소한 일이라도 문제가 발생하거나 제 도움이 필요하면 언제든 말씀해 주시고요."

"하루 날을 잡아서 참관을 해보시는 게 어떨까요? 직접 참관해 보시면 어떤 문제가 있는지, 무슨 도움을 줄 수 있는지 파악하기 쉽지 않을까 해서요."

"저는 웬만하면 전면에 나서지 않을 작정입니다. 상담사가 함께 있으면 참석자가 더 입을 다무는 경향도 없지 않아서요. 자기 말이나 몸짓이 하나하나 분석 당하는 기분이 든다면서 말조심하게 되거나 행동이 위축된다고 누군가는 그러더군요. 제가 끼게 되면 아무래도 치료받는 기분이 들지 않을까요? 지금처럼 작가님 주도하에 인터뷰 형식으로 진행하는 게 나을 겁니다. 상담 요청이 들어올 경우에만 제가 따로 만나보도록 하죠."

두 번째 인터뷰 날의 도착 순서도 첫날과 다르지 않았다. 일찍 일어나는 새는 제때보다 일찍 왔고, 베짱이는 역시나 느긋하게 지각했다. 시윤은 3일 전 모두에게 연락을 돌려 두 번째 인터뷰 참석 여부를 확인했다. 다행히 인터뷰를 못마땅하게 여기던 남정운을 포함한 여덟 명 전원이 참석 의사를 밝혔다. 약속 시간에서 17분이 지났을 때, 남정운이 마지막으로 도착했다. 참석자들의 눈총에도 아랑곳하지 않고 남정운은 굼뜨게 남은 의자에 엉덩이를 내려놨다. 미안하다는 말 한마디 없이 그는 다리를 꼰 채 시윤에게 시작하라는 손짓을 보냈다. 시윤은 힐책하는 눈으로 그를 바라본 뒤 말문을 열었다.

"모두 오셨으니 인터뷰를 시작하겠습니다. 두 번째 인터뷰에도 이렇게 빠짐없이 참석해 주셔서 감사드립니다. 인터뷰 방식은 지난번과 동일합니다. 다만 오늘은 제가 특정인을 지목해서 질문을 드릴 수도 있습니다. 더불어 유일한 희생자인 전경석 씨에 대해 중점적으로 여쭤보려고 합니다."

순식간에 상담실에 껄끄러워하는 공기가 퍼졌다. 다들 그 이야기는 회피하고 싶다는 듯이 시선을 돌리거나 입술 끝을 씹었다. 유일한 희생자에 대해 언급하는 게 거북하긴 할 것이다. 가질 필요 없는 죄책감을 느끼는 걸 수도 있다. 대다수가 자신이 지목당할까 봐 시윤과 눈을 마주치지 않았다. 시윤은 옆 사람을 힐끔힐끔 곁눈질하던 박유선을 지명했다.

"박유선 님."

"네? 저요?"

박유선이 놀란 토끼처럼 눈을 동그랗게 뜨고 손가락으로 자기를 가리켰다.

"네, 박유선 님부터 말씀해 주시겠습니까? 생각나는 대로 편하게 대답해 주시면 됩니다."

"저 아줌마는 편하게 얘기하면 안 될 텐데."

신지아가 들으라는 듯이 빈정대자, 박유선이 도끼눈을 떴다.

"뭐요? 지금 뭐라 그랬어요?"

"귀도 참 밝으셔. 말씀 잘하시라고요."

박유선이 강철판을 뚫을 것처럼 노려보았지만, 신지아는 가소롭다는 듯이 한쪽 입꼬리만 올릴 뿐이었다. 전면전으로 번지기 전에 시윤은 냉큼 진화에 나섰다.

"추후 모든 분에게 발언 기회를 드릴 겁니다. 발언자가 말씀하시는 동안에는 경청해 주시기를 부탁드립니다."

대꾸는 없었지만, 말귀를 알아들은 걸로 여기고 인터뷰를 속행했다.

"박유선 씨는 사망한 전경석 씨에 관해 잘 아셨나요?"

박유선은 쉽사리 분이 가라앉지 않는지 가슴을 크게 들썩이더니 대답했다.

"잘 알지는 못했죠. 엘리베이터나 분리수거장에서 만나면 가볍게 인사하고 안부나 묻는 정도였으니까요. 그래도 제가 이 중에서는 경석 씨랑 대화를 제일 많이 해봤을걸요. 제가 발이 좀 넓거든요. 단지 내에서 어느 정도 영향력을 행사하는 편이기도 하고요."

작게 코웃음 치는 소리가 들렸다. 시윤은 못 들은 척했지만, 박유선은 열이 뻗치는지 어금니를 악다물었다. 시윤은 신지아에게 눈짓으로 주의를 준 뒤 서둘러 질문을 이어갔다.

"전경석 님의 평소 인상은 어땠나요?"

"나쁘지 않은 편이었어요. 싹싹한 성격은 아닌데 그렇다고 불친절하다거나 얄미운 행동을 하지도 않았거든요. 쓰레기나 짐 같은 게 많으면 들어주기도 했고요. 저를 보면 쭈뼛거리기는 해도 인사도 꼬박꼬박 잘했답니다. 말수는 적어도 제 얘기를 잘 들어줬죠."

"주로 무슨 대화를 나눴나요?"

신지아가 옆에서 또 속 긁는 소리를 내뱉을 것 같은 낌새라 시윤이 잽싸게 덧붙였다.

"날씨 얘기 같은 일상적인 대화였나요?"

박유선이 헛기침을 하더니 대꾸했다.

"그렇죠. 가벼운 잡담이나 나누는 정도였어요. 방금 말했다 시피 경석 씨가 먼저 살갑게 다가오는 성격은 아니었거든요. 그래도 말을 걸면 귀찮은 티도 안 내고 다 받아주더라고요."

"상대방을 배려해 주는 타입이었다는 뜻인가요?"

"제가 느꼈을 때는요."

"그런 성품인 걸 알고 있었으니 전경석 씨가 다들 꺼리는 지하 3층 수색에 자원했을 때도 그리 놀라지는 않으셨겠네요."

"아, 뭐. 그렇죠."

기세 좋게 떠벌리던 박유선이 떨떠름하게 쓴웃음을 지었다. 전경석의 모범적인 행동과 자신의 약삭빨랐던 행태가 선명하게 대조돼서 민망한 걸까. 시윤은 남정운에게 바통을 넘겼다.

"남정운 씨는 어땠습니까? 재난 전 전경석 씨와 대화를 나눠 본 적이 있으신가요?"

"내가 그 사람하고 얘기할 일이 뭐가 있겠어."

"같은 동에 살았잖아요. 오다가다 마주치기라도 했을 거 아닙니까. 전경석 씨의 인상이 어땠나요?"

"안면은 있었지만 난 그 사람한테 아무 관심도 없었어. 생매장당할 뻔한 주차장에서 목소리도 처음 들어봤다고."

통명스럽기는 해도 남정운은 곧잘 대꾸했다.

"주차장 안에서 전경석 씨는 어땠나요? 솔선수범하면서 주민들을 잘 도왔습니까?"

"딴 사람을 신경 쓸 겨를이 어디 있나? 내 목숨이 바람 앞 등잔불인데."

"그래도 전경석 씨가 사망했을 때는 놀랐을 거 아닙니까?"

"그거야 놀랄 수밖에 없었지. 자기 구역도 아닌 데서 죽었으니……."

무심코 대답하던 남정운이 멈칫하며 입을 다물었다. 그러나 이미 시윤은 그의 실언을 명확하게 들은 뒤였다. 분명 '자기 구역도 아닌 데서 죽었다'고 했다.

상담실의 분위기가 순식간에 영하로 뚝 떨어진 것처럼 싸해졌다. 원망과 비난의 눈초리가 일제히 남정운에게 꽂혔다. 진작 저놈의 주둥아리를 꿰맸어야 했는데, 하는 눈빛들이었다. 남정운은 말실수를 한 듯했지만 그다지 미안해하지도 않았다. 그저 야릇하게 입맛을 다실뿐이었다. 이게 바로 위화감의 정체였나. 시윤은 다그치는 인상을 주지 않으려 애쓰며 부드럽게 물어봤다.

"자기 구역이 아닌 곳에서 죽었다니요? 전경석 씨가 지하 3층 수색을 한 게 아니었나요?"

남정운은 셔츠 소매를 매만지며 딴청을 피웠다. 사고 친 사람은 자기가 아니라는 듯이. 그가 입을 열지 않을 것 같아 주변 사람들을 둘러봤지만 하나같이 눈을 피했다. 시윤은 임창민에게 어떻게 된 거냐고 추궁하는 눈길을 보냈다. 저번 인터뷰에서 전경석이 지하 3층 수색에 자원했다고 증언한 게 그였기 때문이었다. 곤혹스러워하던 임창민이 체념조로 말문을 뗐다.

"실은…… 전경석 씨는 지하 3층 수색에 자원하지 않았습니다."

"자원한 게 아니면 강제로 시켰던 겁니까?"

"그럴 리가요. 강제로 시킨다고 할 사람이 누가 있겠습니까. 반발만 살 테지요. 제가 먼저 권유하기는 했습니다만……."

다수가 원하는 상황 속에서의 공개적인 권유는 강요 이상의 압박감을 지닌다. 거절하기 힘든 분위기를 조성했다면 따를 수밖에 없었을 것이다.

"뭐라고 권유하셨는데요?"

"아무래도 이혜나 씨가 침수구역을 수색하는 건 무리가 아니겠느냐. 지하 2층을 이혜나 씨에게 맡기는 게 어떻겠냐. 그런 식으로 물어봤습니다. 저는 흔쾌히 수락할 줄 알았거든요. 전경석 씨는 건장한 남성이니까요."

"전경석 씨가 거절했나요?"

"사실상 거절한 거나 다름없죠. 대꾸 자체를 안 했으니까요. 표정이 굳은 채로요. 싫어하는 티를 팍팍 냈습니다. 어쩌나 싫어 난감해하고 있는데 이혜나 씨가 자청했습니다. 자기가 지하

3층을 담당하겠다고. 그래서 정리가 됐습니다."

"사실인가요?"

시윤은 당사자인 이혜나에게 확인했다. 이혜나가 고개를 끄덕였다.

"사실이에요. 전경석 씨가 지하 3층 수색을 꺼리는 것 같아서 제가 하겠다고 했어요."

"쉽지 않은 결정이었을 텐데요."

"이래 봬도 제가 수영을 좀 하거든요. 여자라고 특별 대우를 받고 싶지도 않았고요."

소심하고 여려 보이기만 했던 이혜나에게서 뜻밖에도 강단이 느껴졌다. 어쩌면 홧김에 자원한 건지도 모른다. 자기만 아니면 된다는 이기적인 사람들에게 질려서. 임창민이 말을 보탰다.

"전경석 씨의 선택을 비난할 마음은 없지만 솔직히 실망스러운 감정이 드는 건 어쩔 수 없더군요. 본인보다 훨씬 연약하고 작은 여성이 자기 대신 나섰으면 마지못해서라도 말리거나 고마워하는 시늉이라도 해야 하잖아요. 하지만 전경석 씨는 끝까지 묵묵부답으로 일관하더라고요."

"근데 왜 전경석 씨가 지하 3층 수색에 선뜻 자원했다고 말씀하신 거죠?"

"그건……."

임창민이 입술을 깨물며 망설였다. 누군가의 눈치를 보는 걸까. 혹은 말해선 안 되는 것과 말해도 무방한 정보를 걸러내느라 버퍼링에 걸린 걸까. 그때 김광일이 나섰다.

"제가 그러자고 했습니다."

시윤은 실눈을 뜨고 그를 주시했다.

"왜 그러셨습니까?"

"전경석 씨만 돌아오지 못했으니까요. 재난사고로 목숨을 잃은 망자의 명예를 실추시키는 발언을 해봤자 무슨 이득이 있겠습니까? 위험한 일에는 쏙 빠지면서 본인의 안위만 챙기는 비겁하고 얌체 같은 이웃이었다고 밝혀봤자 유족의 마음만 아프게 할 뿐이죠. 생존자들이 유일한 희생자의 험담을 하는 모습도 대중의 눈에 곱게 보일 리 없을 테고요. 이런 경우 산 자보다 죽은 자의 손을 들어주는 법이죠. 세상은 희생자에게 훨씬 관대하니까요. 진실을 밝혀봤자 역풍만 맞았을 겁니다. 전경석 씨가 위험한 일에 두 발 벗고 나선 영웅이라고 치켜세워주는 게 저희를 포함한 모두가 편안해지는 길이라 판단한 겁니다. 결국은 그렇게 됐고요."

들어보니 저절로 고개가 끄덕여지는 답변이었다. 한편으로는 새로운 의혹의 불씨도 타오르기 시작했다.

"이혜나 씨가 지하 3층 수색을 맡았다면 전경석 씨의 담당 구역은 어디였습니까?"

"지하 2층이었습니다. 통로와 인접한 구역이요."

"말씀대로라면 좀 이상한데요. 전경석 씨가 담당 구역도 아닌 지하 3층에서 익사한 채로 발견됐다는 거잖습니까?"

임창민이 목덜미를 긁적이며 대꾸했다.

"저희도 의아했습니다. 지하 3층 수색을 질색했던 그가 어떤 연유로 지하 3층 싱크홀에 빠져 사망했는지."

김광일이 바통을 이어받았다.

"이혜나 씨를 대신 보낸 게 마음에 걸려서 바꿔주려고 했던 게 아닐까요? 그게 아니면 겁쟁이 취급을 받은 것에 자존심이 상했거나. 본심이야 알 수 없게 돼버렸지만 어쨌든 교대해 주려고 내려갔다가 변을 당한 게 아닐까, 저희는 당시에 그렇게 결론을 내렸습니다."

"전경석 씨는 그전에 지하 3층에 내려간 적이 없다고 하셨죠?"

"네, 그래서 싱크홀의 위치를 몰랐을 겁니다. 설령 알았다 해도 나중에는 구분하기 힘들었겠죠. 쉼 없이 불어나는 흙탕물 탓에 두 눈으로 확인한 저도 어디가 어딘지 헷갈릴 지경이었으니까요."

불운의 사고를 당할만한 환경이었다. 누가 언제 죽어도 이상하지 않을 극한의 장소에 갇혀있었잖은가. 어찌 보면 한 명만 희생되고 여덟 명이나 살아남은 게 기적이다. 죽은 사람을 욕되게 할 수 없어 좋게 포장해 줬다는 변명도 어느 정도 납득은 간다.

그러나 정녕 희생자의 명예를 위한 하얀 거짓말이었을까. 지하 2층을 수색했던 전경석이 지하 3층을 자원했다고 굳이 속일 필요가 있었을까. 이미지를 좋게 포장해 줄 다른 미사여구도 얼마든지 있었을 텐데. 왜 하필 수색 구역을 거짓으로 말했을까. 그런 의문이 모락모락 피어올랐다.

그렇게 해야 전경석이 지하 3층에서 죽은 이유가 설명되기 때문에? 지하 2층을 담당했던 사람이 지하 3층에서 죽은 게 드러나면 수상하게 보일 테니까? 무슨 이유 때문인지는 확실히 알 수 없었지만, 거짓말이 들통났을 때 박유선을 비롯한 생존자들의 반응이 찜찜하게 느껴졌다. 사소한 거짓말을 들킨 것에 비해 너무 당황스러워한다고 해야 할까. 설마 전경석이 죽은 이유는 재난 때문이 아닌 걸까. 그런 추측이 뇌리를 덮치자 등골이 서늘해졌다. 시윤은 내색하지 않고 다음 질문으로 넘어갔다. 지금은 이 부분을 집요하게 파고들면 안 될 것 같았다. 아무 근거도 없이 어설픈 감만으로 재난 피해자들을 몰아붙일 수는 없었다. 무엇보다 판도라의 상자를 열게 되는 건 아닐까, 하는 두려움이 시윤을 주저하게 만들었다.

"전경석 씨의 사망을 확인한 후에는 어떻게 하셨습니까?"

"비상용 엘리베이터로 갔습니다. 거기서……."

시윤은 임창민의 말을 끊고 박유선을 가리켰다.

"박유선 님이 대답해 주시죠."

박유선의 얼굴이 울상으로 구겨졌다. 그녀를 바라보는 시선들도 불안해 보였다. 사고를 치지는 않을까 걱정하는 눈빛이랄까. 박유선이 주눅 든 몸짓으로 더듬더듬 입을 뗐다.

"비상용 엘리베이터로 가서 삼각열쇠로 비상 탈출구를 열었어요."

"즉시 그 위로 대피했나요?"

"아니요. 오재환 씨랑 임창민 씨가 올라가서 상부를 살펴봤어요. 좁기는 해도 여덟 명 정도는 서있을 공간이 나온다고 하더라고요. 엘리베이터 승강로의 비상 사다리를 타고 올라가 1층 출입문을 열어보려 했지만 꿈쩍도 하지 않았다더군요. 틈새에 낀 흙으로 보건대 토사가 출입구까지 덮쳤다는 걸 알게 됐죠. 그쪽으로 빠져나갈 수 없다는 사실도 확실해졌고요."

"엘리베이터 카 상부 위로 피신한 건 언제쯤인가요?"

"물이 지하 1층까지 차오를 때까지 기다렸어요. 엘리베이터 카 상부는 공간도 비좁고 환경도 열악하니까요. 반나절쯤 지나니까 지하 1층까지 침수되더군요. 그때 모두 위로 올라갔어요."

"엘리베이터 카 상부에서 구조를 기다릴 때의 심경은 어떠셨나요? 물이 계속 차오를 때 걱정되지는 않으셨나요? 승강로가 완전히 잠길지도 모른다는 공포도 컸을 것 같은데요."

"당연히 무서웠죠. 물이 가슴까지 차올랐을 때는 정말이지 이대로 죽는구나 싶어서 울고불고 난리였다고요. 그 이상 물이 차오르지 않은 건 천운이라고밖에 설명할 길이 없네요."

절박하고도 처절했던 당시 상황이 떠올랐는지 박유선의 눈 밑이 파르르 떨렸다.

"비상용 엘리베이터는 아무 문제도 없었나요? 산사태로 충격받았을 가능성도 있었을 텐데요. 덜컹댄다거나 조금이라도 밑으로 가라앉는 낌새는 없었나요?"

"다행히 아무 문제도 없었어요. 거기 있는 내내 불안에 떨기는 했지만요. 어딘가 손상됐을지도 모르는 데다 탑승 인원의 하중까지 더해졌잖아요. 행여나 가라앉을까 봐 꼼짝도 할 수가 없었죠. 그래도 엘리베이터는 구조대가 올 때까지 잘 버텨주었어요. 무려 여덟 명이 탔는데도요. 엘리베이터가 8인승이라 운이 좋았죠."

마지막 발언에서 시윤은 찝찝한 느낌을 지울 수가 없었다. 비상용 엘리베이터가 8인승이라는 정보는 지금에야 알았다. 어떤 기사에서도 보지 못했고 들은 적도 없었다. 하기야, 누가 그딴 하잘것없는 정보에 신경을 쓰겠는가. 알았다 하더라도 대수롭지 않게 여겼을 것이다. 그렇지만 시윤은 엘리베이터의 정원과 남은 생존자 수가 여덟 명으로 일치한다는 우연이 어딘지 모르게 거슬렸다. 만약 전경석이 죽지 않았다면 생존자는 아홉 명이었을 것이다. 그렇게 되면 엘리베이터 정원이 한 명 초과한다. 엘리베이터가 8인승이라 운이 좋았다는 이야기가 시윤의 귀에는 그전에 한 명이 죽어줘서 다행이었다는 소리처럼 들렸다. 너무 비뚤어진 시각으로 바라보는 건가 싶었지만 짚고 넘어가야 했다. 맞장구를 치는 척하면서 슬쩍 함정을 팠다.

"그러게요. 운이 정말 좋으셨네요. 생존자가 딱 여덟 명이었는데, 엘리베이터도 마침맞게 8인승이었으니. 평상시라면 한 명 정도 초과한다 해도 별 탈 없이 작동했겠죠. 혹은 '삐' 하는 정원 초과 경보음만 울리고 한 명이 멋쩍게 내리는 해프닝으로 마무리되거나요. 하지만 그때는 초유의 재난 상황이었잖아요. 엘리베이터의 제동 장치가 망가졌을 수도 있고, 지지대나 케이블이 약해졌을 가능성도 무시할 수 없죠. 만약 정원을 초과해서 아홉 명이 탔다면 구조대가 올 때까지 엘리베이터가 못 버텼을지도 모릅니다. 전경석 씨가 비운의 사고를 당하지 않았으면 난감했을 수도 있었겠네요. 엘리베이터는 8인승인데 인원은 아홉 명이니까요."

"그래서 열쇠를 찾기 전에……."

무심결에 혀를 놀리던 박유선이 아차 싶었는지 입을 꾹 닫아 버렸다. 남정운과 같은 실수를 할 수는 없다는 듯이. 그러나 이미 엎지른 물이었다. 뒷말은 삼켰지만 맥락이나 뉘앙스로 보아 무덤까지 가져갔었어야 하는 비밀이 있다는 걸 자백한 꼴이었다. 주변인들의 싸늘한 눈길만 봐도 알 수 있었다.

"열쇠를 찾기 전에 뭘 하셨는데요?"

"아니에요. 아무것도 안 했어요."

박유선이 고개를 격하게 휘저었지만, 시윤은 순순히 물러날 생각이 없었다.

"아무것도 아닌 게 아닌데요. 여러분은 분명 뭔가를 했습니다. 전경석 씨의 담당 구역을 속인 것 말고도 또 제게 숨기는 게 있죠? 그게 뭡니까?"

불리할 때면 늘 그랬듯이 묵비권을 행사하는 박유선 대신 다른 이들을 족치기로 했다.

"열쇠를 찾기 전에 무슨 논의를 했던 겁니까? 설마…… 엘리베이터 탑승 정원을 맞추기 위해 전경석 씨를……."

시윤의 말이 끝나기도 전에 격한 부인과 항의가 터져 나왔다.

"그런 게 아닙니다!"

"터무니없는 추측하지 마세요!"

"무슨 그런 말도 안 되는 소리를!"

"전경석 씨는 사고로 죽은 거예요!"

시윤은 흥분하지 않으려 애썼지만, 저도 모르게 언성이 높아졌다.

"누가 봐도 의심할 만한 상황 아닙니까. 엘리베이터는 8인승인데 인원은 아홉 명. 한 명은 탈 수가 없죠. 근데 때마침 전경석 씨는 불운한 사고로 죽었어요. 뭣보다 전경석 씨가 지하 3층 수색을 자원했다면서 전 국민을 기만하기까지 했죠. 열쇠를 찾기 전에 전경석 씨를 재난사로 위장해 죽이기로 모의한 거 아닙니까? 탑승 인원을 맞추려고?"

김광일이 머리를 내저으며 깊은 한숨을 내뱉었다.

"크나큰 오해입니다. 저희는 살인 모의 같은 건 절대 하지 않았습니다."

"그러면 열쇠를 찾기 전에 대체 뭘 한 겁니까?"

"이렇게 된 이상 사실대로 말씀드리는 수밖에 없겠군요."

그가 동의를 구하듯 다른 생존자들을 돌아봤다. 자포자기와 해탈의 중간쯤에 위치한 듯한 눈길로. 대부분이 체념했는지 머리를 힘없이 끄덕였다. 남정운만 제외하고.

"순진한 거야? 멍청한 거야? 저 사람을 뭘 믿고 털어놓자는 거야?"

"살인자 집단이라는 오명을 쓰는 편보다 낫지 않겠소."

김광일의 말에 남정운은 반박하지 못하겠는지 콧방귀를 뀌며 정신 승리를 할 뿐이었다.

"마음대로 하쇼. 다 털어놓든 말든. 난 그다지 켕기는 것도 없으니까."

김광일은 마음을 단단히 먹었는지 흔들림 없는 눈으로 시윤을 마주 봤다.

"열쇠 수색 전, 그러니까 전경석 씨가 숨지기 전에 우리는 비상용 엘리베이터를 먼저 살펴봤습니다. 저와 임창민 씨, 오재환 씨 그리고 신지아 씨. 이렇게 네 명이서요. 전에 말씀드렸었는데 기억나시나요?"

"네."

"거기서 우리는 생각지도 못한 사실을 발견했습니다. 그건 바로 비상용 엘리베이터가 8인승이란 점이었습니다."

엘리베이터에 올라탄 김광일은 내부를 두리번거렸다. 비상용 엘리베이터를 타보기는 처음이었다. 비상시에만 사용해야 한다는 규칙을 준수하려 그랬다기보다는 타봤자 득보다 실이 크기 때문이었다. 주차장을 오갈 때는 거주용 엘리베이터만으로도 충분했다. 굳이 집과 먼 비상용 엘리베이터를 이용할 까닭이 없었다. 현재는 이게 유일한 목숨줄이나 다름없었지만. 네 명이 전부 탑승한 뒤에도 엘리베이터 상태는 안정적이었다. 안전상에 큰 문제는 없어 보였다.

행여나 엘리베이터가 추락하지는 않을까 싶어 경직됐던 목 언저리가 스르르 풀어졌다. 오재환과 임창민 그리고 신지아의 낯빛에도 혈색이 돌아왔다. 비상용 엘리베이터는 생각보다 비좁았다. 네 명만 탔는데도 꽉 차는 느낌이었다. 아홉 명이 전부 탑승한다면 만원 버스에 탄 것처럼 다닥다닥 붙어있어야 할 것 같았다. 더구나 엘리베이터 카 상부는 케이블이나 지지대 그리고 각종 장치 때문에 여유 공간이 훨씬 부족할 터였다.

김광일은 눈을 들어 천장을 주시했다. 비상 탈출구가 안 보여 순간 당황했지만, 패널 안쪽에 있다는 오재환의 말에 가슴을 쓸어내렸다. 임창민이 벽에 붙은 봉 손잡이를 발로 딛고 올라섰다. 김광일과 오재환은 뒤에서 그가 떨어지지 않게 받쳐줬다. 신지아는 임창민의 일거수일투족을 눈여겨보고 있었다. 임창민이 패널을 떼어내자, 사각형 모양의 이음새가 눈에 들어왔다. 사람 몸통 하나가 겨우 통과할 수 있을 정도의 협소한 크기였다. 비상 탈출구에는 아니나 다를까 열쇠 구멍이 뚫려있었다. 임창민이 비상 탈출구를 어깨와 손으로 힘껏 밀어봤지만 꿈쩍도 하지 않았다. 그가 밑에 있는 사람들을 내려다보며 고개를 내저었다.

"열쇠 없이는 못 열 것 같습니다."

김광일이 바닥으로 내려서는 임창민을 붙잡아주는데 옆에서 동요한 신지아의 목소리가 들렸다.

"하, 진짜 미치겠네. 이것 좀 보세요."

"왜요? 무슨 일입니까?"

임창민이 옷매무새를 가다듬으며 물었다. 김광일과 오재환도 의아한 눈으로 그녀를 바라봤다. 그녀의 손가락은 엘리베이터 출입문 옆에 있는 숫자 패널을 가리키고 있었다. 세 명의 시선이 일제히 숫자 패널로 향했다. 층수를 누를 수 있는 번호판과 비상통화 장치 그리고 호출 버튼이 달려있었다. 어디서나 흔히 볼 수 있는 엘리베이터 패널이었다. 뭐가 문제인지 모르겠다는 듯이 임창민의 고개가 기울어졌다.

"뭣 때문에 그런 겁니까? 별문제 없어 보이는데."

김광일도 그의 말에 동의했다. 꼼꼼하게 훑어봤지만 패널은 멀쩡했다. 뒤틀리거나 금이 갔다거나 하는 등의 파손된 부분은 눈에 띄지 않았다. 오재환이 말했다.

"비상 호출 버튼을 눌러 도움을 요청하자는 겁니까? 연결이 안 될걸요. 설령 통화가 가능하다 해도 저쪽에서도 뾰족한 수는 없을 겁니다."

신지아가 답답해 죽겠다는 듯이 성화를 부렸다.

"그거 말고 그 위쪽에 적힌 글씨를 보라고요."

시선을 들자 '승객용, 8인승, 550kg'이라고 적힌 흰색 글씨가 보였다. 저게 뭐 어쨌다는 거지. 어떤 엘리베이터에나 표기해 놓은 제원일 뿐인데. 그때 뭔가 깨달았는지 오재환의 입에서 앓는 듯한 신음이 흘러나왔다. 신지아가 말했다.

"이제야 알겠어요? 비상용 엘리베이터는 8인승이에요. 우리는 아홉 명이고요."

임창민은 여전히 영문을 모르겠다는 얼굴이었다.

"그게 뭐 어쨌다는 겁니까?"

"뭐가 어쨌다니요? 정원을 초과한다고요. 8인승인데 아홉 명이 어떻게 타요?"

김광일은 그제야 신지아가 한 말의 의미를 알아차렸다.

"무슨 일인데 그래?"

심상찮은 일인 걸 눈치챈 건지 남정운이 바깥에서 얼굴을 들이밀었다. 난감하게 입술 끝을 깨물던 김광일은 나가자는 손짓을 했다. 나머지 사람들에게도 현 사태를 알려야 했다. 밖으로 나오자마자 박유선이 기대와 불안이 반반 섞인 표정으로 질문 세례를 퍼부었다.

"비상 탈출구는 어때요? 그쪽으로 나갈 수 있을 거 같아요? 넷이 타도 끄떡없는 걸 보니 엘리베이터는 안전한 거 같긴 한데. 근데 표정들이 왜 그래요? 무슨 문제라도 있어요?"

임창민, 오재환, 신지아가 미적거리는 사이 김광일이 나섰다.

"엘리베이터는 별 이상 없어 보입니다. 비상 탈출구 위로 올라가려면 열쇠가 필요하고요. 다만, 그전에 한 가지 검토해 봐야 할 게 있습니다."

"그게 뭔데? 시간 끌지 말고 빨리 말해!"

남정운이 다그쳤다.

"비상용 엘리베이터는 8인승입니다."

박유선의 입에서 김빠지는 소리가 새어 나왔다.

"네? 그게 뭐요? 엘리베이터가 8인승인 게 뭐 어쨌다는 건데요?"

신지아가 갑갑해 죽겠다는 얼굴로 외쳤다.

"우리는 아홉 명이잖아요!"

"그래서요? 8인승이라고 꼭 여덟 명만 타란 법도 없잖아요. 더욱이 지금은 위급 상황인데. 사소한 안전 수칙이나 지키고 있을 때가 아니라고요."

고작 그깐 일로 호들갑이냐는 듯이 박유선이 따졌다. 그러자 신지아가 입에 거품을 물었다.

"누가 안전 수칙 위반 때문에 걱정하는 줄 알아요? 위급 상황이니까 더더욱 정원을 넘기면 안 된다고요! 평상시라면 정원이 초과된다 해도 경보음만 울리고 말겠죠. 서로 눈치를 보다 제일 늦게 탄 사람이 내리는 선에서 마무리될 테고요. 근데 지금은 산사태로 아파트 건물 자체가 어마어마한 충격을 받았잖아요. 비상용 엘리베이터도 충격을 받았을 게 뻔하다고요. 제동장치나 안전장치에 문제가 생겼다 해도 이상할 게 없어요. 더 큰 문제는 기껏해야 몇십 초 정도 탔다가 금방 내리는 게 아니라는 점이에요. 엘리베이터 카 위에서 최소 몇 시간 혹은 최대 며칠까지 버텨야 할 수도 있어요. 그렇게 되면 한 명만 탑승 정원을 넘겨도 엘리베이터가 못 버틸지도 몰라요. 정원을 넘겼다가 엘리베이터가 가라앉으면 어쩔 건데요?"

신지아의 지적에 하나같이 표정이 심각해졌다. 박유선이 한껏 기죽은 태도로 반론을 펼쳤다.

"그래도 모르는 거잖아요. 한 명 더 탄다고 해서 가라앉을지 아닐지는……."

"한 명 더 타도 괜찮을 수 있겠죠. 근데 그 한 명 때문에 엘리베이터가 밑으로 내려앉으면 어쩔 건데요? 물에 빠져 죽으면서 후회할 거예요?"

대답이 궁해진 박유선은 입을 다물었다. 안도진이 주위 사람들을 곁눈질하더니 얼버무리듯 물었다.

"그럼 뭘 어떻게 해야 하는데요?"

"왜 갑자기 순진한 척이야! 다 알면서 뭘 물어요?"

신지아의 핀잔에 안도진이 떨떠름하게 내뱉었다. 모두 알고 있지만 차마 입 밖에 낼 수 없었던 윤리적인 금기를.

"이 중에서 누구 한 명이 빠져야 한다는 얘기입니까?"

누구도 섣불리 대답하지 못했다. 소름 끼칠 만큼 고요한 적막이 내려앉았다. 잔인하지만 결정을 내려야 할 때였다. 완벽한 침묵으로 이미 공감대는 충분히 형성돼 있었다. 아홉 명 모두 엘리베이터에 탈 수는 없다. 무조건 한 명은 빠져야 한다. 그 사실은 누구도 부인할 수 없다. 임창민이 결단을 내린 표정으로 나섰다.

"몹시 안타까운 일이지만 엘리베이터에 아홉 명 전원이 탑승하는 건 힘들 것 같습니다. 이 점에는 다들 동의하시나요?"

그렇다고 대답하거나 고개를 끄덕이는 사람은 아무도 없었다. 그러나 눈빛은 절박하게 '동의한다'라고 부르짖고 있었다.

"어떻게 하는 게 좋을까요?"

역시나 묵묵부답. 주름 잡힌 미간을 손끝으로 비비던 임창민이 납덩이처럼 무거운 말을 토해냈다.

"혹시 자진해서 남을 분이 계십니까?"

모두가 머릿속 계산기를 두드리거나 눈알을 굴려대는 듯했다. 행여나 누군가가 희생정신을 발휘해 손을 들지는 않을지 사람들은 끊임없이 곁눈질을 해댔다. 하지만 아무리 시간이 지나도 자원자는 나오지 않았다.

"자원자가 없으니……. 어떻게 할까요? 좋은 생각이 있는 분은 허심탄회하게 말씀해 주시죠."

신지아가 기다렸다는 듯이 툭 내뱉었다.

"어떻게든 남을 사람을 정해야죠."

"무슨 방법이라도?"

"투표로 정하는 건 어때요?"

"투표요?"

"각자 제외하고 싶은 사람의 이름을 한 명씩 적는 거예요. 그중 가장 많은 표를 받은 사람이 빠지는 거죠."

나쁘지 않은 방법이라는 듯이 안도진이 고개를 끄덕였다. 소리 내어 찬성하는 이는 없었지만 딱히 반대하거나 토를 다는 사람도 나오지 않았다. 분위기가 어영부영 투표 쪽으로 기우는 가운데 남정운이 침을 튀기며 반대했다.

"투표? 뭔 말 같지도 않은 소리를 하고 있어! 이게 무슨 대통령 선거야? 연예인 인기투표하는 거냐고! 낙오자를 정하는 거잖아. 그것도 혼자서 물에 빠져 죽을 사람을 정하는 데 투표라고?"

"왜요? 비인간적이고 비인도주의적인 방식이라 싫다 이거예요? 그 무엇보다 존엄한 인간의 생사를 투표로 결정해서는 안 된다고 주장하고 싶은 거냐고요? 본인밖에 모르는 인간이 언제부터 그렇게 고상하셨다고!"

"잘못 짚었어! 그딴 건 신경도 안 써. 투표 방식을 반대하는 까닭은 공정하지 않기 때문이야. 전혀 공평하지 않다고! 할 거면 차라리 제비뽑기 같은 걸로 해야지!"

김광일이 냉소를 흘렸다.

"자기가 뽑힐까 봐 걱정돼서 그렇겠지. 당신이 우리 아파트 최악의 진상인 건 본인도 잘 알고 있을 테니. 투표가 시행되면 1501동에서 공공의 적으로 통하는 당신이 낙오자로 당선될 확률이 제일 높을 테고. 그래서 투표 방식을 반대하는 거 아닌가?"

정곡을 찔렸는지 남정운의 낯빛이 붉으락푸르락 변했다. 그가 난데없이 김광일에게 달려들더니 멱살을 틀어쥐었다. 주먹 다짐이라도 벌일 기세로 한쪽 팔을 치켜든 순간 임창민이 뒤에서 그의 몸을 붙잡았다. 몸부림치는 남정운을 가까스로 떼어냈지만 그의 악다구니는 멈출 줄을 몰랐다.

"이 개새끼들아! 너희들만 살겠다고 나를 버려? 어디 한번 투표해 봐! 내가 뽑힌다고 결과에 승복할 것 같아? 너희들을 위해서 고분고분 죽어줄 것 같으냐고! 나 혼자서는 절대 안 죽어! 무슨 수를 써서라도 엘리베이터 위로 기어 올라갈 거야! 아니, 못 올라가면 엘리베이터를 어떻게든 추락시킬 거야. 내가 죽기 전에 너희들도 다 뒈지게 만들 거라고!"

남정운은 한참이나 미친개처럼 광분해서 날뛰었다. 그가 지쳐서 나가떨어진 후에야 임창민은 훨씬 더 중요하고도 시급한 문제에 대해 지적할 수 있었다.

"투표 건은 열쇠를 찾은 후에 다시 논의하는 게 좋겠습니다. 열쇠를 찾기 전에 주차장이 침수되면 큰일이니까요."

말을 멈춘 김광일이 머그잔의 녹차를 반이나 들이켰다. 녹차를 마시는 소리가 비행기 소음처럼 들릴 정도로 상담실은 쥐

죽은 듯이 조용했다. 자신들의 추악한 인간성이 까발려져 낯부끄러운 걸까. 다른 생존자들의 태도 또한 김광일과 별반 다르지 않았다. 동정과 위로 그리고 응원을 받았던 재난 피해자의 자세가 아니었다. 그들은 포토라인에 선 범죄자처럼 상체를 웅크리고 쭈뼛대며 바닥만 쳐다보고 있었다. 그러나 누가 이들에게 어떻게 사람을 죽이는 투표를 모의했느냐면서 돌을 던질 수 있을까. 만약 시윤이 그 자리에 있었다 하더라도 투표에 찬성할 수밖에 없었을 것이다. 다수를 살리기 위해서는 어쩔 수 없는 선택이라고 정당화하면서. 내가 뽑힐 리 없을 거라고 근거 없는 자신감에 필사적으로 의지하면서. 머그잔을 내려놓은 김광일이 말을 계속했다.

"그 이후는 첫날 말씀드린 그대로입니다. 각자 구역을 맡아서 열쇠를 수색했고 제가 지하 2층에서 열쇠를 찾았습니다. 하지만 전경석 씨가 보이지 않았습니다. 그를 찾아다니다 지하 3층의 싱크홀 물웅덩이에 빠져 죽어있는 걸 발견했죠. 물이 빠르게 차올라서 안타깝게도 시신을 수습하지는 못했습니다. 저희는 지하 1층에서 대기하다가 엘리베이터 카 상부로 올라갔습니다. 다행히 물은 가슴 높이까지만 차오르더군요. 그로부터 하루가 지난 후에 저희는 구조됐고요."

시윤이 물었다.

"투표는요?"

"안 했습니다. 할 필요가 없어졌으니까요. 전경석 씨가 사고

로 사망하는 바람에 엘리베이터 탑승 정원이 여덟 명으로 맞춰
졌으니까요. 엘리베이터도 구조될 때까지 잘 버텨줬고요."

"그렇군요."

시윤은 입술 안쪽을 질겅질겅 씹었다. 모질게 들릴지도 모르
겠지만 전경석의 죽음은 생존자들에게 시의적절했다고도 볼
수 있다. 딱 알맞은 시기에 죽었다고 해야 하나. 엘리베이터에
서 무조건 한 명이 빠져야 하는 상황에서 딱 한 명만 사고로 죽
어버렸으니까. 전경석이 자연스럽게 제외됨으로써 투표의 필
요성은 사라졌다. 투표가 예정대로 진행됐다면 아비규환의 지
옥도가 펼쳐졌을 수도 있다. 아무 죄도 없이 억울하게 사형수
로 당선됐는데 누가 고이 단두대에 목을 내밀겠는가. 남정운이
위협했던 것처럼 너 죽고 나 죽자는 식의 물귀신 작전을 펼쳤
을지도 모를 일이다. 그러나 전경석의 죽음으로 문제는 평화롭
게 해결됐다. 천운이 따랐다고도 볼 수 있다.

갑자기 서늘한 한기가 시윤을 스치고 지나갔다. 눈을 들어
생존자 여덟 명의 면면을 훑어봤다. 첫 인터뷰에서 감지했던
흐릿한 위화감의 윤곽이 한결 또렷해진 것 같았다. 전경석의
죽음은 재난과 아무 관련이 없을지도 모른다. 아예 투표할 필
요가 없도록, 그러니까 투표에서 자신이 뽑힐 확률을 제로로
만들기 위해 누군가가 그를 죽인 게 아닐까. 생존자 모두가 그
런 의심을 은연중에 품고 있는 걸 수도 있다. 우리 중에 살인자
가 있는 건 아닐까. 전경석은 살해된 게 아닐까, 하는 의심을.

그래서 지하 2층 담당이었던 전경석이 지하 3층을 수색했다고 거짓말한 건지도 모른다. 그의 이야기만 나오면 약속이나 한 듯이 말을 돌리고 입을 다물었던 것도, 동정심이나 연민 혹은 자기만 살아남았다는 데서 비롯된 죄책감이 아닌 가해자의 죄의식에서 비롯된 외면이었던 건지도 모른다. 무섭고도 섬뜩한 가설에 시윤은 저도 모르게 진저리를 쳤다.

습기를 머금은 대기는 눅눅했다. 한바탕 장대비가 쏟아질 것처럼 머리 위로 먹구름이 잔뜩 껴있었다. 장마 때는 빗방울 구경도 힘들더니 장마가 끝나자, 청개구리라도 된 것처럼 물 폭탄을 투하하고 있었다. 우산을 또 사야 할지도 모른다는 생각에 절로 기분이 처졌다. 시윤은 언덕길에 서서 단지를 올려다봤다. 어둑어둑한 하늘 아래 서있는 포레그린뷰는 어딘가 모르게 음험하고 위태로워 보였다. 궂은 날씨가 재난 당시의 폭우 상황을 연상시켜서 그런 걸까. 아니면 이곳에서 살인사건이 벌어졌을지도 모른다는 의혹 때문일까.

시윤은 머리를 내저었다. 망상이나 다름없는 가설일 뿐이다. 시윤은 여전히 전경석의 사망을 불운한 사고라고 생각했다. 그게 진실이리라. 그러나 의혹의 불씨는 좀처럼 꺼지지 않고 계속해서 되살아났다. 생존자들은 전경석이 자원해서 지하 3층에 내려갔다고 새빨간 거짓말을 했다. 투표로 죽어야 할 사람을 뽑으려 했다는 사실도 1년 넘게 은폐해 왔다. 결코 미담은 아니니 숨겼던 게 이해가 안 가는 것은 아니다.

하지만 그로 인해 그들의 진술을 하나부터 열까지 믿을 수 없게 돼버렸다. 각자 구역을 나눠 단독으로 열쇠 수색 작업을 한 탓에 알리바이가 있는 사람은 아무도 없었다. 누구든 범인이 될 수 있다는 뜻이었다. CCTV는 산사태와 침수의 여파로 죄다 망가져 버렸다. 고장 나지 않았다 하더라도 당시에는 CCTV를 확인할 필요성을 못 느꼈을 것이다. 어느 모로 보나 자연재해로 인한 사망이기 때문이었다. 새롭게 밝혀진 충격적인 비밀에 대해서는 조찬식에게 보고하지 않았다. 보고할 수가 없었다. 아무것도 확인되지 않은 찌라시와 다름없었기에. 보고하려면 가설을 뒷받침할 근거가 필요했다. 시윤은 그 근거를 찾기 위해 포레그린뷰를 방문한 참이었다.

1501동 경비원은 사람 좋게 생긴 60대 남자였다. 키는 작았지만, 풍채가 좋았고 나이에 비해 머리숱도 풍성했다. 그러나 세월의 풍파 탓인지, 아니면 종일 주민에게 시달리는 탓인지 몰라도 활력이 느껴지지 않았다. 비좁은 경비실에 단둘이 마주 앉자, 독방에 갇힌 기분이 들었다. 그는 포레그린뷰에서 5년째 경비원으로 일하는 중이라고 맥없는 목소리로 밝혔다. 시윤이 명함을 건네며 포레그린뷰 재난 사건에 관한 책을 집필 중이라고 하자 떫게 입맛을 다셨다. 자신이 감당할 수 없는 귀찮은 일에 엮이기 싫다는 낯빛이었다. 그는 재난 당시 비번이었던 터라 그날의 일은 뉴스로 보고 들은 게 전부라며 최대한 말을 아졌다. 자료 수집을 위한 인터뷰 요청도 궁색한 변명으로 일관하며 거절했다.

"아까도 말했다시피 나는 아는 게 없다니까. 관리소장한테 연락하는 게 빠를 거요. 나 같은 말단 경비원보다 훨씬 자세하게 알고 있을 테니까."

"저는 선생님 얘기를 듣고 싶은데요."

"나는 아무것도 모른다니까. 방송국이나 신문사 취재에는 일절 응하지 말라는 지침이 내려왔던 적도 있고. 잘못 입을 놀렸다가 민원이라도 들어오면 징계를 받을지도 몰라요. 좀 봐주시오."

그가 굽실거리며 사정했다.

"이건 취재가 아닙니다. 선생님과 나눈 대화를 책에 실으려는 것도 아니고요. 그런 점은 걱정 안 하셔도 됩니다."

"몇 번을 말해요. 난 재난에 대해서는……."

"재난에 대해서 듣고 싶은 게 아닙니다. 지하주차장에 갇혔던 아홉 명의 주민에 대해서 알고 싶습니다."

무슨 꿍꿍이인지 가늠하려는 듯이 경비원의 눈이 가늘어졌다.

"주민이라면? 누구를……."

"여기서 5년이나 근무하셨으니 재난 피해자 아홉 분에 대해서 어느 정도 알고 계실 거 아닙니까. 그분들의 평소 언행이나 평판이 궁금합니다. 직접 맞부딪친 경험도 있을 테고, 보고 들은 것들도 적지 않을 것 같은데요."

"그렇긴 한데……. 일하다 보면 이런저런 것들을 보고 듣고 하니까."

"그런 것들을 말씀해 주시면 됩니다."

"근데 입주민에 관한 얘기를 함부로 떠벌리는 것도 좀……. 자칫 외부인에게 험담하는 꼴이 될 수도 있으니까. 잘못했다간 사생활 유출이나 명예 훼손죄 같은 걸로 고소당하지 않으리란 법도 없고."

경비원은 굉장히 조심스럽게 굴며 몸을 사렸다. 그가 오랫동안 이곳에서 버틸 수 있었던 이유를 알 것 같았다. 보고도 못 본 척, 듣고도 못 들은 척했던 것이리라. 한마디로 입이 무거운 편이었다. 또한 그의 우려는 원칙에 의한 것이었기에, 정보를 뽑아내려면 감정에 호소하는 수밖에 없었다.

"선생님에게 들은 얘기는 참고만 할 뿐, 절대 외부에 공개하거나 책에 인용하지 않을 겁니다. 정보 제공자의 신원도 극비에 부칠 거고요. 염려하는 부분에 대해서는 잘 압니다만 이건 포레그린뷰 주민을 음해하거나 곤란하게 만들려는 게 아닙니다. 오히려 그분들을 돕기 위한 일입니다. 도서 제작도 그 일환의 하나고요. 생존자들은 아직도 재난 후유증으로 큰 고통에 시달리고 있습니다. 그분들을 도우려면 그분들이 살아온 환경이 어땠는지, 어떤 사람들이었는지에 대해서 파악해야 합니다. 병원에 가면 먼저 기본적인 신체검사부터 하듯이요. 좀 도와주십시오."

시윤의 간절한 부탁에 마음이 움직였는지 경비원이 입을 달싹였다.

"그런 이유라면……. 도와드리고 싶긴 한데……."

"남정운 씨 기억하시죠? 1501동에서 모르는 사람이 없다고 들었는데요."

경비원의 관심을 끌기 위해 시윤은 남정운 카드를 꺼냈다. 악명 높은 진상 주민에 대해서라면 할 말이 많지 않을까. 어쩌면 이 경비원 또한 남정운에게 갑질을 당한 적이 있을지도 모른다. 악질 주민에 대한 성토라면 닫힌 입을 열 수 있을 거라 계산한 것이다. 아니나 다를까. 남정운의 이름을 듣자마자 경비원은 말도 말라는 듯이 손을 내저었다.

"그 양반은 모르려야 모를 수가 없지. 그 양반 때문에 우리가 스트레스를 얼마나 많이 받았는데. 한때 나도 그 양반 때문에 원형 탈모까지 생길 정도였다오."

"남정운 씨가 대체 뭘 어쨌는데요?"

"내 30년 경비원 생활 중에서도 단연코 최악의 주민으로 꼽힐만한 사람이지. 공동체 의식이라는 걸 아예 모르는 사람이거든. 아니, 다 알면서도 무시하는 인간이었소. 얼마나 못돼먹었는지 딴 주민들이 피해를 보든 말든 제 알 바 아니라는 식이었거든. 쓰레기 배출 날짜를 안 지키는 건 예사고, 쓰레기도 종량제 봉투가 아닌 아무 데나 넣고 갖다 버렸다오. 윗집에서 조금만 큰소리를 내도 층간 소음이니 뭐니 하면서 쫓아가 난리를 치거나 경찰에 신고하기 일쑤였고. 그래 놓고선 우리한테는 왜 일 똑바로 안 하냐면서 소리 지르고 욕하고 그랬지. 상전도 그런 상전 노릇이 없었다니까. 얼마나 갑질을 해대고 행패를 부렸는지 모른다오. 근데 그 정도는 주차 분쟁에 비하면 약과였지. 그 일 때문에 주민들과 대판 싸우고 완전히 척을 져버렸으니까."

"주차가 왜요?"

"그 양반이 차를 선 밖으로 삐딱하게 대기 일쑤였거든. 딱 봐도 일부러 그런 거지. 자기 차 옆에 다른 차가 주차 못 하게. 그뿐만이 아니었지. 본인 대기 편한 자리에 알 박기까지 해놨다니까. 자기 차를 몰고 외출한 동안 다른 차량이 못 대게 주차 금지 표지판을 두 자리나 세워놓은 거요. 아파트 주차장에 지정구역이 없는 건 초등생들도 아는 상식이잖소. 그런데도 뻔뻔하게 그딴 염치없는 짓을 한 거지. 안 그래도 주차구역이 턱없이 모자라서 출퇴근 시간에 차를 빼고 대려면 전쟁통이 따로 없거든. 근데 그렇게 두 자리나 막무가내로 선점해 놓으니 딴 주민들이 열이 뻗칠 수밖에. 처음에는 우리한테 민원을 제기하더라고. 이미 진상이란 소문이 파다한 데다 남정운 씨랑 다툰 주민이 한둘이 아니었으니까. 이웃 주민에 대한 불만이나 항의 사항이 있으면 경비실을 통해 얘기해 달라고 부탁드리고도 있고. 괜히 직접 나섰다가 무슨 봉변을 당할지 모르는 세상이니까. 아무튼 우리가 남정운 씨를 찾아가서 정중하게 부탁했지. 주차 자리를 그렇게 맡아놓으면 안 된다고. 그랬더니 뭐라고 했는지 압니까? 자리를 맡아놓지 말라는 법이 어디 있느냐는 거야. 내가 자리를 맡는 게 아니꼬우면 딴 주민들도 각자 알아서 자리를 맡으면 되는 거 아니냐고 되레 큰소리를 치더라고. 그렇게 되면 공간 효율성이 턱없이 떨어지는 건 물론이고 주차난만 더 심각해진다고 알아듣게 설명을 해줘도 들은 척도 안 해요. 그딴 건 자기 알 바 아니라는 거야. 내가 왜 딴 주민들 주차까지 신경 써야 하냐면서. 내 돈 주고 산 내 집인데 주차도 내가 하고 싶은 데에 못 하냐면서 도리어 성질을 내더라고. 만약 내 차에 손끝 하나라도 댔다간 고소해서 콩밥 먹여주겠다고 협박까지 하는데 어처구니가 없었다오. 그 양반은 상식이나 규칙이 통하는 상대가 아니야. 그렇게 배 째라는 식으로 나오니까 우리도 뭘 더 어떻게 할 수가 없더라고. 참다못한 주민 몇 명이 직접 가서 항의해 봤는데 씨알도 안 먹혀요. 도리어 네가 뭔데 이래라저래라 하느냐면서 몸싸움할 기세로 덤비는데 아주 가관이었지. 그 사람 때문에 화병 나서 이사를 진지하게 고민한 주민도 여럿 있었다니까. 성깔 있는 주민은 남정운이 차 끌고 외출했을 때 표지판을 치우고 보란 듯이 본인 차를 세워놓기도 했거든. 그랬더니 어떻게 했는지 아시오? 글쎄 견인차를 불러서 차를 견인해 간 거야. 완전 미친놈이라니까. 이렇게 미꾸라지 한 마리가 단지 물을 흐리니까 결국 교수님까지 나서

게 됐지."

"김광일 씨 말씀하시는 거죠?"

"맞아요. 교수님은 점잖고 품위가 있는 데다 저희한테도 늘 먼저 깍듯하게 인사해 주시는 훌륭한 어르신이었지. 나는 여기서 일하면서 그분이 화는커녕 짜증 한번 내는 것도 본 적이 없다오. 근데 교수님이 또 불의를 보면 못 참는 성격인가 보더라고. 주민들이 하도 스트레스를 받으니까 안 되겠다 싶었는지 남정운 씨를 찾아간 거야. 처음에는 교수님도 정중하게 부탁했지. 근데 그 인간 입에서 고운 말이 나올 턱이 없잖아. 학력 콤플렉스가 있던 건지, 아니면 예전부터 교수님을 못마땅하게 여겼던 건지 남정운이 더 지랄하더라고. 순식간에 언쟁이 격해지고 분위기가 험악해졌다오. 남정운은 몸싸움도 불사할 기세로 머리통까지 들이밀었지. 우리가 겨우 뜯어말려서 폭력 사태로까지 번지지는 않았지만. 의젓하고 얌전하기만 한 분인 줄 알았는데 교수님도 화나니까 무섭더라고. 그분이 그렇게 흥분한 건 처음 봤으니까. 어찌 됐든 그렇게 남정운의 완승으로 끝나나 싶었는데 교수님도 한 고집하시더라고. 남정운이 차를 몰고 나갔을 때 표지판을 치워버리고 다른 주민들과 협심해서 돌아가며 그 자리에 계속 차를 주차한 거야. 두 자리 전부 다. 단 1초라도 빈자리가 생기지 않게. 그러니 남정운도 별수 없지. 차를 거기 못 대고 다른 구역에 주차하더라고. 혼자서 여러 명을 어떻게 상대하겠어. 남정운이 야단법석을 칠 줄 알았는데 웬걸

잠잠하더라고. 사람들은 쾌재를 불렀지. 남정운을 굴복시켰다고 여긴 거야. 우리 경비원들은 내심 불안했지만. 그 양반은 절대 순순히 백기를 들 사람이 아니었거든. 그러다 일주일쯤 지났을 때 일이 터져버렸다오."

아직도 그때 일만 떠올리면 뒷골이 당기는지 경비원은 무거운 숨을 토해내며 목덜미를 주물렀다. 시윤은 궁금증을 참지 못하고 뒷얘기를 재촉했다.

"남정운 씨가 자기 자리에 댄 차를 부수기라도 한 겁니까?"

"차라리 그랬으면 나았게. 그것보다 더 악랄하고 비열한 짓거리를 했지. 설마 그런 짓까지 할 줄은 상상조차 못 했는데……."

"뭘 어쨌는데요?"

"글쎄, 주차장 출입구 통로를 자기 차로 완전히 막아버린 거야. 차량이 아예 들어오지도 나가지도 못하게 해버린 거지."

시윤은 할 말을 잃었다. 남정운의 미친 짓에 학을 뗄 수밖에 없었다.

"그럼 다른 주민들은 차를 어떻게……."

"아무도 차를 못 썼지. 남정운 한테 전화를 수도 없이 걸었는데 휴대폰이 꺼져있더라고. 집에도 없고. 일부러 잠적해 버린 거지. 단지 주민들 전부 엿 먹이려고. 주차장에서 하염없이 기다리던 주민들은 끝내 대중교통을 이용할 수밖에 없었다오."

"남정운 씨는 차를 언제 뺐나요? 저녁에 빼준 건가요?"

"아니, 3일이나 지나서 나타나더라고."

시윤의 입에서 헛바람이 새어 나왔다.

"1501동의 모든 차량이 3일이나 주차장에 묶여있었던 겁니까?"

"그렇지."

"차를 치울 방법은 없었습니까? 경찰에 신고한다거나, 차량을 견인한다거나."

"경찰에야 진작 신고했지. 근데 경찰도 딱히 손 쓸 방법이 없다고 하더라고. 자동차도 사유 재산이라 함부로 손을 댈 수 없다나 뭐라나. 같은 이유로 견인도 함부로 할 수 없다고 했고. 그걸 무릅쓰고라도 견인을 시도해 봤는데 차를 어찌나 개떡같이 댔는지 뭘 어떻게 할 수가 없었다오. 남정운은 3일 만에 실실 웃으면서 나타났지. 인내심이 폭발한 교수님은 눈이 뒤집혀서 주먹으로 남정운의 면상을 후려갈겼고. 솔직히 너무 속이 시원했어요. 남정운은 그걸 또 기다렸다는 듯이 폭행죄로 고소를 때려버렸지만."

"그래서 어떻게 됐습니까? 김광일 씨가 처벌을 받았습니까?"

"남정운도 본인이 벌인 짓이 있잖소. 공유지인 주차장 입구를 3일이나 틀어막아서 주민들의 막대한 불편을 초래한 건 물론이고 경제 활동에까지 손해를 끼쳤으니까. 주민들도 들고 일어선 거지. 물질적, 정신적 피해에 대한 손해배상을 청구하겠다, 이렇게 나오니까 남정운도 꼬리를 내릴 수밖에 없었다오. 결국 고소를 취하하고 합의했지."

시윤은 제삼자의 입장에서 듣기만 하는 데도 복장이 터질 것 같았다. 당사자들은 얼마나 피가 마르고 울화통이 터졌을까. 남정운이 이기적이고 무례한 사람인 줄은 알았지만, 이 정도로 개차반일 줄은 상상도 못 했다. 이 정도면 단순 진상을 뛰어넘는 공공의 적 수준이 아닐까 싶었다. 종종 뉴스에 나오는 층간소음 등으로 인한 살인사건이 이곳에서 벌어졌다 해도 충분히 납득할 수 있을 지경이었다.

"주민들이 남정운 씨를 싫어했겠네요."

"싫어하는 정도가 아니었다오. 죽이고 싶을 만큼 증오했지. 한창 밉보일 때는 벼르는 사람이 한둘이 아니었어. 얼굴만 보면 차로 밀어버리고 싶은 충동이 인다는 사람도 있었고, 돈만 있으면 살인청부업자를 고용하고 싶다는 주민도 있었지. 물론 농담이긴 했는데 내 귀에는 결코 농담으로만 들리지 않더라고. 실제로 잔뜩 취해선 죽여버리겠다고 식칼 들고 뛰쳐나간 사람도 있었으니까. 물론 술 먹고 홧김에 그런 거였고 주변 사람들이 말려서 실제로 칼부림이 나지는 않았지만. 그래도 이러다 1501동에서 언젠가는 송장을 치우게 되는 건 아닐까, 우리는 전전긍긍했지. 그렇게 분위기가 흉흉하던 차에 산사태가 벌어진 거라오. 이런 말 하기는 좀 그렇지만……."

경비원이 말하다 말고 주저했다. 인간 된 도리로서 이런 독설을 내뱉어도 되는지 고민하는 낌새였다. 혹은, 이런 발언을 하면 자신이 막돼먹은 인간처럼 보일까 봐 걱정하는 것 같기도

했다. 시윤은 발설하지 않을 테니 염려할 필요 없다는 뜻을 눈
짓으로 전했다.

"매몰된 주차장 안에 남정운도 갇혔다는 걸 알았을 때 그가
죽길 바랐던 사람이 한둘이 아니었을 거요. 유일한 희생자가
전경석 씨라는 소식이 전해졌을 때 입주민 대다수가 아쉬워했
을걸. 남정운이 죽어야 했는데, 하면서. 그나마 얼마 후에 남정
운이 이사해서 망정이지, 여기 계속 살았으면 무슨 사달이 나
도 한참 전에 났을 걸. 재난으로 사망자도 발생한 마당에 이런
얘기를 해서는 안 되겠지만, 재난이 난 걸 다행으로 여기는 사
람도 꽤 많을 거요. 재난 때문에 남정운이 아파트에서 나간 셈
이니까."

경비실을 나선 후에도 시윤은 1501동 주변을 맴돌며 생존자
들의 평판과 이야기를 긁어모았다. 기꺼이 이야기를 해주는 이
도 있었지만 경계하거나 입을 다물고 피하는 주민도 적지 않았
다. 그래도 반나절 가까이 노상 인터뷰를 진행하자 상당한 분
량의 정보를 수집할 수 있었다. 대부분이 확인되지 않은 소문
과 비틀어진 편견 덩어리뿐인 이야기라 어느 정도는 걸러 들어
야 했지만.

박유선은 첫인상대로 오지랖 넓고 남 일에 참견하기 좋아하
는 아줌마였다. 가십거리나 험담에 환장했고, 그로 인해 평판
이 좋다고 하기는 어려웠다. 박유선 앞에서는 입조심해야 한다

는 사람이 많았다. 안도진은 1501동에서 눈에 띄는 주민은 아니었다. 그럼에도 부인을 아끼는 공처가이자 자상한 남편으로 통했다. 쓰레기 분리수거나 빨래 널기, 장보기 등 집안일하는 모습이 자주 목격된 덕에 주부들에게 좋은 인상을 심어준 모양이었다. 신지아는 연예인이라도 된 양 도도하다는 평이 대다수였다. 아파트에서는 잠만 자는 것인지 단지 내에서의 목격 사례도 많지 않았다. 직접 대화를 해봤다는 사람도 적었다. 그로 인해 더 까칠하고 기가 세 보인다는 평가를 받는 것 같았다.

김광일의 평판은 경비원의 말마따나 훌륭했다. 꼰대가 횡행하는 요즘 시대에 흔치 않은 참된 어른의 풍모를 지녔다는 인물평이 대부분이었다. 참된 지성과 훌륭한 인격, 그리고 실천하는 자세까지 삼박자를 두루 갖췄다는 거였다. 심지어 그를 존경한다는 주민까지 있었다. 약자들을 대신해 남정운과 맞서 싸운 뒤로 더 고평가받는 듯했다. 다만 남정운과 싸울 때의 광기 어린 모습은 약간 오싹해보였다는 소수 의견도 있었다. 그런 모습을 처음 봐서 더 기억에 남은 것 같다며 김광일을 두둔하는 듯한 발언을 덧붙이기는 했지만.

임창민에 대해서도 나쁜 얘기는 거의 듣지 못했다. 믿음직하고 신중한 데다 대체로 공정하다는 평이었다. 공통적으로 리더의 자질을 갖춘 사람이라고 입을 모아 말했다. 한마디로 리더십이 뛰어나다는 거였다. 폭설이 내렸을 때 우왕좌왕하는 주민들을 진두지휘해 빠르게 제설 작업을 완료했다거나, 입주민 외

단지 내 통행을 금지해야 한다는 의견이 대세일 때 학생들의 통학로는 보장해 줘야 한다며 소신을 굽히지 않았다는 이야기를 들으니 그에 대한 평가가 어느 정도 수긍이 됐다.

오재환은 무난하다는 주민이 반, 잘 모르겠다는 주민이 반 정도였다. 단지 내에서 존재감이 없는 인물이었던 것 같았다. 남에게 피해 주는 것도 싫어하지만 자신이 피해 받는 것도 싫어하는 개인주의적인 면모를 지녔다는 평가가 주를 이뤘다. 타인의 일에도 별 관심이 없다는 뜻이리라.

이혜나에 대해서는 모르는 사람이 훨씬 많았다. 재난이 발생하기 전까지는 1501동에 그런 여성이 사는 줄도 몰랐다는 것이다. 그도 그럴 게 재난 발생 6개월 전에 이사를 왔기 때문이었다. 그나마 그녀를 아는 주민들은 이혜나를 포레스트의 아르바이트생으로 기억했다. 신지아가 시윤을 데려갔던 바로 그 카페였다. 포레스트의 사장 이민지가 이혜나의 사촌 언니라는 정보도 입수했다.

유일한 희생자인 전경석에 대한 평판은 무난한 편이었다. 비참하게 세상을 뜬 희생자에 대해서는 웬만하면 악평하지 않으려는 심리를 고려하더라도 이웃에게 이미지가 나쁘지 않았던 모양이었다. 말수가 적고 인사도 쭈뼛대며 하는 듯 마는 듯했지만, 심성은 착한 것 같다는 의견이 많았다. 횡단보도를 늦게 건너는 노인이 있으면 뒤에서 보조를 맞춰 천천히 걸어간다거나, 무거운 짐을 나르는 택배기사를 도와준다거나 하는 모습

등이 간혹 눈에 띄어 좋은 점수를 얻은 듯했다. 반면 속을 알 수 없는 무표정한 표정이 무섭거나 께름칙하다는 의견도 없지는 않았다. 그러나 눈살이 찌푸려질 만한 짓을 했다는 소문은 듣지 못했다. 그를 원망하거나 적대시하는 이웃도 찾아볼 수 없었다. 생존자들 간의 관계에서도 별다른 접점이나 분쟁이 존재했다는 흔적은 발견하지 못했다.

설령 전경석이 살해됐다는 가설이 사실이라 할지라도 살인 동기가 이웃 간의 다툼이나 원한은 아닐 거라고 시윤은 결론 내렸다. 발품을 오래 판 덕에 전경석의 가족관계도 파악할 수 있었다. 그는 2년 전까지 노모와 단둘이 살았다고 한다. 하지만 노모의 치매 증세가 점점 악화돼 요양병원으로 모셨다는 것이다. 한 이웃은 그 노모는 아들이 죽었다는 사실도 모를 거라며 안타까워했다.

시윤은 마지막으로 카페 포레스트로 발을 옮겼다. 단지 내의 사랑방 같은 곳이니만큼 많은 주민들이 그곳을 들락거리고 이용할 터였다. 방대한 양의 시시콜콜한 소문들도 모일 테고. 뜬소문이라도 시윤에게는 중요 단서가 될 지도 몰랐다.

이민지는 이혜나와는 닮은 구석이 거의 없는 사촌이었다. 이혜나가 가냘픈 스타일이라면 이민지는 야무지고 괄괄한 인상이랄까. 키도 이혜나와 달리 컸다. 눈높이가 시윤과 별 차이가 없을 정도였다. 이혜나에게 이야기를 들었는지 이민지는 시윤이 자기소개를 하자마자 가족의 은인이라도 된 양 환대했다. 그녀는 시윤을 테이블에 앉히더니 괜찮다는데도 커피와 조각 케이크를 내왔다.

"안 그러셔도 되는데……. 아무튼 감사히 먹겠습니다."

"혜나를 도와주시고 있는데 이 정도야 약과죠."

"그 반대입니다. 혜나 씨를 포함한 생존자분들이 제 작업을 도와주고 계시는걸요."

이민지의 뺨에 희미하게 보조개가 패었다.

"작가님이 혜나를 세상 밖으로 끌어낸 것만으로도 큰 도움을 주고 계시는 거예요. 그 일 이후로 외출은 물론이고 사람 만나는 것도 꺼려서 걱정이 많았거든요."

"지금은 같이 안 사시는 거죠?"

"네, 혜나는 다시 본가로 들어갔어요. 재난에 식겁한 이모와 이모부가 혜나를 데려가셨죠."

"혜나 씨와 같이 사신 기간이?"

"6개월 정도요."

"본가는 시내 쪽이고 학교와도 멀던데요. 혜나 씨는 그때 왜 포레그린뷰에 머물렀던 거죠?"

이민지가 잠시 허공에 시선을 뒀다가 대꾸했다.

"혜나가 그때 학교를 휴학했었거든요. 그런데 갑자기 저랑 같이 지내면서 카페에서 일하고 싶다는 거예요. 혜나가 카페에 종종 오긴 했어도 그런 내색을 비춘 적은 없었거든요. 갑자기 무슨 바람이 불어서 그러냐고 물었더니 해외여행 경비를 모을 겸 사회 경험도 쌓고 싶다고 하더라고요. 저야 혜나를 예뻐하고 알바 구하기도 쉽지 않으니 무조건 오케이 했죠. 근데 혜나가 여기서 그런 끔찍한 일을 겪을 줄 누가 알았겠어요. 그때 일만 생각하면 아직도 마음이 좋지 않아요."

"천재지변으로 인한 재난이었잖습니까. 이민지 씨 탓이 아닙니다."

"그렇긴 해도 혜나만 생각하면 가슴이 미어져요. 그 어린 것이 상상도 못 할 고통을 겪었으니. 운명이란 게 너무 가혹한 것 같아요."

시윤의 위로에도 이민지는 연민 어린 한탄을 길게 뱉어냈다. 시윤은 본격적으로 질문을 던졌다.

"카페에 생존자 여덟 분도 자주 왔었나요?"

"자주 오시는 분들도 있었고, 어쩌다 한 번 들르는 분도 계셨죠."

"어느 분들이 자주 왔습니까?"

"단골이라고 부를만한 분들은 전경석 씨랑 김광일 씨, 박유선 씨 그리고 신지아 씨 정도였어요. 신지아 씨 같은 경우는 거의 매일 우리 가게에 들러서 커피를 사갔죠. 우리 집 원두가 입맛에 맞는다면서요."

"매장에서 커피를 마신 적은 없고요?"

"대개 테이크아웃을 했어요. 반면에 박유선 씨는 이웃 주민들과 함께 오는 경우가 많았고요. 왁자지껄하게 수다를 떨다

가셨죠. 가끔은 너무 시끄러워서 자제해 달라고 요청드릴 때도
있었어요."

"김광일 씨는 어땠나요?"

"아내분과 주말에 자주 오셨어요. 산책 갔다가 돌아오는 길
에 들르시고는 했죠."

"전경석 씨는 어떤 손님이었나요?"

"그분은 노트북을 가져와서 종종 작업하고는 했어요. 그렇
다고 해서 아메리카노 한 잔만 시켜놓고 몇 시간씩 죽치고 앉
아 있었던 건 아니고요. 한두 시간 정도만이요. 손님들 없을 때
는 더 오래 계셔도 괜찮다고 말씀드렸는데도 딱 정해진 시간만
작업하다 가시더라고요. 폐를 끼치지 않으려고 그러는 것 같았
어요. 대화를 많이 해본 건 아니지만 선량한 분 같았죠. 그렇게
돌아가셔서 얼마나 안타까웠는지 몰라요."

이민지는 전경석의 죽음을 진심으로 애석해했다. 매너 좋은
손님으로 기억하고 있어서 그런지 평가가 후한 편이었다.

"다른 생존자들은 카페를 방문한 적이 없었나요? 이를테면
남정운 씨라든가."

그의 이름을 꺼내자마자 이민지가 이맛살을 찌푸렸다.

"그 인간도 예전에는 가끔 왔었죠. 이제는 안 와요. 아니, 못
오죠. 본인이 한 짓이 있으니. 우리 가게 블랙리스트거든요."

"무슨 일이 있었습니까?"

"진상도 그런 진상이 없었죠. 올 때마다 온갖 트집을 잡았거

든요. 커피가 너무 뜨거워서 입천장을 데었으니 보상해 달라거나, 아메리카노에 우유를 넣어달라거나, 서비스로 케이크를 달라거나, 막무가내로 커피 리필을 해달라고 요구하는 등 툭하면 터무니없는 클레임을 걸었어요. 아르바이트생들에게 막말이나 성희롱적인 발언을 던지는 건 예사였고요. 속이 부글부글 끓었지만 어쩌겠어요. 거지 같아도 손님은 손님인데. 그렇게 참고 참다가 어느 날 결국 폭발하고 말았죠. 아이스아메리카노를 주문해 놓고서는 자기는 뜨거운 걸 시켰다고 억지를 부리더라고요. 욕설을 지껄이다 제 성질에 못 이겨 얼음까지 던졌고요. 근데 그게 아르바이트생 머리에 정통으로 맞은 거예요. 저도 그걸 보고 뚜껑이 열려서 경찰에 폭행죄로 신고하겠다고 난리를 쳤죠. 그러니까 그제야 뭐 바닥에 던졌는데 재수 없게 튀어서 맞은 거라는 둥 말도 안 되는 소리를 하더라고요. 그렇게 사과도 없이 변명만 늘어놓더니 이딴 가게는 다시 안 오겠다면서 자리를 박차고 나갔어요. 차라리 잘됐다 싶었어요. 아르바이트생들 괴롭히고 다른 손님까지 쫓아내는 진상이 사라진 셈이니까요."

행패나 다름없는 남정운의 몰상식한 행태에 시윤은 혀를 내두를 수밖에 없었다. 사고방식 자체가 일반인과는 180도 다른 인간인 걸까. 밉상과 꼴불견 유전자를 갖고 태어난 건지도 모르겠다는 생각이 들 정도였다.

"혹시 그때 얼음에 맞은 아르바이트생이 이혜나 씨인가요?"

"아니오, 남자 아르바이트생인데 혜나도 그때 카페에 있기는 했어요. 봉변 당한 아르바이트생보다 혜나가 더 깜짝 놀랐을 거예요. 그런 진상은 처음 접해봤을 테니 놀랄 수밖에요. 그나마 혜나가 온 지 며칠 안 됐을 때 벌어진 일이라 다행이었죠. 남정운을 더 이상 상대하지 않아도 됐으니까요."

"카페에 왔던 생존자들과 이혜나 씨가 서로 알기는 했겠네요."

"얼굴만 알았던 것뿐이죠. 주문받고 서빙만 했으니까요. 혜나가 그렇게 붙임성 있는 성격이 아닌 데다 낯도 많이 가려서요."

딱히 더 들을 이야기도 없을 듯해 시윤은 일어났다.

"말씀 잘 들었습니다. 커피도 잘 마셨고요. 시간 내주셔서 고맙습니다. 또 여쭤볼 게 생기면 연락드리겠습니다."

"선생님, 저희 혜나 잘 돌봐주세요. 꼭 좀 부탁드리겠습니다. 제가 도울 일이 있다면 뭐든지 돕겠습니다."

시윤은 카페 포레스트 맞은편에 있는 놀이터 벤치에 앉아 이제껏 모은 정보들을 취합해 봤다. 한 가지는 확실했다. 남정운이 1501동의 골칫거리라는 사실이었다. 아니, 골칫거리 정도가 아니라 공공의 적 같은 존재였다. 재난 당시 매몰된 주차장에서 전경석이 죽지 않아 투표가 진행됐다면 남정운이 몰표를 받지 않았을까? 본인도 그 점을 절감했기 때문에 투표를 반대했을 것이다. 그러나 투표는 어떻게든 진행될 분위기였다. 자신이 뽑힐 확률이 높기에 사전에 투표를 무산시킨 게 아닐까. 한 명을 살해함으로써.

그렇다 하더라도 여전히 풀리지 않는 의문은 남는다. 왜 하필 전경석이었을까. 남성보다는 여성을 처치하는 게 훨씬 손쉬웠을 텐데. 왜 지하 2층이 아닌 지하 3층에서 죽였을까. 바로 옆 구역에 전경석이 있었는데. 본인의 담당 구역에서 전경석이 의문사를 당하면 제일 먼저 의심받을까 봐? 침수되고 있던 지하 3층이 사고사로 위장하기 수월한 환경이라서? 전경석을 무슨 수로 지하 3층까지 데려갔을까?

자문자답을 해봤지만 어느 것 하나 명쾌한 해답을 내놓을 수 없었다. 남정운이 전경석을 죽였다는 증거는 어디에도 없었다. 이렇다 할 정황조차 드러나지 않았다. 시신에서 타살의 흔적이 나왔다면 경찰이 가만히 있었을 리 없다. 그저 죽어야 할 낙오자를 뽑는 투표에서 몰표를 받을 가능성이 높았다는 이유 하나만으로 남정운을 살인자로 몰고 있잖은가. 재난 현장에서 살인사건이 발생했다는 의심부터가 크나큰 오판일지도 모르는데.

그렇지만 투표를 하자는 논의가 오간 후에 전경석이 석연치 않게 죽은 것도 엄연한 사실이다. 시윤은 노트북을 켜고 포털 사이트에 접속했다. 검색창에 '전경석 부검 결과', '전경석 사인'이라는 키워드를 집어넣고 검색했다. 수많은 기사가 쏟아져 나왔지만 전경석의 부검 결과나 사인에 관한 내용은 두세 줄 정도로 짤막하게 적혀있을 뿐이었다. 재난사고로 사망한 데다 부검 결과가 미심쩍게 나온 것도 아니니 희생자의 사인에 포커스를 맞출 이유가 없었겠지. 그러다 보니 기사 내용은 전부 흡사했다.

전경석의 사인은 익히 알려진 대로 익사였다. 한 기사에는 팔뚝이나 피부 등 온몸에 자잘한 외상의 흔적이 남아있다는 내용도 추가돼 있었지만, 주목할 만한 정보는 아니었다. 재난의 한가운데서 살려고 악전고투를 벌였을 테니 가벼운 찰과상을 입는 게 당연하다. 당시 생존자들의 몸에도 열상이나 멍 자국 같은 온갖 상처가 난무했었다. 타살 정황이 드러날 만한 실마리를 발견할 수 있지 않을까 기대했던 스스로가 한심해졌다. 그런 게 있을 리 없지. 그런 게 있었다면 경찰이나 부검의가 진작 발견했을 테니까.

"본인 담당 구역에서 다른 사람을 목격한 분은 없으신가요?"

세 번째 인터뷰 날. 시윤의 질문에 손을 들거나 입을 여는 이는 없었다. 전경석이 사망했을 때의 상황을 더 자세하게 파헤치려고 던진 질문이었다. 눈동자를 좌우로 굴리기 바빴던 안도진은 시윤과 눈이 마주치자 얼떨결에 입을 놀렸다.

"수색 중에는 아무도 못 봤어요. 누군가 제가 있던 곳을 지나쳤다 해도 알아차리지 못했을 겁니다. 맡은 구역이 꽤 넓었던 데다 차량도 빼곡하게 들어차 있었으니까요. 차 안으로 기어들어가 열쇠를 찾느라 바깥을 살필 겨를도 없었고요. 뭣보다 유리창을 깨면 도난 방지 경보가 울리는 차량이 많아서 매우 시끄러웠습니다. 주차장 전체가 경보음으로 소란스러웠죠."

그의 말에 동의한다는 듯이 다들 머리를 나직이 끄덕였다.

"다른 분들도 마찬가지인가요?"

"네, 열쇠를 찾았다는 소식을 듣기 전까지는 아무도 보지 못했습니다."

임창민이 대답했다.

"전경석 씨가 지하 3층으로 내려가는 모습을 본 분도 없겠군요."

"그건 전경석 씨 옆 구역 담당이었던 남정운 씨한테 물어보는 게 낫지 않겠어요? 전경석 씨가 사망한 구역을 맡았던 이혜나 씨랑요."

신지아가 두 사람을 향해 턱짓했다. 그녀의 지적이 옳았다. 전경석이 이동하는 걸 봤을 확률이 가장 높은 사람은 다름 아닌 그 둘이었다. 시윤의 눈길이 다소곳이 앉아있던 이혜나를 향했다.

"전경석 씨를 지하 3층에서 보지는 못하셨나요?"

이혜나가 들릴락 말락 할 듯한 작은 음성으로 대답했다.

"저도 다른 분들과 마찬가지예요. 전경석 씨뿐만 아니라 아무도 보지 못했어요. 싱크홀 주변을 제일 먼저 훑어보고 바로 다른 곳으로 이동했거든요. 수색하는 동안에는 인기척을 느껴 본 적이 없어요. 게다가 저분 말씀대로 주차장 내부가 경보음으로 요란스러웠던 터라······."

비슷한 대답이 나올 것 같았지만, 일단 남정운에게도 확인해
봤다.

"남정운 씨도 전경석 씨가 어딘가로 이동하는 장면은 못 보
셨겠죠?"

남정운은 아무 대꾸도 하지 않았다. 뚱한 표정으로 허공만
응시했다. 못 들었을 리는 없었다. 뭔가 켕기는 게 있어서 빠져
나갈 구멍을 찾는 걸까. 아니면 말해주기 싫어서 심술을 부리
는 걸까. 질문을 바꿔 던져도 매한가지였다.

"전경석 씨가 사라졌다는 건 언제 아셨습니까?"

"그딴 건 왜 묻는 거지?"

남정운이 능청맞게 히죽거렸다.

"당시 상황을 정확하게 파악하고 있어야 올바른······."

"에이, 누구를 바보로 아나. 알리바이 확인하는 거 아니야?
우리를 의심하는 거 아니냐고!"

시윤은 내심 뜨끔했다. 티 내지 않으려 애쓰며 무슨 핑계를
갖다 붙일지 머리를 팽팽 굴렸다. 옆에서 김광일의 가시 돋친
목소리가 튀어나왔다.

"우리가 아니고 당신이겠지."

"또 무슨 헛소리야?"

"여기서 의심받을 사람은 당신밖에 없다는 뜻이야. 당신도
잘 알 텐데. 가장 절실한 살인 동기를 갖고 있었던 사람이 누군

지. 솔직히 그동안 다들 찜찜하지 않았나요?"

김광일이 동의를 구하듯 나머지 사람들을 돌아봤다. 대꾸하는 이는 없었지만, 겸연쩍은 태도로 보건대 긍정하는 것이나 다름없었다.

"전경석 씨가 공교롭게 투표 시행 전에 사고로 사망한 일이 말입니다. 마치 운명의 신이 정원을 딱 맞춰준 것 같았죠. 사망자가 나오는 바람에 우리 여덟 명은 엘리베이터 카 상부로 무사히 피신할 수 있었어요. 만약 전경석 씨가 사망하지 않았다면 투표가 시행됐을 확률이 높습니다. 아니, 단연코 투표가 이루어졌을 겁니다. 전경석 씨는 정말 사고로 죽었을까요? 살해당한 건 아닐까요? 그렇다면 살인범은 누구일까요? 우리 중에 전경석 씨에게 원한이나 앙심을 품었던 사람이 있었던가요? 저는 없었던 걸로 알고 있습니다. 그렇다면 가장 명확한 살인 동기를 지녔던 사람이 누구일까요? 그건 바로 투표했을 때 뽑힐 확률이 가장 높았던 자겠죠."

어처구니없는 얼굴로 실소를 흘리던 남정운이 느닷없이 돼지 멱따는 소리를 내지르며 김광일에게 돌진했다. 임창민이 기민하게 둘 사이를 가로막고 섰지만, 한발 늦었다. 남정운의 주먹이 김광일의 턱을 강타하는가 싶었는데 간발의 차이로 빗나갔다. 그럼에도 주먹에 스친 안경이 허공으로 날아갔다. 시윤은 허겁지겁 미친개처럼 발광하는 남정운을 말리느라 진땀을 뺐다. 어찌나 날뛰는지 안도진과 오재환까지 합세해서야 겨우 떼어낼 수 있었다. 남정운은 목줄에 매인 투견처럼 맹렬하게 짖어댔다. 바닥에 떨어진 안경을 주운 김광일은 휘어진 안경다리를 매만지고 있었다. 시윤이 물었다.

"괜찮으십니까?"

"괜찮습니다. 저 인간이 이러는 게 처음도 아니라서요. 걱정해 주셔서 감사합니다."

이런 난장판 속에서 인터뷰를 계속하기는 어려워 보였다. 격앙되고 어수선한 분위기를 정돈하기 위해 잠깐 쉬는 게 낫겠다 싶었다. 남정운을 진정시키지 못한다면 이대로 인터뷰를 끝내야 할 수도 있었다. 시윤이 말했다.

"10분 정도 휴식 시간을 갖도록 하죠. 그때도 분위기가 수습되지 않는다면 오늘 인터뷰는 종료하도록 하겠습니다."

남정운이 도끼눈을 떴다.

"쉬기는 누구 마음대로 쉬어? 멀쩡한 사람을 살인자로 만들어놓고 그냥 내빼겠다고? 대놓고 저 작자를 편드는 거야? 하던 이야기는 마저 해야지! 저 영감탱이만 일방적으로 헛소리를 지껄이게 해주는 법이 어디 있나! 내게도 반론할 기회는 줘야 할 거 아냐, 안 그래?"

시윤은 입을 비죽였다. 말본새는 더러웠지만 틀린 말도 아니었기 때문이다. 어찌할지 고심하는데, 잠자코 있던 김광일이 선뜻 수락했다.

"저 사람 말도 맞습니다. 반론권은 보장해 줘야죠."

"다들 괜찮으시겠습니까?"

반대하고 나서는 사람은 없었다. 남정운이 무슨 반박을 쏟아낼지 자못 궁금한 기색이기도 했다. 몸싸움으로 흐트러진 의자를 정리하고 각자 자리를 잡자, 시윤은 남정운에게 다짐을 받았다.

"인터뷰를 재개하기 전에 약속부터 해주십시오. 두 번 다시이런 난동을 부리지 않겠다고요. 어떤 이유로든 폭력적인 행위는 절대 용납할 수 없습니다. 자칫 인터뷰 자체가 와해할 수도있으니까요. 그 점부터 확실하게 해주시죠!"

"유언비어를 퍼뜨려서 무고한 사람을 사회적으로 암매장시키려는 건 괜찮고? 가만히 있는 사람에게 먼저 누명을 씌운 게누군데?"

"그래서 해명할 기회를 주려는 것 아닙니까? 또 주먹을 휘두를 생각이라면 지금 당장 빠지시죠. 누군가 다치거나 인터뷰가중단되는 꼴은 못 보겠으니까."

"알았어, 알았다고! 저 인간은 물론이고 어떤 누구도 손끝하나 안 건드릴 테니 걱정하지 마! 이제 됐어?"

"좋습니다. 그럼 시작하시죠."

남정운이 잔뜩 벼르는 눈으로 김광일을 째려봤다.

"당신이 하고 싶었던 말이 이거 아냐? 낙오될 확률이 높았던사람이 투표 자체를 무산시키기 위해서 엘리베이터 탑승 정원에 맞춰 전경석을 죽였다. 그 살인자가 바로 나라는 거고. 왜냐

하면 나는 1501동에서 악명 높은 진상 주민이니까."

김광일이 건조하게 대꾸했다.

"잘 알고 있네. 당신은 투표 얘기가 나오자마자 득달같이 반대했어. 그러면서 제비뽑기로 낙오자를 뽑자고 주장했지. 투표로 결정하면 미운털이 단단히 박힌 당신이 뽑힐 걸 깨달았기 때문이겠지. 내 말이 틀렸나?"

"투표는 진행되지도 않았어. 설령 투표했어도 내가 뽑혔을지, 당신이 뽑혔을지는 모르는 거잖아. 뭣보다 당신이 봤어? 내가 전경석을 죽이는 걸 직접 봤느냐고! 아니, 그건 둘째 치고 내가 전경석이랑 지하 3층으로 내려가는 모습을 목격하기라도 했느냐는 말이야."

김광일은 말문이 막혔다. 그러자 남정운은 의기양양하게 몰아붙였다.

"이것 봐. 증거 하나 없이 망상만으로 애먼 사람한테 살인자 누명을 덮어씌우고 있잖아. 이번에는 나를 희생양으로 삼을 모양인가 본데, 내가 호락호락하게 당할 거 같아? 어림없지. 그딴 논리라면 당신들 모두가 용의자야. 아니, 그쪽이 전경석을 살해했을 수도 있지!"

"무슨 터무니없는 소리를! 내가 전경석 씨를 죽일 이유가 없잖나!"

"나한테 살인 누명을 씌우기 위해서였겠지. 우리가 견원지간이라는 걸 모르는 사람이 없잖아. 죽이고 싶을 만큼 증오하는 내게 복수하려고 그딴 짓까지 저질렀을지 누가 알겠어. 당신 말대로 내가 투표로 뽑힐 확률이 높았으니, 누군가가 살해되면 내가 범인이라고 여겼겠지."

김광일이 황당하기 짝이 없다는 표정을 지었다.

"허, 무슨 말도 안 되는 얘기를! 내가 당신에게 누명을 씌우려 했다면 탈락자 투표를 논의했다는 사실과 전경석이 살해됐을지도 모른다는 의혹을 일찌감치 흘렸겠지. 지금까지 입 다물고 있을 게 아니라."

일리 있는 말이었다. 살인까지 저지르며 함정을 파놓고 도로 파묻을 이유는 없다. 왜 끝까지 밀어붙이지 않았을까, 하는 의문이 생기는 게 당연하다. 본인이 전면에 나설 필요도 없다. 익명으로 인터넷에 올리거나 언론사에 제보만 해도 충분했을 테니까. 김광일의 논리적인 지적에도 남정운은 비열한 웃음을 흘렸다.

"막상 누명을 씌우려고 보니 본인이 진범이란 게 들통날까 봐 겁이 났던 거야. 살인 현장이나 전경석의 몸에 결정적인 단서를 남긴 걸 수도 있고. 그래서 그냥 묻어버리는 편이 나을 거라 여겼나 보지!"

시윤이 남정운의 가설을 곱씹어 보는 사이, 신지아가 지긋지긋하다는 투로 내뱉었다.

"그만 좀 해요! 이제 음모론은 신물이 난다고요. 전경석 씨는 재난사고로 사망한 거예요. 전경석 씨가 살해당했다는 증거도 안 나왔고 목격자도 없었잖아요. 나도 저 인간이 마음에 들지는 않지만 아무리 그래도 근거 없는 추측만으로 생사람을 잡는 건 아니죠."

박유선은 동의하지 못하겠는지 이의를 제기했다.

"다들 전경석 씨의 죽음에 의혹을 품었잖아요. 엘리베이터 탑승자 한 명을 제외하려고 투표를 고려했던 것도 사실이고요. 이런 의혹이 있으면 명쾌하게 해소하고 넘어가야죠. 단순한 문제도 아니고 사람 목숨이 달린 일인데 왜 자꾸 덮으려고 안달이에요? 뭐 찔리는 거라도 있어요?"

"찔리긴 뭐가 찔려? 난 한 점 부끄럼도 없는 사람이야. 아줌마나 입조심해! 또 이상한 유언비어 퍼뜨려서 애먼 사람 잡지 말고!"

신지아가 대차게 받아치자 박유선의 목덜미가 새빨갛게 달아올랐다. 일전에 가볍게 입을 놀렸다가 톡톡히 망신당한 전적이 있는 모양이었다. 격양된 박유선의 입에서 생각지도 못한 폭로가 튀어나왔다.

"너희들이 죽인 거 아냐? 신지아, 안도진 너희 둘이 공모해서 전경석을 죽인 거 아니냐고? 그래서 자꾸 사고사로 몰아가려는 거지?"

경악한 신지아의 입이 쩍 벌어졌다. 안구도 튀어나올 듯 커졌다. 안도진 또한 기절할 정도로 놀랐는지 사레에 들린 것처럼 캑캑거렸다. 뒤늦게 신지아가 눈에 쌍심지를 켜고 부인했다. 왜 이렇게 자기를 물고 늘어지는지 모르겠다는 말투였다.

"보자 보자 하니까. 이 아줌마가! 당신 미쳤어? 내가 그 사람을 왜 죽여?"

안도진도 박유선의 머리끄덩이라도 잡을 듯 엉덩이를 들썩거리며 고함을 쳤다.

"이 여자가 진짜 돌았나! 가만히 있는 사람은 왜 건드려? 내가 웃고만 있으니까 우스워 보여?"

시윤도 당황스럽기는 마찬가지였다. 박유선이 뜬금없이 신지아와 안도진을 살인자로 지목한 까닭이 조금도 짐작되지 않았다. 박유선과 신지아의 사이가 원만하지 않다는 건 진작 눈치채고 있었다. 하지만 살인 고발은 차원이 다른 문제다. 시윤은 양팔을 들어 옥신각신하는 두 사람을 제지했다. 그런 다음 차분한 어조로 박유선에게 그 이유를 물어봤다. 입술을 한일자로 굳게 다물었던 박유선이 중대 발표를 하듯 선언했다.

"저 두 사람, 서로 모르는 사이인 척하지만 실은 불륜 관계예요."

폭탄 발언이 끝나기도 전에 신지아와 안도진이 맹렬하게 들고 일어섰다.

"터무니없는 헛소리야! 저 아줌마는 옛날부터 유언비어 유포자로 유명했다고!"

"이 여자가 진짜 미쳤나. 여러분, 이 여자가 하는 말은 전부 새빨간 거짓말이에요! 예전에도 입을 잘못 놀리는 바람에 고소까지 당했었다고요! 당신, 진짜 콩밥 먹고 싶어?"

"이것 봐, 켕기는 게 있으니까 불륜에 대해서는 반박하지 못 하고 나만 공격하고 있잖아! 난 거짓말은 안 해. 그때도 사실적 시 명예훼손죄였다고!"

박유선은 두 사람의 거센 협공에도 움츠러들기는커녕 더욱 활개를 쳤다. 그냥 놔뒀다가는 한바탕 홍역을 치를 게 눈에 선했다. 시윤은 서둘러 중재에 나섰다.

"자, 진정들 하시고 일단 박유선 씨의 얘기를 끝까지 들어보죠. 두 분께도 충분히 반박할 시간을 드릴 테니까요."

신지아는 분해서 못 견디겠다는 듯이 씩씩대며 박유선을 노려봤다. 안도진은 손으로 머리카락을 마구 헝클어뜨리며 안절부절못했다. 박유선의 편을 든다고 여긴 건지 시윤을 바라보는 눈길도 곱지 않았다. 시윤은 두 사람의 눈총을 외면하며 박유선에게 집중했다.

"박유선 씨의 말이 사실이라 해도 그게 전경석 씨의 죽음과 무슨 상관이 있다는 거죠?"

박유선은 자신에게 힘을 실어준다고 여긴 건지 우쭐거리며 대답했다.

"예전에 우연히 둘이 같은 차에 타고 있는 걸 봤거든요. 주차장에서요. 뭔가 이상했죠. 두 사람이 같이 있을 까닭이 없잖아요. 평소에 친하게 지낸 것도, 옆집에 사는 이웃도 아니니까요. 설령 옆집 사는 이웃이라 해도 동승할 일이 뭐가 있겠어요?

더 웃긴 게 뭔지 알아요? 차에서 내리더니 엘리베이터는 또 따로 타더라고요. 아예 모르는 사람처럼. 그때 직감했죠. 저 둘이 심상치 않은 관계라는 걸. 그 뒤로 두 사람이 함께 있는 모습은 못 봤지만 전 확신해요. 두 사람은 바람을 피우고 있어요. 어느 날 지나가다 마주친 전경석 씨를 슬쩍 떠봤죠. 전경석 씨가 저 여자 옆집에 살았거든요. 외출이나 귀가 중에 저 여자 집에서 나오는 남자를 본 적이 없느냐고. 그랬더니 난처해하면서 우물쭈물하더라고요. 대답을 피했지만 안도진을 목격한 게 분명해요. 현관 앞에서 물고 빨고 하는 장면을 봤을지도 모르죠. 저 둘도 전경석 씨를 봤을 테고요. 공구를 빌리러 왔다거나 택배가 잘못 와서 전해주러 왔다는 변명을 늘어놨겠지만 그걸 누가 곧이곧대로 믿겠어요. 이미 본 게 있는데. 불륜 관계를 들킨 두 사람은 전전긍긍했겠죠. 전경석 씨가 입을 놀렸다간 파국을 맞이할 테니까요. 머리를 쥐어뜯으면서 그걸 막을 방법을 궁리해봤겠지만 뾰족한 수가 없었을 거예요. 그렇게 좌불안석인 채로 애만 태우던 와중에 때마침 재난이 발생한 거죠. 고립된 주민 중에 전경석 씨도 포함돼 있었고요. 두 사람은 하늘이 주신 기회라고 여겼겠죠. 재난사고로 위장해 눈엣가시를 제거할 수 있는 최적의 상황이었으니까요. 범인은 저 불륜 커플이 확실해요. 불륜을 은폐하기 위해 전경석 씨를 지하 3층으로 유인해서 죽인 다음 사고사로 위장한 거라고요."

신지아가 황당하기 짝이 없다는 듯이 실소를 터뜨렸다. 어디서부터 잘못된 건지 반박하거나 화를 낼 가치도 없다는 태도였다. 반면 안도진은 목젖이 튀어나올 것처럼 격렬하게 부인했다.

"말도 안 됩니다. 허무맹랑한 모함이에요! 우리는 전경석 씨 몸에 손끝 하나도 대지 않았어요. 애초에 난 지하 3층에는 내려간 적도 없다고요! 그건 당신도 잘 알고 있잖아!"

"왜 내가 아니라 우리일까? 설령 두 사람이 불륜 관계가 아니라 쳐요. 그쪽은 결백을 주장할 수 있다고 해도, 신지아가 전경석 씨를 죽였는지 아닌지는 모르는 거 아니에요?"

안도진이 머리를 뒤로 젖혔다가 세우더니 울화통을 터뜨렸다.

"갑자기 우리한테 왜 이러는 건데? 우리가 아닌 거 당신도 다 알면서!"

"다 안다는 게 무슨 뜻이죠?"

시윤의 질문에 안도진이 횡설수설했다.

"아니, 그러니까 제 말은……. 함께 생사의 갈림길을 헤쳐 나왔으니 다들 느끼고 있을 거란 얘기죠. 우리가 누군가를 해칠 사람들이 아니라는 걸. 그리고 우리가 불륜 관계가 아니라는 것도요."

"둘이 함께 차를 탔던 사실도 부인하는 거예요?"

박유선은 쉴 새 없이 안도진을 몰아세웠다.

"그런 일이 있었는지는 잘 기억나지 않는데……. 아마 퇴근

길에 우연히 신지아 씨가 걸어가는 걸 보고 태워줬나 보죠. 같은 동에 사는 이웃끼리 그 정도 호의는 베풀 수도 있잖아요!"

충분히 있을법한 일이지만 해명하는 안도진의 모습이 영 부자연스럽게 느껴졌다. 스스로도 그걸 느꼈는지 억울함을 호소하는 대신 역공격에 나섰다.

"같은 동에 사는 이웃을 한번 태워줬기로서니 가정이 있는 사람한테 불륜이니, 살인이니 하는 소리를 함부로 지껄이다니! 너무 막 나가는 거 아냐? 뚫린 입이라고 아무 막말이나 씨불이는 거 아니냐고. 증거가 있는 것도 아니잖아. 다 아줌마의 망상일 뿐이잖아! 게다가 하지도 않은 불륜을 감추려고 사람을 죽였다니, 이건 해도 해도 너무하잖아! 명예훼손죄도 모자라 무고죄로 중형을 받을 수도 있다고!"

안도진의 위협이 먹힌 모양이었다. 박유선은 분한 얼굴로 아랫입술을 깨물 뿐 받아치지 못했다. 그의 말대로 증거 하나 없는 가정에 불과했으니까. 법으로나 민심으로나 박유선이 절대적으로 불리한 상황이었다. 이대로 박유선이 꼬리를 내리는가 싶었는데, 남정운이 난데없이 한마디 거들었다.

"그렇다고 저 아줌마 말이 죄다 허튼소리라고 단정 지을 수도 없지. 둘이 불륜 관계가 아니라는 증거도 없잖아. 돌이켜보니 두 사람 관계가 수상쩍었던 것도 사실이고."

"뭐, 뭐가 수상쩍었다는 거예요?"

안도진의 동공이 눈에 띄게 흔들렸다.

"그쪽이 차에 가서 쉰다고 했을 때 저 여자도 따라갔잖아. 둘이 굳이 같은 차에서 쉴 필요가 없는데도. 그쪽이 가족을 들먹일 때마다 저 여자가 희한하게 신경질적인 반응을 보였던 것도 지금 와서 생각해 보면 이상하고. 질투한 거 아냐? 열불이 났겠지? 너 없으면 못 산다고 할 때는 언제고, 막상 죽을지도 모르는 위험한 상황에 빠지니깐 상간녀는 내팽개치고 가족부터 챙기니. 여하튼 불륜 관계를 덮기 위해 죽였다면 충분히 납득 가능한 살인 동기이기는 하지."

"지랄하네. 난 그저 차에서 편히 쉬고 싶어서 따라간 것뿐이야. 미친개랑 같은 공간에 있는 것도 죽기보다 싫었고. 그리고 내가 언제 저 남자 가정 때문에 짜증을 냈다고 그래? 내가 짜증냈던 건 미친개가 짖었을 때뿐이었어. 지금처럼."

신지아의 독설에 남정운이 눈을 부릅뜨며 발끈했다.

"뭐? 미친개? 이게 보자 보자 하니까!"

"당신 속셈을 내가 모를 줄 알아? 당신에게 쏠린 의혹을 우리한테 떠넘기고 싶은가 본데 꿈 깨. 유력한 살인 용의자는 누가 뭐래도 남정운 당신이니까."

"이게 진짜 여자라고 봐주니까 눈에 뵈는 게 없나! 너 말 다 했어?"

시윤이 서둘러 말렸다.

"두 분 다 그만하시죠! 이렇게 자꾸 감정적으로 나오면 대화고 뭐고 진행이 안되잖습니까?"

"먼저 성질을 긁은 게 누군데! 왜 자꾸 나만 갖고 그래?"

"오늘은 여기서 마치도록 하죠. 더 이상 대화가 될 것 같지가 않군요."

원장실 소파에 몸을 묻은 시윤은 둔중한 머리를 뒤로 젖혔다. 조찬식을 기다리는 와중에도 시윤의 마음은 오락가락했다. 그에게 모든 걸 털어놓고 싶은 욕구와 그가 오기 전에 도망치고 싶은 충동 사이에서. 인터뷰가 진행될수록 의혹이 해소되기는커녕 점차 부풀어 오르며 뒤죽박죽되고 있었다. 가슴은 돌덩이를 매단 듯 무거웠다. 재난 피해자들을 대상으로 하기에, 일반적인 인터뷰보다 힘들 거라 예상하긴 했다. 그렇지만 죽을 사람을 뽑는 투표와 살인이란 키워드가 튀어나올 줄은 꿈에도 몰랐다. 더 이상 단순 인터뷰라고 보기는 힘들었다. 이 프로젝트의 주된 목표였던 트라우마 치료와 힐링은 온데간데없이 사라졌다. 서로에 대한 불신과 의심, 비방 등이 난무했다. 인터뷰의 목적은 범인 찾기를 위한 수사나 심문이 돼버렸다. 이대로 프로젝트를 끌고 가도 될지 갈피를 잡을 수 없었다. 지금이라도 손을 떼고 물러나는 게 맞지 않을까.

시윤이 감당할 수 있는 일이 아니었다. 경찰이나 공권력에 맡겨야 할 일이었다. 하지만 경찰이 나선다고 지금의 복잡한 상황이 해결될까. 벌써 1년이나 지난 일이었다. 당시에 전경석의 사인은 사고사로 처리됐다. 타살이라는 정황이나 물적 증거

혹은 목격자는 어디에도 없었다. 파손된 지하주차장은 완벽하게 복구됐다. 단서나 증거가 남았었다 해도 흔적도 없이 사라졌을 것이다. 스스로 자백하지 않는 이상 살인자를 잡는 건 불가능할 터였다. 뭣보다 이 가설은 의혹만 난무할 뿐 실체는 아무것도 없지 않은가.

생존자들조차 뭐가 진실이고 거짓인지 혼란스러워하고 있었다. 인터뷰에서 나온 증언들이 외부로 유출돼도 큰 문제였다. 한 명을 수장시킬 투표를 의논했다는 사실과 유일한 희생자가 살해됐을지도 모른다는 의혹이 공개된다면 지금과는 비교도 안 될 정도의 역풍을 맞을 터였다. 사실 여부와 관계없이 생존자들에 대한 온갖 억측과 비난이 쇄도할 게 뻔했다. 안 그래도 재난 트라우마에 시달리는 사람들에게 또 다른 트라우마를 선사하는 꼴이 될 것이다. 어설프게 현재의 의혹이 외부로 유출됐는데 전경석은 진짜 재난사고로 사망한 걸로 밝혀진다면……. 상상만 해도 끔찍했다.

생존자들은 차라리 재난 때 전경석처럼 죽었어야 했다고 후회할 수도 있다. 마음에 상처를 입는 정도로 끝나지 않을 것이다. 최악의 경우 생존자들의 인생을 완전히 망가뜨리거나 영혼을 파괴할 수도 있다. 이런 두려움 때문에 경찰이나 타 기관에 신고한다는 선택지는 꿈도 꾸지 못했다. 그렇다고 언제까지 이토록 버거운 짐을 혼자서 짊어지고 갈 수는 없었다. 조찬식과 의논해야 할 타이밍이었다. 뭣보다 조찬식은 이 프로젝트의 설계자이자 후원자 아니던가. 지금의 심각한 사태에 대해 알 권리와 의무가 있었다.

그 또한 뾰족한 해법이 없을 가능성이 컸다. 그러나 충격적인 비밀과 막중한 스트레스를 공유하는 것만으로도 조금이나마 숨통이 트이지 않을까 기대했다. 시윤은 목을 바로 세워 원장실의 벽시계로 눈을 돌렸다. 약속 시간에서 20분이 지났다. 어떻게 말을 꺼내야 할지 고민하느라 이렇게 시간이 오래 흐른 줄도 몰랐다. 그때 원장실의 문이 벌컥 열렸다.

"늦어서 미안합니다. 오래 기다리셨죠?"

조찬식이 겸연쩍은 얼굴로 머리를 조아리며 들어왔다.

"아닙니다. 오래 안 기다렸습니다."

"상담 봉사가 예정보다 늦게 끝나서 이제 왔습니다. 바쁘실 텐데 기다리게 해서 죄송합니다."

괜찮다는데도 조찬식은 연신 사과를 늘어놨다. 시윤은 그의 말이 귀에 들어오지도 않았다. 앞뒤가 꽉 막힌 상황을 털어놓고 더는 이 프로젝트를 끌고 갈 수 없다는 의사를 전하려 했건만, 막상 조찬식을 보니 쉽게 입이 떨어지지 않았다. 시윤이 초조하게 입술을 깨물고 있으니, 조찬식이 가벼운 투로 물었다.

"집단 인터뷰는 어제부로 3회차까지 진행된 건가요?"

"아, 네. 어제가 세 번째 인터뷰였습니다."

"세 차례 모두 생존자 전원이 참여해 주셨고요?"

"그렇습니다."

"제 예상보다 훨씬 협조를 잘해주시네요. 세 번 모두 100퍼센트 출석률이라니. 절반만 넘어도 다행이라고 생각했는데."

"처음 접촉했을 때와 달리 꽤 적극적으로 임해주셔서 저도 놀랐습니다."

"다 작가님 덕분이죠. 작가님이 신뢰를 심어주고 잘 배려해주시니 생존자분들도 빠지지 않고 나오는 거겠죠."

조찬식의 과분한 칭찬에 시윤은 몸 둘 바를 몰랐다. 다른 때였다면 넉살 좋게 겸양을 떨거나 상대방의 공으로 돌렸겠지만, 지금은 쓴웃음을 짓는 게 고작이었다. 그런 시윤의 기분을 알아챈 것인지 조찬식이 의미심장한 미소를 띠었다.

"참석률이 100퍼센트라고 해서 인터뷰가 꼭 순조롭지만은 않았겠지요. 게다가 그분들은 엄청난 트라우마를 가지고 있는 생존자들 아닙니까? 어찌 보면 인터뷰가 아니라 치료를 받아야 할 분들이죠. 그런 분들에게서 진솔한 속내를 이끌어내는 건 전문가들도 쉽지 않은 일이거든요. 인터뷰 도중 재난의 악몽이 떠올라 괴로워하는 분은 없었나요?"

"음……. 제가 그분들의 솔직한 심경까지 헤아릴 수는 없지만 아직까지는 괜찮은 것 같습니다."

"다행이군요. 만약 힘들어하는 분이 계시다면 상담이든 뭐든 제가 조치를 취할 테니 바로 알려주십시오."

적당한 타이밍을 노리던 시윤은 용기를 내 운을 뗐다.

"실은…… 기존에 알려졌던 것과 사실관계가 다른 내용이 있다는 걸 알게 됐습니다."

"다른 내용이라 하시면?"

조찬식이 목소리를 낮추며 흥미를 보였다.

"희생자인 전경석 씨가 지하 3층 수색에 자원했다고 생존자들이 증언하지 않았습니까."

"그랬지요. 전경석 씨의 모범적이고 희생적인 행동을 기리고 추모하는 시민들이 많았죠. 저도 그랬고요."

시윤은 망설이다 진실을 밝혔다.

"그게 사실이 아니랍니다. 전경석 씨는 지하 3층 수색에 참여한 적이 없다고 하더군요. 스스로 자원한 적도 없고요. 도리어 기피하고 거부하는 태도를 보여서 지하 2층 수색을 맡겼다고 합니다."

"생존자들이 거짓 진술을 했다는 건가요? 이유가 뭐죠?"

"유일한 희생자라 차마 안 좋게 비춰질지도 모를 얘기를 할 수가 없었다고 하더군요."

"납득 가는 해명이긴 하네요."

조찬식의 미간에 깊은 주름이 생겼다. 얼마나 골몰히 생각에 잠겼는지 말을 붙이기 어려울 정도였다. 그때 돌연 그의 입에서 뜻 모를 혼잣말이 새어 나왔다.

"역시…… 그럴 리가……."

"네?"

"아, 아무것도 아닙니다. 그렇다면 전경석 씨는 줄곧 지하

2층에 있었다는 얘기인데……. 어떤 연유로 지하 3층에서 사망한 채 발견된 거죠?"

"지하 3층 수색을 거절했던 게 못내 마음에 걸려서 뒤늦게 교대해 주려고 내려왔다가 봉변을 당한 게 아닐까, 생존자들은 그렇게 추측하더군요."

"그들도 정확한 사망 경위를 모른다는 소리네요."

"그렇습니다."

"그 외에 기존에 알려진 것과 다른 사실이 또 있나요?"

조찬식이 시윤의 눈을 빤히 쳐다봤다. 시윤은 눈길을 돌리고 싶은 충동을 억누르며 마른 입술을 뗐다.

"그게 다입니다."

시윤은 조금 더 폭탄을 안고 있기로 결심했다. 당장 언제 터질지 모르는 시한폭탄을 조찬식에게 넘기는 건 무책임한 처사라는 생각이 들었다. 확인된 게 아무것도 없는 상태에서 조찬식까지 개입했다간 혼돈의 폭풍만 더 몰아치리라.

"만약에 말입니다. 프로젝트를 진행하는 와중에 예상 못 한 불상사가 생긴다면……. 어쩔 작정입니까?"

"불상사라니요? 불미스러운 일이라도 있었던 겁니까?"

조찬식이 걱정스러운 기색으로 물었다.

"그런 건 아닙니다. 다만 생존자 중에 마음이 바뀌는 사람이 나올 수도 있잖습니까. 인터뷰를 돌연 거부한다거나, 프로젝트에서 중도 하차하는 등의 변수가 생길 여지가 충분하죠. 트라우마에 시달리는 사람이라면 인터뷰하면서 떠오르는 과거의 끔찍했던 기억들 때문에 모든 걸 내려놓고 싶어질 수도 있을 테니까요. 생존자들 사이에 갈등이나 다툼이 발생할 수도 있고요."

이해했다는 듯이 조찬식이 턱을 나직이 끄덕였다.

"세상만사가 계획한 대로만 흘러가는 건 아니죠. 말씀하신 것과 비슷한 사유로 상담을 중도 포기하는 내담자도 적지 않고요. 만약 그런 일이 생기면 작가님이 할 수 있는 데까지 봉합을 해주십시오. 정 안 되겠다 싶으면 저에게 말씀해 주시고요. 전에도 말씀드렸다시피 프로젝트 자체가 와해할 위기가 아닌 이상 제 개입은 최소한으로 하고 싶습니다."

캔맥주를 마시자, 식도는 물론이고 뒷골까지 얼어붙을 듯 싸늘해졌다. 단숨에 한 캔을 비운 시윤은 새로 한 캔을 땄다. 술맛은 느껴지지 않았고 술기운도 돌지 않았다. 머리가 복잡한 탓이리라. 잠깐이라도 일에서 벗어나 휴식을 취하고 싶었지만, 포레그린뷰 사건이 끊임없이 머릿속을 들쑤셨다. 포레그린뷰에 재난이 덮친 그날, 매몰된 지하주차장에서 정말 살인사건이 벌어졌던 걸까. 단순 사고사로 보기에는 석연찮은 구석들이 적잖게 눈에 밟혔다. 낙오자 투표를 논의했던 것부터 시작해서 전경석의 담당 구역을 속였던 것까지 수상쩍은 점이 한 둘이 아니었다. 한편으로는 단순 음모론으로밖에 볼 수 없는 부분들도 존재했다. 우선 타살의 증거가 전무했다. 사건성이 없어 수사 자체를 하지 않았으니 발견하지 못한 건지도 모르지만. 살인 사건이라고 가정했을 때 현재까지 나온 용의자는 크게 세 그룹으로 추릴 수 있다.

남정운과 김광일 그리고 안도진, 신지아 커플이다. 그중 가장 강력한 살인 동기를 가진 자는 누가 뭐래도 남정운이었다. 전경석이 죽지 않았다면 투표가 진행됐을 테고, 남정운이 엘리베이터 탑승자에서 제외됐을 테니까. 남정운에게 살인 누명을 씌우기 위한 김광일의 공작이라는 주장도 근거는 빈약하지만 무시할 수만은 없다. 안도진과 신지아도 용의선상에 오를만하다. 박유선의 말대로 둘 사이에는 말로 설명하기 힘든 묘한 기류가 흐르고 있다. 그들이 정말 불륜 관계이고, 전경석에게 부적절한 밀애 장면을 들켰다면 전경석을 눈엣가시로 여겼어도 이상하지 않다. 살인 동기로도 부족함이 없다. 동기가 늘 살인까지 이어지는 건 아니지만. 그 외에 나머지 생존자와도 드러나지 않은 원한 관계가 있을지 누가 알겠는가. 용의자를 확실하게 좁히려면 희생자에 대한 면밀한 조사가 선행돼야 할 것 같았다. 전경석과 그의 주변 인간관계를 파헤치다 보면 범인과 연결되는 실낱같은 실마리라도 나오지 않을까. 전경석에게 초점을 맞춰야 할 때였다. 그게 진실로 다가가는 길이라는 직감이 들었다.

다 마신 캔을 손으로 찌부러트려서 재활용 쓰레기통에 집어

넣는데, 식탁에 놔둔 휴대폰이 번쩍였다. 액정 화면을 본 시윤은 급히 전화를 받았다.

"그동안 왜 이렇게 전화를 안 받았어? 무슨 일 생긴 줄 알고 얼마나 걱정했는지 알아?"

시윤의 입에서 꾹꾹 담아뒀던 근심과 짜증이 튀어나왔다. 경미가 응당 받아칠 줄 알았는데, 다 죽어가는 목소리로 말했다.

"검사받고 수연이 간호하느라 전화할 틈이 없었어."

까맣게 잊고 있었다. 경미가 신장 공여자라는 걸. 그녀 또한 수술을 앞두고 있다는 사실을. 시윤은 코끝이 찡해졌다. 한편으로 짜증을 낸 스스로에게 화가 났다.

"괜찮은 거야?"

"안 괜찮지. 그래도 수연이만 건강해진다면 난 어떻게 되든 상관없어."

"그게 무슨 소리야? 엄마가 건강해야, 수연이도 힘을 내지. 아픈 애한테 당신 병간호를 하게 만들 작정이야?"

"그것도 그렇네."

경미가 힘없이 웃었다.

"수연이 상태는 어때?"

"나빠지지는 않았는데 병원 오가면서 검사니, 투석이니 받다 보니 많이 힘들어해."

그 작고 연약한 몸이 온통 주삿바늘 자국 천지일 걸 상상하니 시윤은 마음이 편치 않았다.

"수술 날짜는 잡혔어?"

"아직 조율 중인데 다음 달 말일쯤 수술할 것 같아."

내가 갈까, 라는 말을 혀끝에서 굴리다 끝내 삼켜버렸다. 경미가 반대할 게 뻔했다. 아니, 비겁한 변명일 뿐이다. 시윤은 아직 자신이 없었다. 시윤이 과연 아빠의 눈으로만 수연이를 볼 수 있을지. 경미가 불쑥 물었다.

"수술이 잘될까?"

"왜 약한 소리를 하고 그래? 당신답지 않게. 수술은 잘될 거야. 걱정하지 마."

"그렇겠지? 잘되겠지? 수연이도 건강하게 살 수 있겠지?"

"당연하지."

머뭇대던 경미가 목에 박힌 가시를 빼내듯 속내를 토로했다.

"어제 갑자기 이런 생각이 들더라. 혹시 수연이가 아픈 건 벌을 받는 게 아닐까, 하는 생각."

"뭐, 그게 무슨 말이야?"

"당신은 그런 생각 안 해봤어? 수연이가 수민이를 물에 빠트려 죽인 천벌을 받고 있다는 생각?"

순간 시야가 뿌예지고 정신이 아득해졌다. 손에서 휴대폰을 놓칠 뻔했지만, 가까스로 마음과 함께 휴대폰을 다잡았다. 시윤은 목소리가 떨려 나오지 않게 아랫배에 힘을 줘야 했다.

"그게 대체 무슨⋯⋯. 왜 그런 터무니없는 얘기를 하는 거야? 수연이가 천벌을 받는다니⋯⋯. 수연이의 병은 수민이와는 아무 상관도 없어."

"정말 그렇게 생각해? 당신은 수연이를 의심했었잖아. 수연이가 수민이를 일부러 물에 빠뜨린 건 아닐까, 하고. 아니야?"

경미의 질문은 결코 비난조가 아니었다. 해탈한 것처럼 담담했다. 진실을 향한 순수한 학구열처럼 느껴지기도 했다. 그럼에도 시윤은 말문이 막혔다. 무슨 변명이라도 해야 했지만 순간접착제를 바른 것처럼 입술이 떨어지지 않았다. 시윤이 대구가 없자 경미는 계속해서 말했다.

"당신이 대놓고 그런 얘기를 한 적은 없었지. 하지만 당신표정만 봐도 알 수 있었어."

사실이었다. 시윤은 큰딸을 애정의 눈길이 아닌 의혹의 눈초리로 지켜본 적이 있었다. 무더위가 절정에 달했던 5년 전 여름 무렵이었다. 물놀이를 가기 한 달 전, 수연이의 애착 인형인 '끼토'가 산산조각 났다. 끼토는 수연이가 한 살 때부터 애지중지하며 갖고 놀던 봉제 토끼 인형이었다. 어디를 가든 늘 데려갔고, 잘 때도 꼭 안고 잤다. 여섯 살이면 애착 인형과 작별을 고할 법도 한데, 수연이는 여전히 끼토를 24시간 끼고 살았다. 그런 끼토를 망가뜨린 범인은 수민이었다. 일부러 그런 건 아니었다. 말도 제대로 못 하는 네 살배기 아기에게 무슨 악의가 있겠는가. 유아의 대부분이 그렇듯 수민이도 파괴적인 과도기를 거쳤던 것뿐이었다. 손에 잡히는 건 뭐든 닥치는 대로 던지고, 물고, 삼키고, 뜯어댔다.

수민이의 활동 반경 내에 있는 물건은 어김없이 해체되고 파손됐다. 수연이가 수민이를 경계할 수밖에 없었다. 외출할 때는 자신의 방문을 꼭 닫아두었고, 아끼는 물건은 수민이의 손이 닿지 않는 곳에 보관했다. 그런 노력에도 불구하고 끼토가 수민이의 손에 들어간 순간, 끼토는 실타래와 천 조각으로 분해됐다.

끼토의 시체 앞에 선 수연이가 울고불고 난리 칠 거란 예상은 빗나갔다. 수연이는 눈물 한 방울도 보이지 않았다. 그저 잔해를 수습해 자기 방으로 들고 갔을 뿐이다. 경미는 화내거나 울지 않는 수연이를 대견하게 여겼지만, 시윤은 왠지 모르게 께름칙하고 불안했다. 하지만 그때뿐이었다. 수민이를 대하는 수연이의 태도가 예전과 다를 바 없었기에 시윤은 안심했다. 며칠 지나지 않아 끼토 살인 사건은 일상이란 지우개에 의해 흔적도 없이 지워져 버렸다. 한 달 뒤 비극적인 참사가 벌어질 줄은 꿈에도 모른 채.

시윤의 목에서 쉰 소리가 나왔다.

"그건…… 너무 고통스럽고 괴롭다 보니 내 머리가 어떻게 됐던 거 같아. 누구든 원망할 사람이 필요했던 거지. 그렇지만 당신도 잘 알잖아. 수민이의 죽음은 명백한 사고였다는 걸."

"수연이가 수민이를 어린이 풀이 아닌 성인 풀로 데려간 것도 사실이야. 그것도 오픈 준비 중이라 안전요원은커녕 이용객 한 명 없었던 풀장 쪽으로."

시윤은 살인 누명을 쓴 피의자처럼 필사적으로 해명했다.

"매점에 간 우리를 찾으려고 수민이와 주변을 헤매고 있었다고 수연이가 말했잖아."

"그랬지. 갑자기 몰려든 단체 이용객들과 부대끼는 바람에 수민이의 손을 놓쳤다고도 했고."

시윤은 혼란스럽기 짝이 없었다. 아주 잠깐이나마 수연이가 끼토의 복수를 위해 수민이를 일부러 물에 빠트린 게 아닐까 의심했던 시윤을 끔찍하게 증오했으면서. 그것도 모자라 이민까지 갔으면서. 왜 이제 와서 수연이를 의심하는 듯한 발언을 하는 걸까. 느닷없이 떠오른 생각에 한기가 척추를 타고 흘렀다.

"혹시…… 수연이가 당신한테 무슨 말이라도 했어?"

"아니, 아무 말도 안 했어."

안도의 숨을 내쉬기도 전에 경미가 덧붙였다.

"요즘 들어 수연이가 악몽을 자주 꿔."

"무슨 악몽?"

"자다가 비명을 지르며 깨기 일쑤야. 놀라서 무슨 일이냐고 물으면 악몽을 꿨다고 하더라고. 꿈의 내용은 기억나지 않는대. 근데…… 수연이가 악몽을 꿀 때마다 수민이의 이름을 외치더라고."

시윤은 숨이 막힐 듯했다. 천천히 심호흡한 다음 힘겹게 말을 토해냈지만, 딴 사람의 목소리처럼 들렸다.

"수민이가 꿈에 나올 수도 있지. 동생이었잖아……. 그리고 수민이가 죽은 게 자기 탓이라고 여기는 걸지도 몰라. 수민이의 손을 꼭 잡고 있었다면, 군중의 물결에서 수민이를 놓치지 않았다면 하고 말이야."

"그렇겠지?"

확신을 원하는 경미의 질문에 시윤은 끝내 아무 대답도 하지 못했다.

불황 탓인지, 원래 손님이 많지 않은 건지 카페는 한산했다. 벽 쪽에 붙어있는 테이블에 홀로 앉아 책을 읽는 손님을 제외하면 매장에는 시윤뿐이었다. 손목시계로 눈길을 주는데 카페 문에 달린 풍경이 울렸다. 입구로 시선을 돌리자, 중키에 호리호리한 체격의 남성이 안으로 들어섰다. 시윤은 한눈에 그가 약속 상대라는 걸 알아차렸다. 그 또한 같은 생각을 한 모양인지 곧장 시윤을 향해 걸어왔다. 시윤은 자리에서 일어서서 그를 맞았다.

"엄현중 씨 되시나요?"

"네, 제가 엄현중입니다."

시윤은 엷은 미소를 머금고 손을 내밀었다.

"반갑습니다. 전화했던 기시윤이라고 합니다."

시윤이 계산대에서 커피를 주문하고 돌아오자, 엄현중이 데면데면하게 감사의 말을 전했다.

"커피까지 사주실 필요는 없는데……. 어쨌든 잘 마시겠습니다."

"아닙니다. 제가 만나자고 부탁드렸으니 당연히 제가 사야죠. 여기 커피가 꽤 맛있더군요."

"그렇죠? 집에서 멀기는 하지만 웬만하면 커피는 여기서 마시려고 합니다. 이 집 풍미를 따라올 만한 데가 많지 않거든요."

긴장이 풀리고 여유가 좀 생겼나 했는데, 이내 만남의 목적이 떠올랐는지 엄현중은 진지한 표정으로 돌아왔다.

"근데 경석이 얘기를 듣고 싶으시다고……."

시윤은 상체를 테이블 쪽으로 가깝게 붙였다.

"전화로 대략 말씀드렸다시피 저는 포레그린뷰 재난과 관련된 책을 집필 중입니다. 전경석 씨는 유일한 희생자이니만큼 책에서 차지하는 비중이 클 수밖에 없고요. 안타깝게도 본인의 얘기를 들을 수 없으니, 지인들의 협조를 구하고 있습니다. 엄현중 씨가 전경석 씨와 가장 친했던 고등학교 동창이라고 전해 들었습니다."

엄현중에게서 연민과 그리움의 숨이 길게 새어 나왔다.

"그랬죠. 절친이었는데……. 창창한 나이에 이렇게 허망하게 가버릴 줄은 몰랐어요. 삶이란 게 참 허무하고 덧없더군요. 좋은 녀석이었는데……. 아직도 경석이만 떠올리면 가슴이 먹먹하네요. 근데 재난에 대해서라면 저는 아는 게 없는데요."

"당연히 그러시겠죠. 현중 씨가 현장에 있었던 것도 아니니까요. 저는 재난이 아닌 경석 씨가 어떤 사람이었는지 알고 싶습니다. 뭘 좋아했는지, 인간관계는 어땠는지, 고민거리는 없었는지, 그런 일상적이고 평범한 것들에 대해서요. 현중 씨가 곁에서 지켜봤던 인간 전경석에 대해 가감 없이 말씀해 주시면 됩니다. 경석 씨의 됨됨이를 알 수 있는 일화를 덧붙여주신다면 더 좋고요. 저희가 만들고 있는 책은 재난에 중점을 둔 책이 아닙니다. 재난 피해자들과 그들의 상처 입은 마음에 대해서 다루는 책입니다. 그 중심에 전경석 씨가 있는 거고요."

반쯤 벌어진 그의 입에서 이해했다는 듯 아, 하고 낮은 감탄사가 흘러나왔다. 기억을 거슬러 올라가는지 아련한 낯빛으로 생각에 잠겼던 엄현중이 운을 뗐다.

"경석이는 겉보기와 다르게 순둥이였어요. 타인의 감정을 민감하게 먼저 알아채서 맞춰주고 배려하는 성격이었죠."

전경석의 생김새가 호감형은 아니었던 모양이다. 겉보기와 다르다고 말 하는 걸 보니. 남들이 쉽게 다가가지 못할 만큼 차갑거나 험악한 인상이었을까?

"거절을 못해서 처치 곤란한 부탁을 받고는 끙끙대기 일쑤였어요. 남한테 싫은 소리도 잘 못했고요. 그게 지나치다 보니 옆에서 볼 때는 답답하게 느껴질 때가 많았죠. 가끔은 계산적으로 따져봐야 하는 일도 있잖아요. 아니다 싶은 건 적당히 쳐내야 되고요. 근데 무작정 받아주니 늘 밑지고 살았죠. 언젠가는 노트북 수리점 괜찮은 데가 없냐고 물어보더라고요. 어쩌다 노트북이 고장 났느냐고 반문했더니 제대로 말을 못 하고 우물대더라고요. 느낌이 싸해서 끈질기게 캤더니 뒤늦게 대답하더군요. 카페에서 노트북을 쓰다가 화장실에 다녀왔는데 그사이 지나가던 사람이 떨어뜨렸다지 뭐예요. 그래서 '당연히 수리비는 받은 거지?'하고 물어보니까 또 대답을 못 해요. 알고 보니 이 녀석이 수리비를 안 받았더라고요. 그 사람이 거의 패닉 상태라서 돈 달라는 말이 나오지 않았다는 거예요. 안 봐도 훤해요. 그 녀석 성격이면 일면식도 없는 사람을 걱정해서 자기가 먼저 괜찮다고, 그냥 흠만 조금 났다고 하고 가라고 했을걸요. 아무리 그래도 받을 건 받아야 하잖아요. 부순 사람은 따로 있는데 왜 자기 돈을 들여서 그걸 고치냐고요."

그때 일만 생각하면 아직도 갑갑하기 짝이 없는지 엄현중이 자기 가슴을 주먹으로 두드렸다.

"천성이 착한 분이었나 봅니다. 그런 일을 당하면 대부분 일단 화부터 낼 것 같은데."

"너무 착해서 탈이라니까요. 아니, 착하다기보다는 여리고 겁이 많은 거죠. 줏대가 없어서 조금만 기 센 사람을 만나면 제 목소리를 못 내요. 작정하고 이용해 먹으려는 인간한테 잘못 걸리면 호구 되기 십상이었고요. 그래서 제가 볼 때마다 잔소리했죠. 제발 그러지 말라고. 터무니없는 부탁 같은 건 받아주지 말고 쳐내라고. 입 아프게 얘기하면 뭐 해요. 들어먹지를 않는데. 그 녀석은 내가 손해 보고 사는 게 마음이 편해, 라면서 허허 웃을 뿐이었죠."

"갈등이나 분쟁 자체를 회피하는 성격이었나 보군요."

"그렇죠. 절친인 저한테마저도 다 맞춰줬으니까요."

"경석 씨는 뭘 좋아했나요? 즐겨 하는 취미가 있었나요?"

"책 읽는 걸 좋아했어요. 가방에 늘 책 한 권씩은 넣고 다녔으니까요. 읽는 것만큼이나 글 쓰는 것도 좋아했고요. 학창 시절에는 친구들 연애편지나 자기소개서 같은 것도 종종 써줬죠."

이만하면 예열은 됐다 싶어 시윤은 슬슬 본론으로 넘어갔다.

"경석 씨 가족은 어머님 한 분뿐인가요?"

"네, 홀로 계실 어머님 때문에 경석이는 눈도 제대로 감지 못했을 거예요."

엄현중의 표정이 착잡해졌다.

"아버님은요?"

"경석이가 중학교 2학년 때 어머님과 이혼했다고 들었어요."

"그 뒤로 어머님과 단둘이 살았고요?"

"네. 자세한 사정은 모르지만, 아버지와는 연을 완전히 끊은 것 같더라고요. 어느 날인가 만취해서 자기 때문에 아버지가 집을 나간 것 같다고 자책한 적이 있었거든요. 좀 안쓰럽기는 해도 그냥 그런가 보다 했죠. 가족과 절연한 경우나 무책임한 부모 같은 건 주변에서도 심심치 않게 보이니까요. 그래도 경석이 아버지는 너무한다 싶더라고요. 아무리 절연했기로서니 아들이 죽었는데 장례식장에는 잠깐이라도 와봐야 하는 거 아닌가요? 그게 부모로서 최소한의 도리잖아요. 근데 코빼기도 안 비췄다니까요."

전경석의 아버지를 비난하는 말에 시윤은 움찔했다. 투병 중인 딸한테 가보지도, 간호해 주지도 못하는 시윤의 처신을 손가락질하는 것처럼 느껴졌기 때문이다. 뭔가 피치 못할 사정이 있지 않았겠냐며, 생판 알지도 못하는 전경석의 아버지를 변호해 주고 싶은 충동을 억누르고 말을 돌렸다.

"경석 씨가 외아들인 겁니까?"

엄현중은 딱하다는 듯 콧숨을 내뱉었다.

"남동생이 한 명 있었대요. 이름이 경민이인가 그럴 거예요. 근데 어렸을 때 물놀이 사고로 죽었다고 들었어요. 경석이가 얘기한 적은 없지만 아마 아버지가 집을 나간 데에는 동생의 죽음이 큰 영향을 미치지 않았을까 싶어요."

"경석 씨 동생도 물놀이사고로 죽었다고요?"

시윤의 눈이 휘둥그레졌다.

"네, 경석이랑 중학교 때 같은 반이었던 친구한테서 들었어요. 집안에 무슨 마가 낀 건지, 조상 묏자리에 수맥이라도 흐르는 건지……. 어떻게 형제 둘이 모두 수난사고로 세상을 떠나느냐고요, 어휴. 아마 동생의 사고 탓인 것 같은데 경석이가 물을 엄청나게 무서워했거든요. 워터파크에 놀러 가는 건 고사하고 대중목욕탕에 발가락 하나도 못 담글 정도였으니까요. 그렇게 물이라면 질색해서 물가에는 얼씬도 안 했던 녀석인데, 바닷가나 저수지도 아닌 아파트 지하주차장에서 익사할 줄 누가 알았겠어요."

충격적인 전율이 시윤의 몸을 관통했다. 전경석에게도 물놀이 사고로 사망한 동생이 있었다니, 믿기지 않았다. 별안간 경미의 말이 귓속에서 재생됐다. 수연이가 아픈 건 천벌을 받고 있기 때문이 아닐까, 라는 말이. 설마 전경석도 천벌을 받은 걸까. 그의 동생의 죽음에도 숨겨진 의혹이 있는 건 아닐까. 허무맹랑한 상상이다. 우리 애들과 전경석 형제의 사고는 아무런 관련도 접점도 없다. 시윤은 곧바로 잡생각을 머릿속에서 쫓아냈다.

지하 3층 수색을 권유받았을 때 전경석이 입을 꾹 다물고 있었던 건 단순히 거부 의사를 표명한 게 아니었을지도 모른다. 일시적인 공황 상태에 빠졌던 걸 수도 있다. 물에 대한 공포로 머릿속이 하얘지고 입을 떼지 못할 만큼 얼어붙었던 게 아닐까. 그 정도로 물 공포증이 심했다면 지하 3층에는 얼씬도 하지 못했을 텐데. 그렇다면 제 발로 지하 3층에 내려갔을 리는 없다. 누군가가 그를 유인했거나 강제로 끌고 간 게 아닐까. 점점 사고가 아닌 살인 쪽으로 무게추가 기울어지고 있었다. 재난 희생자가 아닌 살인 피해자가 되는 것이다. 엄현중의 한탄이 이어졌다.

"경석이 어머님이 제일 불쌍하죠. 어쩔 땐 치매를 앓고 계시는 게 오히려 축복이 아닐까, 하는 생각까지 든다니까요. 꽃도 피워보지 못한 자식을 둘이나 먼저 보냈잖아요. 가슴이 찢어질 듯한 기억을 죽을 때까지 곱씹으면서 사느니 아들들이 있었다는 것조차 새까맣게 잊어버리는 게 나을지도 모르죠."

애처로운 가정사였지만 언제까지 사건과 무관한 이야기에 발목이 붙잡혀 있을 수는 없었다. 시윤은 은근슬쩍 화제를 전환했다.

"포레그린뷰에서 경석 씨의 대인 관계가 어땠는지 아시나요? 친하게 지낸 주민이 있었다는 얘기는 못 들어보셨나요? 반대로 사이가 좋지 않거나 골치를 썩이는 이웃이 있었다던가."

"저한테 그런 얘기를 한 적은 없었어요. 그 녀석이 원체 뒷담화같은 걸 안 하는 성격이라."

"경석 씨와 갈등이 있었거나 앙심을 품을만한 사람은요? 아니면 당시 경석 씨가 만났거나 연락했던 인물도 없습니까?"

생존자 여덟 명과 직접적인 원한 관계는 없더라도 그들의 지인 중에 전경석과 엮인 사람이 있을지도 몰라 던진 질문이었다. 엄현중이 단언했다.

"경석이는 누군가와 척질만한 행동을 하는 녀석이 아닙니다. 여태껏 원한 살만한 짓을 하는 걸 본 적도 없고요. 이유 없이 싫어하는 사람이야 있었을지도 모르지만요. 그때 새로운 사람을 만나는 낌새도 못 느꼈고요. 근데 이런 질문들은 왜 하시는 거죠?"

"말씀해 주신 일화만 보면 전경석 씨가 완벽한 사람처럼 들려서요. 아무리 사실에 기반을 둔다고 해도 너무 미화시키면

독자들이 도리어 거부감을 가질 수도 있거든요. 현실성이 떨어진다면서요. 때로는 인간적인 모습도 보여줘야 더 친근하게 느껴지는 법이죠."

가벼운 어조로 적당히 둘러대자, 엄현중은 별생각 없이 시윤의 말을 넘기는 듯했다.

"전경석 씨 어머님이 계시는 요양병원은 어딘지 아시나요?"

"알죠. 자주는 못 가더라도 1년에 한두 번은 찾아뵈려고 노력하고 있어요. 가보시려고요?"

"저희 책에 전경석 씨 분량이 꽤 될 텐데 어머님을 찾아뵙고 말씀을 드리는 게 도리일 것 같아서요."

"무슨 말을 해도 못 알아들으실 겁니다. 경석이 이름도 기억 못 하실걸요."

엄현중이 탄식했다.

"그래도 꼭 한번 뵙고 싶습니다."

"알겠습니다. 문자로 병원 주소를 보내드리죠."

"감사합니다."

대화를 마무리하려는데 엄현중이 짤막한 입소리를 냈다. 불현듯 뭔가 떠오른 모양이었다.

"아까 경석이가 만났던 사람이 있었는지 물어보셨죠?"

"누가 있었습니까?"

시윤이 눈을 빛내며 되물었다.

"누군가를 만나는 것 같은 느낌을 받기는 했었어요."

"왜 그런 느낌을 받으셨죠?"

"이 녀석이 언젠가부터 못 보던 고급 만년필을 들고 다니더라고요. 만년필에 이니셜까지 각인돼 있었고요. 한눈에도 선물받은 티가 났죠. 그래서 누가 줬냐고 물었더니 얼버무리면서 얘기를 안 하더라고요. 여자라도 생겼나 싶어서, 더 캐묻지 않고 잘해보라고 응원해 줬던 기억이 나네요."

"만년필을 선물한 사람에 대해서는 결국 못 들으신 거고요?"

"네, 그 뒤로 서로 바빠서 만나지도 못하다가 경석이가 세상을 떠났으니까요."

"또 생각나는 사람은 없나요?"

"그러고 보니 경석이가 연락했던 사람이 한 명 더 있었네요."

"경석 씨가 만년필을 선물 받았을 때쯤인가요?"

"아니요. 그때보다 더 전이었어요. 김문혁이라는 동창이에요. 과격하고 욱하는 기질이 있는 놈이죠. 애들 돈을 뺏거나 다른 학교 일진과 패싸움해서 경찰서도 몇 번 들락날락했고요. 졸업 후에는 조폭 똘마니가 됐다는 둥, 흥신소에서 불법적인 뒤처리를 한다는 둥의 소문이 친구들 사이에 떠돌았죠. 성격도 사는 세계도 경석이랑은 완전히 딴판인 녀석이었어요. 노는 무리도 달라 우리랑 친하지도 않았고요."

"그 친구가 느닷없이 경석 씨에게 연락해 온 건가요?"

"그 반대였어요. 경석이가 뜬금없이 문혁이 번호를 아느냐고 물어보더라고요. 저도 몰라서 문혁이랑 같은 반이었던 친구들한테 수소문했었어요. 힘들게 번호를 구해서 경석이한테 전해줬고요."

"경석 씨가 김문혁 씨와 연락하려는 이유를 말해주지는 않았고요?"

"저도 의아해서 물어봤죠. 뜬금없이 문혁이는 왜 찾느냐고. 학교 다닐 때도 말 한마디 섞어본 적도 없었으면서. 그랬더니 그냥 별일 아니라면서 대답을 피하더라고요. 꼬치꼬치 캐묻기도 뭣해서 더 이상 얘기하지 않았어요."

"그게 언제쯤이었습니까?"

"재난이 일어나기 1년 전쯤이었던 것 같은데요."

시윤은 입을 오므렸다. 시기상으로 보면 재난사건과는 아무 관련이 없어 보였다. 학교 동창이니 포레그린뷰 생존자들과의 접점도 없을 공산이 컸다. 그럼에도 확인은 해봐야 할 것 같았다.

"김문혁 씨 연락처가 어떻게 되죠?"

요양병원은 시 변두리에 있어 교통이 불편했다. 버스에서 하차한 후에도, 재개발 시기를 몇 번은 놓친 것 같은 낙후된 구시가지 골목길을 20분 넘게 걸어가야 했다. 이마에 땀이 촉촉하게 배어날 즈음 시윤은 요양병원 입구에 도착했다. 요양병원의 외관 역시 1980년대에 건립된 후 지금까지 방치된 것처럼 허름하고 칙칙했다. 병원 건물도 이곳의 환자들처럼 무기력하게 하루하루 죽음을 기다리고 있는 것처럼 느껴져 절로 기분이 저하됐다. 시윤은 접수대에서 면회 신청을 하고 대기실 의자에 앉았다.

기다리는 동안 사고의 물길이 자연스레 김문혁 쪽으로 흘렀다. 엄현중에게 받은 번호로 전화를 해봤지만 없는 번호라는 소리만 들렸다. 여러 경로를 통해 수소문했지만 김문혁의 행방은 묘연했다. 재난이나 전경석의 죽음과는 관계없을 확률이 높았지만, 연락이 닿지 않으니 괜스레 찜찜했다. 시간이 갈수록 궁금증도 커졌다. 전경석은 대체 뭣 때문에 김문혁을 찾았던 걸까. 어둠의 세계에 발을 걸치고 있는 김문혁에게 불법적이거나 부도덕한 청탁을 하려고? 하지만 그런 짓은 선하고 순진한 전경석의 이미지와 맞지 않는다. 하지만 대외적인 이미지야 얼마든지 꾸며낼 수 있다. 낮에는 평범하고 선량한 가면을 쓰고 살아가는 범죄자나 사이코패스도 비일비재하니까. 익숙한 이름이 귓가를 파고들어 시윤은 퍼뜩 정신을 차렸다.

"기시윤 님! 기시윤 님!"

시윤은 얼른 일어나 간호사와 마주 섰다. 시윤을 훑어보는 그녀의 눈빛이 꼬장꼬장해 보였다.

"최인숙 환자 면회 신청하셨죠? 돌아가신 아드님 일로 여쭤볼 게 있다고요?"

"그렇습니다."

"최인숙 환자가 중증 치매 환자라는 건 알고 오셨겠죠?"

"물론입니다."

"중증 치매 환자의 경우 원칙적으로 가족이나 친지 외에는 면회를 허용하지 않고 있어요."

"면회가 안 된다는 뜻인가요?"

"끝까지 들으세요. 최인숙 환자는 친구는커녕 보호자가 될 가족도 없는 상태예요. 하지만 엄현중 씨가 기시윤 님의 면회를 허락해 달라고 전화로 부탁하셨습니다. 그러니 면회는 허락해 드릴 겁니다."

시윤은 가슴을 쓸어내렸다.

"감사합니다."

"면회 전에 확실히 해둘 게 있어요. 최인숙 환자는 누누이 말씀드린 대로 중증 치매 환자예요. 여기서 몇 년 동안 그녀를 돌봤던 우리 얼굴도 잘 기억하지 못해요. 심지어 전경석 씨가 생전에 면회를 오셨을 때도 못 알아보는 날이 숱했고요. 그러니 최인숙 환자에게서 원하는 이야기를 들을 수 있을 거라 기대하지 마세요. 원하는 답변을 듣기 위해서 절대로 그녀를 자극하거나 무리하게 몰아붙여서는 안 됩니다. 저도 병실에 함께 있을 겁니다. 만약 환자가 힘들어하거나 대화를 원치 않는 기색을 보이면 그 즉시 면회를 중지할 거고요."

간호사는 엄격한 태도로 주의 사항을 전달했다. 간호사가 입회하는 게 내키지는 않았지만, 단둘이 있겠다고 하면 면회를 불허할 것 같아 따르겠다고 하는 수밖에 없었다.

"명심하겠습니다."

"이쪽으로 따라오세요."

시윤은 그녀를 따라 로비를 지나쳐 엘리베이터 앞에 섰다. 엘리베이터에 탄 간호사가 4층을 눌렀다. 시윤의 눈길도 무심결에 숫자 패널로 향했다. 버튼 위쪽에 15인승, 1,150킬로그램이라는 제원이 표기돼 있었다. 그걸 보니 포레그린뷰의 비상용 엘리베이터도 15인승이었다면 어땠을까, 하는 감상에 젖어 들었다. 그랬다면 전경석은 죽지 않았을까. 그건 모를 일이다. 전경석의 죽음은 엘리베이터 탑승 정원과 무관할 수도 있다.

시윤은 고개를 들어 천장을 올려다봤다. 조명 장치를 가린 불투명한 패널만 천장을 덮고 있을 뿐 비상 탈출구는 보이지 않았다. 지하주차장에 매몰됐던 주민들은 이 위로 올라가기 위해 필사적으로 열쇠를 찾았다.

그리고 유일한 구명보트에서 한 명을 떨어뜨리기 위한 투표를 진행하려 했었다. 전경석을 살해하고 아무렇지도 않게 엘리베이터 위로 올라갔던 살인자의 실루엣도 희미하게 그려지는 듯했다. 엘리베이터 문이 열리는 소리에 시윤은 현실로 돌아왔다.

병동 스테이션과 병실들을 지나 복도 끝자락에 있는 병실 앞에서 간호사가 발걸음을 멈췄다. 그녀는 시윤을 돌아보며 준엄하게 턱을 까딱였다. 아까 전달했던 주의 사항을 잘 숙지하고 있느냐고 재확인하는 듯했다. 시윤은 눈으로 최인숙을 만날 준비가 됐다고 알렸다. 간호사가 노크하고 안쪽을 향해 상냥하게 말했다. 시윤을 대할 때와는 180도 달라진 목소리였다.

"최인숙 환자분, 손님이 오셨어요. 같이 모시고 들어갈게요."

안에서는 어떤 대꾸도 없었다. 빈 병실이 아닐까 싶을 만큼 고요했다. 간호사가 병실 문을 열고 안으로 들어가자마자 탄식했다. 시윤도 눈앞에 펼쳐진 광경에 절로 혀를 찰 수밖에 없었다. 침대에 걸터앉은 머리가 하얗게 센 60대 노인의 손과 얼굴에 온통 검댕이 같은 게 묻어있었다. 침대 시트도 검은색 얼룩으로 엉망이었다. 범행도구는 금방 찾아낼 수 있었다.

침대 한가운데에 만년필과 뚜껑 열린 잉크병이 널브러져 있었다. 종종걸음으로 밖으로 나간 간호사가 양손에 짐을 한 아름 들고 왔다. 새 시트와 환자복, 물수건과 걸레였다. 그녀는 침대 위의 만년필과 잉크병을 테이블로 치운 다음 최인숙의 더러워진 얼굴과 손을 물수건으로 꼼꼼히 닦아주기 시작했다. 최인숙은 배터리가 방전된 로봇처럼 멍하니 몸을 맡긴 채 어떤 반응도 보이지 않았다. 눈에도 초점이 없었다. 제대로 된 대화를 나눌 수 있을지 걱정스러웠다.

시윤은 간호사가 화장실 세면대에서 물수건을 빨 때 목소리를 낮춰 물어봤다. 심기를 건드리지 않도록 조심하며.

"이런 일이 자주 벌어집니까?"

"일상이죠. 저 만년필은 촉이 망가져서 쓰지를 못하거든요. 그래서 손가락에 잉크를 묻혀서 만년필처럼 쓰는 거예요."

"새 만년필이나 다른 펜을 가져다드리면 되지 않나요?"

"그렇게도 해봤죠. 근데 다른 필기도구는 거들떠보지도 않으세요."

간호사가 수건을 힘껏 짜면서 대꾸했다. 세면대에는 검정 땟국이 그득했다.

"최인숙 씨가 아끼는 만년필인가 보네요."

"최인숙 씨 물건이 아니라 돌아가신 아드님 유품 중 하나예요."

"아…… 전경석 씨 만년필이었군요."

"가재도구나 생활용품은 대부분 헐값에 팔거나 처분했지만, 전경석 씨가 재난사고에 휘말려 사망했을 당시 수거한 유류품은 최인숙 씨에게 인계됐거든요. 그중 하나가 저 만년필이고요. 최인숙 씨는 저게 죽은 아들의 유품이라는 걸 인지하지도 못하지만요. 그래도 저 만년필만 갖고 노는 걸 보면 아들의 기운을 느끼는 건지도 모르죠."

미신이나 다름없는 소리였지만 어쩐지 마음이 짠해지는 이야기였다. 만년필은 글쓰기를 좋아했다던 전경석에게 잘 어울렸다.

"전경석 씨의 다른 유품은 어디 있습니까?"

"저쪽 책상 서랍 세 번째 칸에 있어요."

"제가 좀 살펴봐도 될까요?"

"제가 아니라 최인숙 환자의 허락을 받으셔야죠."

화장실에서 나온 간호사는 침대 가장자리에 걸터앉아 수건으로 최인숙의 손등과 팔뚝을 닦아줬다. 시윤은 침대 귀퉁이로 다가가 허벅지에 손을 대고 상체를 수그렸다. 최인숙과 눈높이를 맞추고 목청을 가다듬은 다음 부드럽게 말을 걸었다.

"안녕하세요, 어머님. 저는 기시윤이라고 합니다."

아무 반응이 없었다. 흐리멍덩한 눈은 시윤을 쳐다보지도 않았다. 귀가 먹거나 앞이 안 보이는 게 아닐까 싶을 정도였다. 갑갑했지만 시윤은 꿋꿋이 용건을 밝혔다.

"돌아가신 아드님 일로 찾아뵀습니다. 제가 경석 씨에 관한 책을 쓰고 있거든요. 그래서 말인데 아드님 유품을 살펴봐도 될까요?"

그녀는 여전히 일말의 미동이 없이 목석처럼 앉아있었다. 어떻게 해야 하나 머뭇대는데, 간호사가 선심 쓰듯 턱짓을 했다. 무슨 말을 해도 소용없으니 요령껏 알아서 하라는 승낙의 뜻이었다. 시윤은 만년필부터 집어 들고 살펴봤다. 잉크가 여기저기 묻어있었지만, 한눈에도 고급스러워 보였다. 펜대 상단에는 'J.K.S.'라는 이니셜도 필기체로 새겨져 있었다. 전경석의 이니셜일 것이다. 뚜껑을 잡아 빼자, 펜촉이 드러났다. 콘크리트 바닥에 대고 긁기라도 한 것처럼 펜촉 끝이 휘어지고 갈려 나가 있었다. 펜촉이 이 모양이니 쓸 수가 없었겠지. 만년필도 주인의 뒤를 따른 것 같아 애잔했다. 만년필을 테이블에 내려놓는데 간호사가 부탁했다.

"만년필 좀 서랍 안에 넣어주세요."

고개를 끄덕인 시윤은 만년필을 들고 책상으로 갔다. 무릎을 굽히고 쪼그려 앉아 세 번째 서랍을 열었다. 물건은 그리 많지 않았다. 물에 흠뻑 젖어 쪼글쪼글해진 다이어리, 줄이 끊어진 손목시계, 낡은 사진첩이 전부였다. 다이어리는 침수된 전경석의 차에서 건져냈으리라. 재난의 흔적이 고스란히 남아있는 유품을 보자 가슴 한편이 먹먹해졌다. 서랍 안에 만년필을 집어넣으려던 순간 시윤은 묘한 기시감을 느꼈다.

뭐지? 비슷한 다이어리를 어디서 봤었던가. 같은 손목시계를 찬 사람이 있었나. 기억이 떠오를 듯 떠오르지 않았다. 시윤은 조바심이 나는 손으로 다이어리를 꺼내 살펴봤다. 특색 있거나 눈에 띄는 표지는 아니었다. 어디서나 흔히 볼 수 있는 디자인이었다. 훼손되지 않도록 조심스럽게 페이지를 넘겼다. 글씨가 빽빽하게 적혀있었지만, 잉크가 물에 번진 탓에 알아볼 수 없었다. 제대로 말리지 않았는지 서로 들러붙은 페이지도 많았다. 억지로 떼어내려다 내지가 찢어질까 봐 겁나서 섣불리 손을 댈 수도 없었다.

시윤은 실망을 감추지 못하며 다이어리를 내려놨다. 뭔가 단서가 될만한 것이 나오지 않을까 기대했는데 읽는 것조차 불가능하니 애가 탔다. 손목시계를 눈앞으로 들어올렸다. 시곗줄은 끊어지고 유리 액정에 실금이 가 있었다. 시간도 멈춰진 상태였다. 배터리가 방전된 건지, 재난 때의 외부 충격으로 멈춘 건지, 침수로 인한 고장인지 알 도리가 없었다.

어쩌면 전경석의 사망 시각을 가리키는 게 아닐까. 그런 추측도 해봤지만 그렇다고 한들 사건에 대한 힌트를 얻을 수 있는 것도 아니었다. 더 살펴볼 것도 없어 손목시계를 집어넣고 마지막으로 사진첩을 꺼내 들었다. 주로 전경석의 유년기와 청소년기 때의 모습이 찍혀 있었다. 두 명의 남자애가 어깨동무하고 찍은 사진도 있었다. 옆에 있는 소년이 사고로 죽었다던 남동생이리라. 지금보다 훨씬 젊고 생기 넘치는 최인숙과 함께 찍은 사진도 종종 보였다.

하지만 그 어떤 사진에도 아버지는 보이지 않았다. 아무리 이혼했다지만 그래도 아들의 생부인데 사진 한 장 남겨두지 않다니. 하기야 아들 장례식에도 참석하지 않을 정도이니, 남편이나 가장으로서도 형편없었을 것이다. 남남까지 된 이상 굳이 추억할 필요도 없었을 테고. 사진첩을 내려놓은 시윤은 유품들을 가지런히 정리한 다음 서랍을 닫았다.

몸을 일으켜 뒤를 돌아봤다. 간호사가 지저분한 침대 시트를 새것으로 교체하는 중이었다. 최인숙도 어느새 새 환자복으로 갈아입은 후였다. 시트 교체를 끝낸 간호사는 침상을 세워 최인숙을 편안하게 기대게 해줬다. 여전히 어디를 쳐다보는지 알수 없는 눈동자였다. 말을 건네도 대꾸할 가능성은 희박해 보였지만 이대로 물러나기는 아쉬웠다. 해보는 데까지는 해보자고 마음먹은 다음 침상으로 다가갔다. 간호사가 더러워진 시트와 환자복을 들고서 밖으로 나간 사이, 시윤은 간이 의자를 끌고 와 침상 옆에 앉았다. 뭐라고 말을 꺼낼지 고심하다 아들의 이름을 언급해 보기로 했다. 조금이라도 반응을 보이길 기대하며 말을 붙였다.

"어머님, 경석 씨 아시죠? 전, 경, 석 씨요."

역시나 무반응인가 싶었는데 최인숙의 고개가 미세하게 삐뚜름해졌다. 텅 빈 눈동자가 시윤을 향했다. 트고 마른 입술이 반쯤 벌어지더니 쉰 목소리가 새어 나왔다.

"경석이? 경석이?"

쾌재를 부르고 싶은 기분을 억누르며 시윤은 침착하게 대응했다.

"네, 어머님 아들인 전경석 씨요. 포레그린뷰에서 같이 사셨잖아요. 기억나시죠?"

"경석이가 누군데?"

시윤은 일순 말문이 막혔다. 그녀가 자신이 낳은 아들도 기억하지 못해 당황한 게 아니었다. 뭐라고 설명해야 할지 막막했기 때문이었다. 작년 재난 때 비참하게 세상을 떠난 아들이라고 설명하며 가슴을 갈가리 찢어놓을 수는 없는 노릇 아닌가. 필사적으로 말을 고르다가 가까스로 적당한 수식어를 떠올렸다.

"글 쓰는 거 좋아했던 장남이요. 어머님이 갖고 놀았던 만년필도 아드님 거잖아요."

시윤이 만년필에 대해 언급하자 칙칙했던 그녀의 눈에도 희미하게나마 생기가 감돌았다.

"아, 내 아들 경민이!"

"아니요. 경민이가 아니고 경석이요."

그때 뒤에서 간호사의 목소리가 들렸다.

"경민 씨는 둘째 아들이에요. 초등학생 때 사고로 죽은."

"아……."

참으로 가여운 인생이 아닐 수 없었다. 수민이를 떠올리기만 해도 시윤은 눈시울이 뜨거워지고 목이 메는데 아들을 하나도 아니고 둘이나 먼저 떠나보낸 그녀의 심경은 어떨지 가늠조차 되지 않았다. 치매에 걸려 두 아들이 있었다는 것도, 그들이 죽었다는 사실도 인지하지 못하는 게 다행일지도 모르겠다던 엄현중의 말에 동감할 수밖에 없었다. 어쩌면 그 비참하고 끔찍한 고통을 잊게 해주려고 신이 치매라는 선물을 준 게 아닐까. 시윤은 애처로운 눈으로 그녀를 바라봤다.

"둘째 아들 경민 씨 말고요. 첫째 아들 경석 씨요. 2년 전까지 경석 씨랑 포레그린뷰 아파트에서 함께 사셨잖아요."

최인숙이 도리질을 쳤다.

"나는 그런 사람 몰라. 내 아들은 경민이 하나뿐이야."

"아니에요. 최인숙 씨한테는……."

간호사가 곁에서 한탄했다.

"전경석 씨 살아생전에도 그랬어요. 면회를 와도 당신은 누구냐고 묻기 일쑤였죠. 경민이 대신 왜 낯선 사람이 왔느냐면서 성화를 부렸어요. 그렇게 죽은 둘째 아들은 살아있다고 여기면서, 곁을 지키는 첫째 아들은 태어나지도 않은 사람처럼 대했죠. 경석 씨를 낯설어하고 무서워했어요. 제 뒤에 숨거나 만나지 않겠다고 떼쓰는 경우도 있었고요. 자기를 몰라보는, 아니 아예 존재조차 거부하는 엄마를 바라보는 아들의 옆모습이 얼마나 슬퍼 보였는지……."

어린 아들을 잃은 슬픔과 원망을 수십 년간 가슴속에 꾹꾹 쌓아두었던 걸까. 그렇게 눌러놨던 감정들이 지금에서야 치매를 통해 터져 나온 걸까. 어쩌면 최인숙은 전경민을 잃은 고통과 비애에 허덕이느라 전경석에게는 관심과 애정을 쏟지 못했는지도 모른다. 둘째 아들은 가질 기회조차 박탈돼 버린 애정과 관심을 큰아들에게만 주는 게 못내 죄스러워 일부러 도외시한 건지도 모른다. 그러면 안 된다는 걸 알면서도. 아니다. 아무런 근거도 없는 추측일 뿐이었다. 전경민을 잃은 후 유일한 아들인 전경석을 더 끔찍이 아끼고 보살폈을 가능성도 충분하다. 전경석을 알아보지 못하는 건 그저 치매란 병의 악질적인 장난일 뿐인지도 모른다. 시윤은 마지막으로 물어봤다.

"어머님, 경석 씨는 정말 기억 안 나세요?"

거듭된 질문에 짜증났는지 최인숙이 입을 삐죽 내밀고 뾰로통하게 대답했다.

"그딴 인간은 모른다니까. 우리 경민이나 애 아빠를 불러줘!

왜 아무도 안 오는 거야!"

시윤의 시선이 재빨리 간호사에게 돌아갔다.

"최인숙 씨 전남편이 여기 온 적 있었습니까?"

"그럴 리가요. 정신이 온전하지 못해서 그래요. 일면식도 없는 병동 직원을 경석이라고 부를 때도 있거든요. 외부에서 오신 선생님께 애아빠라고 한 적도 있었고요."

폐부 깊숙한 곳에서부터 체념의 숨이 새어 나왔다.

인터뷰를 시작하기 전, 시윤은 참석자를 둘러봤다. 처음으로 한꺼번에 셋이나 빠져서 그런지 빈자리가 유독 휑하게 느껴졌다. 안도진과 신지아 그리고 남정운이 일방적으로 불참을 통보했다. 자신을 살인자 취급하는 무리하고는 단 1초라도 같이 못 있겠다면서. 남정운은 이딴 개떡 같은 인터뷰는 애초에 마음에 들지 않았다며 집어치우겠다고 씨근덕거렸다. 자신을 음해하거나 유언비어를 퍼뜨릴 경우, 고소는 물론이고 손해배상까지 청구하겠다는 협박성 발언도 서슴지 않았다. 안도진과 신지아는 그나마 여지를 남겨두긴 했다. 박유선이 공개적으로 사과하고 모임에서 빠지면 나오겠다는 조건을 단 것이다. 신지아는 악의적인 비방으로 자신들의 인격을 모독하고 명예를 훼손하는 허언증 환자를 설치게 놔두는 이유를 모르겠다며 시윤에 대한 원망도 은연중에 내비쳤다.

결국 살인 의혹에 이름이 거론된 넷 중에 셋이나 빠진 셈이었다. 뭔가 찔리는 데가 있어서 빠진 건지, 아니면 진짜 터무니없는 살인자 누명을 쓴 것에 분개한 건지 종잡을 수가 없었다. 김광일은 아무 일도 없었다는 듯이 자리를 지켰다. 자신은 결백하고 떳떳하므로 못 나올 이유가 없다는 태도였다. 나머지 참석자들도 심기가 불편해 보였다. 거절할 명분이 없어 나왔지만, 구실만 생기면 언제든지 떠나겠다는 의지가 엿보였다. 빈 의자에서 눈을 뗀 시윤은 가라앉은 어조로 말했다.

"보시다시피 남정운 씨와 안도진 씨 그리고 신지아 씨는 인터뷰에 불참하겠다고 전했습니다."

오재환이 손을 들었다.

"그 세 명은 오늘만 빠지는 건가요?"

"추후 의사를 물어볼 테지만 앞으로도 불참할 확률이 높습니다."

임창민이 말했다.

"만약 세 분이 이대로 하차하게 된다면 인터뷰는 어떻게 되는 건가요? 나머지 인원만으로 집단 인터뷰가 진행되는 건가요?"

"차후 상황을 봐야겠지만 집단 인터뷰를 중단하는 일은 웬만하면 없을 겁니다. 물론 참석률에 따라 변경 사항이 생기기야 하겠지만요. 혹시 그만두고 싶은 분이 계신가요?"

시윤의 질문에 다들 눈치를 살폈다. 빠지겠다고 나서는 사람은 없었지만 한 명이라도 그런 의사를 밝히면 우후죽순 뒤따를 것 같은 분위기였다. 그때 확신에 찬 박유선의 목소리가 들렸다.

"뭔가 찔리는 게 있으니까 못 나오는 거지."

"그게 무슨 뜻이에요?"

이혜나가 작은 목소리로 물었다.

"떳떳하다면 여기 못 나올 이유가 없잖아. 계속 나오다 보면 꼬리가 밟힐 거 같으니까 같잖은 핑계를 대면서 빠진 거 아니겠어?"

오재환도 미심쩍다는 속내를 은근히 드러냈다.

"틀린 말은 아니죠. 진짜 결백하다면 반론하든 해명하든 본인에게 쏠린 의혹을 풀려고 기를 쓰지 않았을까요. 저 같으면 억울해서라도 나올 거 같은데요. 솔직히 말해 의심스러운 사람이 없는 것도 아니고요."

"누가 의심스럽다는 거죠?"

시윤이 물었다.

"자리에 없는 사람을 거론하는 게 헐뜯는 것 같아서 내키지는 않지만……. 저는 남정운 씨가 영 마음에 걸립니다. 저뿐만 아니라 께름칙하게 느끼는 분들이 많을걸요. 남정운 씨는 1501동에서도 진상 주민으로 악명이 자자했잖아요. 자기밖에 모르는 사람이라고요. 본인의 안위와 이익을 위해서라면 남에게 피해를 주든 말든 눈곱만치도 신경 안 썼던 인간이에요. 만약 엘리베이터 탑승자를 제외하는 투표가 실제로 이뤄졌더라면 남정운 씨가 압도적인 표차로 뽑혔을 겁니다. 자신이

1501동의 악마 같은 존재란 걸 본인도 잘 알고 있잖아요. 한 명을 탈락시킴으로써 자신의 생존권이 보장받을 거라 여겼다면 살인도 주저하지 않았을 겁니다. 충분히 그러고도 남을 사람이죠."

남정운에 대한 오재환의 평가는 신랄하기 짝이 없었다. 다들 어느 정도 동의하는지 부인하거나 감싸주는 이는 나오지 않았다. 심지어 안도진과 신지아 범인설을 적극 주장했던 박유선조차 고개를 끄덕일 정도였다. 그런 공감대가 형성되는 와중에 뜻밖에도 김광일이 의문을 제기했다.

"만약 남정운이 살인자라면 왜 하필 전경석 씨를 죽였을까요?"

"그냥 눈에 띄는 대로 죽인 거 아닐까요? 심사숙고해서 살인 계획을 세우고 타깃을 고를 여유가 없었잖아요. 투표 얘기도 느닷없이 나왔던 거고요. 그러니 충동적으로 목표물을 골랐겠죠. 어차피 아무나 한 명만 제거하면 되니까요."

오재환이 깊이 생각할 필요도 없다는 문제인 양 대꾸했다.

"전경석 씨가 타깃이 된 이유에 대해서는 숙고해 볼 필요가 있지 않을까요. 비교적 젊은 데다 남성인 전경석 씨보다는 여성을 표적으로 삼는 게 용이하니까요. 뭣보다 전경석 씨가 살해된 곳은 이혜나 씨 구역이었잖아요. 그냥 거기 있던 이혜나 씨를……."

한창 의견을 밝히던 임창민이 돌연 말끝을 흐렸다. 아무리

가정이라지만 당사자 앞에서 살인자의 희생양으로 딱 걸맞다는 재수 없는 얘기를 꺼낸 게 겸연쩍은 모양이었다. 이혜나는 개의치 않는다는 듯이 손짓했다.

"저는 괜찮아요. 신경 쓰지 말고 편하게 말씀하셔도 돼요. 제가 살인자라도 저를 더 죽이기 만만한 상대로 여겼을 것 같으니까요."

시윤도 자못 궁금해졌다. 만약 남정운이 진범이라면 그는 왜 여덟 명이나 되는 사람 중에 하필이면 전경석을 골랐을까.

"불쾌할 수도 있는 이야기를 너그럽게 이해해 주셔서 고맙습니다. 원래 주제로 돌아와서 남정운은 전경석 씨를 별 이유 없이 선택한 게 아닐 수도 있습니다. 두 사람 사이에 우리가 모르는 원한이나 앙금이 존재했을지도 모르죠."

오재환이 말했다.

"전경석 씨를 선택한 이유는 더 단순한 건지도 몰라요. 그저 옆 구역 담당이 전경석 씨였기 때문에 죽인 걸 수도 있지 않을까요? 그냥 자신과 가까운 곳에 있는 먹잇감을 고른 거죠."

시윤은 납득이 잘 되지 않았다.

"하지만 남정운의 옆 구역에는 김광일 씨도 있었잖아요. 게다가 죽이고 싶을 만큼 증오하는 관계이기도 하고요."

"김광일 씨를 노리지 않은 이유도 단순합니다. 두 사람이 앙숙이라는 사실을 모르는 사람이 없기 때문이죠. 김광일 씨가 살해된다면 가장 의심받을 사람이 누구겠어요? 당연히 남정운이겠죠. 그렇기에 김광일 씨를 건드리지 않은 겁니다."

오재환의 논리는 그럴듯했지만, 알맹이가 빠진 느낌이었다. 박유선도 인정할 수 없다는 듯이 미간을 찡그렸다.

"내 말이 바로 그 말이에요. 남정운은 너무 뻔해요. 지금도 모두가 그를 범인으로 단정 짓고 있잖아요. 누군가가 살해당한다면 제일 먼저 의심받을 사람이 본인이라는 걸 알 텐데 그런 바보 같은 짓을 벌였을까요?"

"목숨이 달린 일이니까요. 뒷일까지 따져볼 겨를이 없었겠죠. 살인 행각이 들통나든 말든, 의심을 받든 말든 일단 살고 보자는 식이 아니었을까요."

오재환의 반론에도 박유선은 소신을 굽히지 않았다.

"아니요! 암만 봐도 남정운은 범인이 아니에요. 살인범은 전경석 씨를 꼭 죽여야만 했던 이유가 있었던 신지아와 안도진이 분명해요. 전경석 씨가 자신들의 불륜 관계를 폭로할까 봐 두려워 살해한 거라고요!"

퍼뜩 안전 점검을 위해 주차장에 내려갔다던 박유선의 말이 떠올랐다. 시윤은 뒤늦게 진상을 파악했다.

"물난리가 날까 봐 걱정돼 주차장을 살펴봤다던 말은 거짓이었군요. 안도진과 신지아의 불륜 현장을 포착하기 위해서 주차장에서 잠복 중이었던 거죠?"

박유선은 겸연쩍게 시인했다.

"이제 와서 속여 봤자 뭐 하겠어요. 맞아요. 두 사람의 불륜 현장을 내 눈으로 직접 잡으려고 내려갔던 거였어요."

이 정도면 스토커 뺨치는 집착 아닌가. 시윤은 혀를 내두를 수밖에 없었다. 다른 사람들도 굳이 그렇게까지 할 필요가 있었냐는 듯 질렸다는 기색이었다. 박유선이 갑자기 몸서리를 쳤다.

"지나고 나서 생각해 보니 소름 끼치네요. 만약 불륜 현장을 목격한 게 전경석 씨가 아니라 나였다면 내가 살해됐을 수도 있는 거잖아요."

임창민이 손바닥이 보이게끔 양손을 들어올렸다. 모두 자중할 필요가 있다는 듯이.

"더 이상의 억측은 자제하는 게 좋지 않을까요? 누구도 범인으로 확정된 게 아닌 이상 무분별한 비방과 성토는 아무런 도움도 되지 않습니다. 진짜 살인사건이란 증거가 나온 것도 아니잖습니까. 여기서 나온 얘기들은 전부 근거 없는 추측에 불과할 뿐입니다. 오늘 불참한 사람들에게는 변론이나 반박할 기회도 주어지지 않았고요. 뭣보다 전경석 씨가 재난사고로 사망했을 가능성도 배제할 수 없는 상황이잖습니까."

합리적이고 이성적인 발언이었다. 시윤은 내심 이렇게 균형을 잡아주는 임창민이 고마웠다. 잘못된 집단 논리에 휘말려 자칫 마녀사냥으로 번질까 봐 우려했던 참이었다. 시윤은 그에게 힘을 실어줬다.

"저도 임창민 씨 말씀에 동감합니다. 현재는 함부로 범인을 특정해서는 안 되는 단계라고 생각합니다. 더욱이 우리는 경찰이 아닙니다. 누군가를 멋대로 의심하고 수사할 권리가 우리에게는 없습니다."

오재환이 마냥 따를 수만은 없다는 뉘앙스로 말했다.

"뭐, 다 지당하신 말씀이긴 한데……. 그렇다고 그냥 덮고 지나갈 문제도 아니잖습니까? 만약 진짜 살인이 벌어졌던 거면 어떡합니까? 살인자가 존재한다면 어떻게든 법의 심판을 받게 해야죠. 그래야 억울하게 죽은 전경석 씨의 원혼을 조금이나마 달래줄 수 있지 않겠습니까. 작가님 말마따나 우리 같은 소시민은 범인을 잡을 자격도 능력도 안 되니 경찰에 신고하는 건 어떨까요?"

임창민의 반응은 회의적이었다.

"신고 요건조차 성립되지 않을 겁니다. 당시 별다른 특이점을 발견하지 못해 단순 사고사로 종결됐으니까요. 섣불리 공론화했다가 아무 죄 없는 사람이 오명을 뒤집어쓸 위험도 크고요. 요즘은 티끌 같은 오점이나 실수도 용납되지 않는 시대입니다. 누군가가 나쁜 놈이라고 낙인찍히면, 전후 사정을 자세히 살피지도 않고 하이에나처럼 막무가내로 달려들어 죽을 때까지 그 사람을 물어뜯는 세상이라고요. 단순 의혹 제기만으로도 당사자는 사회적으로 매장당할 겁니다. 악플이나 비방으로 고통받다가 극단적 선택을 하지 말란 법도 없고요. 아니면 명예훼손 등으로 우리가 고소당하겠죠. 신고는 신중할 필요가 있습니다."

"사고로 보기에는 이상한 점들이 존재하잖습니까. 납득하기 힘든 전경석 씨의 행동도 그렇고요. 아까 작가님도 전경석 씨 친구에게 들었다고 했잖아요. 전경석 씨한테는 물 공포증이 있다고요. 그 때문에 전경석 씨에게 혜나 씨 대신 지하 3층 구역을 담당하는 게 어떻겠느냐고 권했을 때도 침묵으로 거절했던 거겠죠. 그런 사람이 제 발로 침수구역에 내려갔을 리는 없을 것 같은데요."

오재환이 말했다. 시윤은 아까 전경석의 트라우마에 대해 넌지시 흘렸다. 생존자들이 어떤 반응을 보일지 살펴보기 위해서. 딱히 눈에 띄는 반응을 보이는 이는 없었다. 최인숙을 만났던 일까지는 털어놓지 않았다. 아무것도 명백히 밝혀진 것도 없고, 누구를 믿어야 할지 모르는 상황에서 갖고 있는 패를 다 깔 수는 없었다. 시윤이 말했다.

"누군가 전경석 씨를 강제로 끌고 내려갔다는 겁니까?"

"흉기를 들이대지 않았을까요? 아니면 물에 대한 트라우마를 상쇄시킬 만큼의 약점을 잡아서 협박했거나."

있을 법한 이야기이기는 했다. 그러나 아무리 흉기로 위협한다 해도 성인 남성을 끌고 가는 건 생각보다 만만치 않다. 자칫 방심했다가는 거꾸로 반격당할 수도 있다. 소리쳐 도움을 요청하면 발각될 위험도 크다. 뭣보다 납치에 성공했다 하더라도 싱크홀에 빠뜨려 죽이는 건 다른 문제다. 물 냄새만 맡아도 경기를 일으키는 전경석이라면 물에 빠지는 것보다 칼에 찔려 죽는 쪽을 선택하지 않았을까. 아니면 필사적으로 덤볐겠지. 그랬다면 몸싸움이나 다툼의 흔적이 남았을 테고. 그때 김광일이 생각지도 못한 의견을 내놨다.

"혹시…… 전경석 씨는 스스로 목숨을 끊은 게 아닐까요?"

"전경석 씨가 자살했다는 뜻입니까?"

시윤의 눈이 툭 붉어졌다.

"불현듯 그랬을지도 모르겠다는 생각이 드네요. 우리를 살리기 위해 스스로 희생한 게 아닐까, 하는. 만약 한 명을 탈락시키는 투표가 진행됐다면 어떤 일이 벌어졌을지 모릅니다. 죽고 싶은 인간은 아무도 없으니까요. 투표에서 뽑힌 사람이 결과에 납득하지 못해 난동을 부렸을 가능성이 높죠. 혹은 순응하는 척하다 탑승자들에게 해코지했을지도 모르고요. 최악의 경우 서로를 죽고 죽이는 아비규환의 지옥도가 펼쳐졌을 수도 있습니다. 이타적인 전경석 씨라면 그런 사태가 발생하는 걸 바라지 않았을 겁니다. 그런 참사를 미연에 방지하기 위해 자기 목숨을 희생한 게 아닐까요?"

"비약이 너무 심한 것 같은데요. 전경석 씨가 타인을 배려하는 선한 심성을 가졌다 해도 이건 목숨이 걸린 일입니다. 노트북 액정을 깨뜨린 걸 그냥 눈감아주는 일과는 차원이 다르다고요. 더욱이 그에게는 부양하고 돌봐야 할 치매 노모도 있지 않습니까. 뭣보다 본인이 가장 무서워하는 물에 빠져 자살한다고요? 말도 안 되죠. 정녕 희생정신을 발휘할 작정이었다면 열쇠를 찾고 투표하기 전에 자신이 남겠다고 했겠죠."

"작가님 말씀도 일리는 있지만 초유의 재난 상황이잖습니까. 그런 상황에서는 평소처럼 합리적으로 행동하기가 어렵지 않을까요?"

그의 논리에 수긍하는 사람이 없지는 않았다. 그렇지만 대부분 공감 못 하겠다는 표정이었다. 대다수는 전경석이 살해됐다고 믿고 있었다. 신중할 필요가 있다고 타일렀던 임창민조차 살인사건일 가능성을 염두에 두고 있는 듯했다. 발 벗고 나서서 사건을 파헤칠 근거도 없었다. 벌써 세 명이나 이탈한 데다 추가 이탈자가 나올 확률도 높았다. 결국 어떤 결론도 내지 못하고 흐지부지될 가능성이 높으리라. 파장 분위기를 감지한 임창민이 다음 일정에 대해 물었다.

"다음 인터뷰도 같은 시간에 진행하나요?"

"되도록 정해진 스케줄대로 진행하고 싶습니다."

"불참한 세 분은 어떻게 되는 겁니까?"

"연락해서 설득해 봐야죠. 마음을 돌릴지는 미지수지만 해볼 수 있는 데까지는 해보겠습니다."

그들과 통화할 생각을 하니 벌써부터 뒷골이 당겼다. 시윤의 근심이 전해진 건지 이혜나가 소심하게 손을 들었다.

"제가 연락해 볼까요? 작가님보다는 그래도 함께 역경을 헤쳐 나온 저를 더 편하게 여길 것 같아서요. 오늘 어떤 이야기가

오고 갔는지 궁금해하기도 할 테고요. 이런저런 얘기를 해보면
서 궁금하면 직접 나와서 들으라는 식으로 슬쩍 꾀어볼게요."

이혜나에게 연락을 맡기는 게 훨씬 효과적일 것이다. 그녀의
말대로 셋 다 이혜나를 적대시하거나 경계하지는 않으니, 좀
더 속내를 터놓을지도 모른다. 시윤은 그녀의 마음 씀씀이가
고마웠다.

"그래 주시면 감사하죠. 그럼 부탁드리겠습니다."

"네, 연락해 볼게요."

이혜나가 결연한 목소리로 대답했다.

"마치기 전에 한 가지 여쭤보고 싶은 게 있는데요. 혹시 김
문혁이란 사람을 아는 분이 계십니까? 이름이라도 들어보셨거
나?"

모두가 고개를 젓거나 눈만 끔뻑였다. 처음 들어본다는 표정
이었다. 불참한 남정운과 안도진, 그리고 신지아는 어떨까? 셋
중에 김문혁을 아는 사람이 있을까? 이혜나가 물었다.

"세 분한테 김문혁이란 사람에 대해서도 여쭤볼까요?"

"아닙니다. 그건 제가 나중에 확인해보겠습니다."

생존자들이 센터를 빠져나간 후 시윤은 조찬식의 집무실로
향했다. 이제는 그에게 모든 걸 털어놓을 때가 됐다. 생존자 중
세 명이 일방적으로 불참을 선언했다. 모임의 목적 또한 재난
인터뷰에서 살인사건 취조로 변질된 지 오래였다. 말이야 계속

해보겠다고 했지만, 쑥대밭이 된 상황에서 반쪽짜리 인터뷰를 이어 가봤자 의미가 없으리라. 조찬식에게 현재 상황을 알린 후, 그로 하여금 결단을 내리게 해야 했다. 어제저녁 조찬식에게 미리 연락을 취해뒀다. 집단 인터뷰가 끝난 후 긴히 할 이야기가 있다고.

시윤의 어조에서 심각한 사안임을 감지했는지 조찬식은 진중한 목소리로 끝나는 시간에 맞춰 센터로 가겠다고 약속했다. 시윤은 조찬식의 집무실 문을 열고 안으로 들어섰다. 올 때마다 느끼는 거지만 집무실도 깔끔한 방주인을 닮은 것 같았다. 흐트러짐 없이 정리된 책상만 봐도 그랬다. 방에서 풍겨 나오는 그 특유의 아늑함도 마음을 푸근하게 해줬다. 마치 명절에 고향집에 내려온 것처럼.

시윤은 접객 소파에 앉아 창가를 내다봤다. 무미건조하면서도 익숙한 시내 풍경이 펼쳐져 있었다. 초조해서 그런지 무의식적으로 다리를 떨고 있었다. 모든 내막을 밝히기로 마음먹었지만, 조찬식이 어떤 반응을 보일지 가늠이 되지 않았다. 시윤은 일어나서 책상으로 갔다. 메모지와 펜을 찾기 위해서였다. 말할 내용을 미리 적어두는 편이 나을 것 같았다. 그래야 놓치거나 까먹는 이야기가 없을 테니. 전화기 옆에 있는 포스트잇을 한 장 떼어낸 다음 펜꽂이로 손을 뻗었다. 펜꽂이에는 각종 볼펜과 샤프 등이 빽빽하게 꽂혀있었다. 펜을 고르던 시윤의 손가락이 갑자기 허공에서 멈췄다. 놀라서 번쩍 뜨인 눈에 낯익은 펜이 들어왔다. 시윤은 긴장한 채로 만년필을 집어 들었다. 최인숙이 갖고 놀았던 만년필이었다. 즉, 전경석의 만년필과 똑같은 제품이었다. 전경석의 유품을 살펴보며 기시감이 들었던 까닭을 이제야 알아챘다. 센터를 처음 방문한 날, 메일 주소를 적을 때도 이 만년필을 사용했기 때문이었다. 이 만년필이 세상에서 하나뿐인 수제품은 아닐 터였다. 구매한 사람도 한둘이 아닐 테고. 전경석과 조찬식이 동일한 제품을 쓴다고 해서 이상할 건 없었다.

무심코 펜대를 돌려본 시윤은 마른침을 삼켰다. 조찬식의 만년필 펜대 상단에도 이니셜이 각인돼 있었다. 'J.C.S.'라고. 조찬식의 이니셜일 것이다. 필체 또한 전경석의 이니셜과 판박이였다. 동일한 업체에서 이니셜을 새겼다는 뜻이었다. 그때 집무실 문이 벌컥 열렸다. 움찔 놀라 뒤돌아보니 조찬식이 문간에 서 있었다. 시윤이 들고 있는 만년필에 눈길을 준 그가 입꼬리를 올렸다.

"제가 아끼는 만년필입니다. 50개만 제작된 한정판이죠."

시윤은 짐짓 태연한 척하려고 안간힘을 썼다.

"펜을 찾는데 낯익은 만년필이 눈에 띄어서요. 제가 저번에 썼던 건가요?"

"맞습니다. 귀한 손님에게 아무 펜이나 드릴 수는 없죠."

"얼핏 봐도 고급스러워 보이네요."

"작가님께도 만년필을 선물해 드려야겠군요."

"말씀은 감사합니다만 전 만년필을 써본 적이 없어서……."

"잉크 번짐이나 펜촉 관리, 잉크를 주기적으로 채워줘야 하는 등의 번거로움 때문에 만년필 사용을 꺼리는 분들도 많죠. 그러나 일단 써보시면 만년필의 매력에 흠뻑 빠지게 될 겁니다. 가끔은 노트북이 아닌 수기로 글을 써보시는 것도 도움이 될 테고요. 작가님에게 어울릴만한 만년필을 찾아보죠."

"아닙니다. 마음만 감사히 받겠습니다. 메모하면서 생각을 좀 정리하려고 했는데 이미 오셨으니 이건 필요가 없겠네요."

시윤은 멋쩍게 웃으며 만년필을 펜꽂이에 도로 꽂았다. 조찬식이 옅은 미소를 지으며 소파에 자리를 잡자, 시윤도 그의 맞은편에 앉았다. 조찬식은 별다른 낌새를 눈치채지 못한 것 같았다. 시윤이 가슴을 쓸어내리는데 그가 곧바로 용건을 꺼냈다.

"긴밀히 논의할 게 있다고요?"

"아, 네."

"무슨 일인가요? 심상치 않은 일인 것 같은데……."

"실은 집단 인터뷰 진행에 큰 차질이 생겼습니다."

"심각한 일인가요?"

조찬식이 우려 섞인 표정으로 턱을 괬다.

"불참자가 세 명이나 나왔습니다. 그중 한 명은 더는 인터뷰에 참여하지 않겠다는 의사를 명확히 밝혔고요. 둘은 차후 상황을 봐서 참석할 수도 있다는 여지를 남기긴 했지만, 큰 기대는 안 하는 게 좋을 것 같습니다."

"불참 사유가 뭔가요? 혹시 인터뷰 중에 무슨 불미스러운 일이라도 있었던 겁니까?"

"막상 인터뷰를 해보니 생각과 달라서 마음이 뜬 것도 있을 겁니다. 그렇지만 진짜 원인은…….."

시윤은 말끝을 흐리며 뜸을 들였다. 조찬식에게 진실을 밝혀도 될지 확신이 서지 않았다. 그를 믿어서는 안 된다고 무의식이 경고하고 있었다. 만년필을 발견하기 전이었다면 그에게 허심탄회하게 털어놨을 것이다. 하지만 전경석의 유품과 같은 만년필을 본 후, 조찬식은 의문투성이로 변해버렸다. 만년필은 어디서나 흔히 접할 수 있는 제품도 아니었다. 세상에 단 50개밖에 없는 물건이라고 조찬식이 직접 자랑스레 밝히지 않았던가. 시윤은 결국 딴 이야기를 늘어놨다.

"실은 생존자들 간에 불화가 있습니다. 예전부터 사이가 좋지 않았던 분들도 있고, 인터뷰를 하다 보니 재난 때 생겼던 앙금이 떠오르기도 한 모양입니다. 서로 기억이 다르다는 이유로 의견 충돌도 잦았고요. 그러다 보니 별것도 아닌 일로 빈정거리고 반목하게 되더군요."

"오늘 불참한 세 명도 그런 연유로 나오지 않은 건가요?"

"그렇습니다. 남은 인원도 대놓고 표현은 안 했지만, 거북한 상태에서 인터뷰를 지속하는 게 맞는 건지 의문을 품고 있는 것 같습니다. 당장 내일이라도 나머지 생존자가 보이콧을 해도 이상하지 않을 상황입니다. 이른 시일 안에 집단 인터뷰가 중

단될지도 모르겠습니다. 그렇게 되면 프로젝트 자체가 무산되겠지요. 현 사태에 대한 원장님의 의견을 듣고 싶어서 뵙자고 했습니다."

"그런 고충이 있었군요. 그간 마음고생이 심하셨겠네요. 인터뷰를 진행하다 보면 이런 문제들이 생길 거라 예상하긴 했습니다. 소수 인원이라도 중도 하차하게 되면 남은 사람들은 동요할 수밖에 없겠지요. 여기서 한두 명이라도 더 빠지면 인터뷰 자체가 무산될 수밖에 없을 테고요."

"그래서 드리는 말씀인데……. 인터뷰 대상자를 변경하는 건 어떻겠습니까?"

"대상자를 변경한다고요?"

조찬식의 눈썹이 마뜩잖게 꿈틀거렸다.

"재난 트라우마를 겪고 있는 피해자는 얼마든지 있잖습니까. 꼭 포레그린뷰 재난 생존자들이 아니더라도요. 이쪽 분들은 계속 인터뷰할 수 있을지 불확실하니 인터뷰 대상자를 다른 재난 피해자로 바꾸자는 거죠."

"그건 안 됩니다. 대상자를 변경하게 되면 본래 기획 의도와 180도 달라져요. 힘드신 건 압니다만 조금만 더 분발해 주셨으면 합니다. 불참자들은 최대한 설득해서 다시 참석할 수 있도록 해주세요. 남은 사람들도 낙오되지 않게 신경 써주시고요."

정중한 부탁이었지만 희한하게도 거부할 수 없는 명령처럼 들렸다. 예상대로 조찬식의 의지는 확고하고도 강경했다. 이

프로젝트의 주인공은 무조건 포레그린뷰의 생존자여야만 한다. 그게 아니면 이 프로젝트를 진행하는 의미가 없다고 역설하고 있었다. 그러나 정녕 프로젝트의 기획 의도 때문에 포레그린뷰 생존자들에게 집착하는 걸까. 그건 핑계일 뿐이고, 실은 아주 사적이고 음흉한 목적 때문에 그들을 잡아두려는 게 아닐까. 그런 의문이 시윤의 머릿속에서 소용돌이쳤다. 시윤은 마지못해 그의 권유를 따르는 척했다.

"그렇게까지 말씀하시니 일단 하는 데까지 해보겠습니다."

"노고가 많으시겠지만 잘 부탁드리겠습니다. 근데 한 가지 궁금한 게 있습니다."

"어떤 게 궁금하신가요?"

"방금 말씀하신 생존자들 사이의 불화 말입니다. 혹시 전경석 씨와 관련된 겁니까?"

"왜 그렇게 생각하시죠?"

시윤의 눈이 날카롭게 번득였다.

"전경석 씨가 지하 3층 수색에 자원했다는 거짓말이 이번에 들통나지 않았습니까. 누군가가 잘못 입방정을 떨었으니 무덤까지 갖고 가야 할 비밀이 까발려졌겠죠. 당연히 사고 친 자에 대한 다른 생존자들의 시선이 고울 리 없을 테고요. 그 일이 불화의 시초가 된 게 아닐까 싶어서 여쭤본 겁니다."

그럴듯한 설명이었지만 더는 조찬식이 내뱉는 말을 있는 그대로 받아들이기 힘들었다.

"전경석 씨에 대한 발언과는 상관없습니다. 그저 재난 전부터 서로 티격태격했던 모양이에요. 아파트에서 거주하다 보면 이웃 간에 층간 소음이나 주차 문제 등으로 감정의 골이 깊어지는 경우가 빈번하잖습니까. 그때의 앙금이 아직도 덜 풀렸는지 언쟁을 벌였던 것뿐입니다."

"그렇다면 다행이고요. 모쪼록 집단 인터뷰가 잘 진행될 수 있도록 불참자들을 설득해 주십시오. 정 안 되겠다 싶으면 제가 남정운 씨부터 직접 만나보도록 하죠. 문제가 생기면 사소한 일이라도 상의해 주시고요."

조찬식이 눈웃음을 지어 보였지만 시윤은 같이 웃을 수가 없었다. 온화하고 인자했던 눈이 이제는 뱀의 눈처럼 간교하고 음흉해 보였다.

의자에 등을 기대고 팔짱을 낀 시윤은 무서우리만치 심각한 표정으로 생각에 골몰했다. 언제 와해할지 모르는 집단 인터뷰는 뒷전으로 밀려난 지 오래였다. 시윤의 머릿속은 고용주인 조찬식으로 꽉 들어차 있었다. 그의 정체가 뭘까? 그는 잘나가는 심리상담사이자 한숨심리상담센터의 원장이었다. 없는 인맥을 동원해 확인해 본 바로는 조찬식의 신상과 경력에는 의심할 여지가 없었다. 그러나 그가 줄곧 강조했던 프로젝트의 목적 즉, 포레그린뷰 생존자들을 비롯해 재난 트라우마로 고통받는 환자들을 위해 책을 출간하고 싶다는 고결한 포부는 더는 믿을 수 없게 됐다.

분명 다른 꿍꿍이가 있었다. 그렇기에 집단 인터뷰에서 속속 드러난 비밀과 의혹에 대해 보고할 수가 없었다. 만년필을 본 순간, 그에게 털어놔서는 안 된다는 경고음이 마음속에 메아리쳤다. 세상에 50개뿐인 한정판 제품을 일면식도 없는 두 사람이 소유하고 있을 확률이 얼마나 될까? 그것뿐 만이라면 우연의 일치로 볼 수도 있다. 하지만 각인된 이니셜의 필체까지 판박이 아니던가. 여기서 도출할 수 있는 결론은 하나뿐이다. 무슨 관계인지는 몰라도 조찬식과 전경석은 아는 사이였던 게 분명하다.

조찬식이 만년필에 이니셜을 새겨서 전경석에게 선물한 게 아닐까? 그러나 조찬식은 포레그린뷰의 생존자들은 물론이고 전경석을 알고 있다는 기색을 티끌만큼도 내비치지 않았다. 자신은 아무런 연관도 없는 제삼자인 척했다. 환자를 위한다는 대의명분만 내세웠지, 사적인 이유로 프로젝트를 진행한다는 낌새는 일절 풍기지 않았다. 객관성을 담보하기 위해 일부러 말을 아낀 걸까. 아니다. 거리낄 게 없다면 오히려 전경석과 아는 사이라고 밝혔을 것이다.

시윤의 뒤에서 불순한 음모를 꾸미고 있는 게 틀림없었다. 이 프로젝트의 진짜 목적이 뭘까. 조찬식과 전경석이 생각보다 돈독한 관계였다면, 그의 목표는 어렵지 않게 짐작할 수 있다. 조찬식도 전경석의 죽음에 의문을 품고 있는 것이다. 집단 인터뷰의 모든 생존자가 의심하는 것처럼. 전경석은 사고로 죽은 게 아니라 살해당했다고.

재난 트라우마 프로젝트는 전경석을 죽인 살인범을 색출하기 위한 덫이 아닐까. 본인이 전면에 나서면 들키거나 일을 그르칠 우려가 있으니 시윤을 꼭두각시로 내세운 것일 테고.

이용당했다는 사실에 화가 치밀기보다는 등골이 서늘해졌다. 조찬식은 어디까지 알고 있는 걸까. 낙오자를 뽑는 투표에 대해서도 들었을까. 무슨 수로 정보를 입수했을까. 생존자들은 집단 인터뷰 전까지는 아무에게도 이 이야기를 발설하지 않은 눈치였다.

하지만 그건 모를 일이다. 생존자 중에 조찬식과 내통하는 인물이 있을지 누가 알겠는가. 이미 모든 인터뷰 내용에 대해 속속들이 꿰고 있을 수도 있다. 시윤은 손바닥으로 열이 오른 얼굴을 쓸어내렸다. 어떻게 해야 할지 판단이 서지 않았다. 이렇게 께름칙하고 교활한 흉계에 엮였다가 언제 무슨 불똥이 튈지 모를 일이었다.

고민 끝에 일단 이번 주 인터뷰까지 상황을 지켜보기로 했다. 별별 핑계를 대서라도 당장 손을 떼야 한다고 육감이 경고했지만, 끝을 보고 싶다는 미련을 떨쳐내지 못했다. 결정은 내렸지만 조찬식이 어떤 흑심을 품고 있는지, 뒤에서 무슨 수작을 벌일지 모르니 불안했다. 일주일 안에 큰일이 벌어지지는 않을 것이다. 그런 안일한 마음 한편으로 이러다 큰 사달이 나는 건 아닐까 싶어, 전전긍긍할 수밖에 없었다.

시윤은 비몽사몽간에 몸을 뒤척이며 오만상을 찌푸렸다. 머리끝까지 덮여있던 이불을 걷어냈다. 눈을 감은 채로 팔을 뻗어 시트 위를 더듬었다. 휴대폰을 찾는 동안 알람이 꺼졌다. 입맛을 다시며 도로 이불을 뒤집어쓰려다 머리맡과 옆구리 쪽을 재차 더듬었다. 해결 불가능한 근심거리를 끌어안고 끙끙대다 잠에 든 게 새벽 5시경이었다.

휴대폰이 손에 걸리자, 얼굴 위로 가져와 실눈을 떴다. 8시 40분이었다. 진동은 알람이 아니라 부재중 전화였다. 아침 댓바람부터 누가 전화를 했나 싶어서 보니 임창민이었다. 잠이 확 깬 시윤은 상체를 벌떡 일으켜 세웠다. 이렇게 이른 시각부터 임창민이 연락해 올 까닭이 없기 때문이었다. 불길한 느낌에 뱃속이 울렁거렸다. 시윤은 침을 삼키며 임창민에게 전화를 걸었다. 귓속을 울리는 신호가 불길한 전조처럼 느껴졌다. 집단 인터뷰를 그만두고 싶다는 의향을 전하려고 아침부터 전화하지는 않았을 텐데. 심장박동이 불규칙하게 두근거리는데 상대가 전화를 받았다. 시윤은 인사도 생략한 채 용건부터 물었다.

"무슨 일로 전화하신 겁니까?"

임창민은 망연한 듯 즉각 대답하지 못했다. 주저하며 뜸을 들이는 그 몇 초가 몇 시간처럼 느껴졌다.

"남정운 씨가 사망했습니다."

맞은편에 앉은 반백의 50대 경찰은 관록 있는 베테랑 형사라기보다는 과다한 업무와 매너리즘에 빠진 직장인처럼 보였다. 시윤은 참고인 조사차 출두해 달라는 연락에 순순히 응했다. 경찰에 협조한다는 건 표면적인 이유였고 남정운의 사망 경위나 수사 정보 등을 조금이라도 입수하고 싶었다. 자신을 강력계 박경일 경사라고 소개한 그는 형식적인 인사부터 건넸다.

"바쁜 시간을 쪼개 이렇게 나와 주셔서 감사합니다. 전화로 간단히 말씀드렸지만, 남정운 씨에 대해서 몇 가지 여쭙고 싶습니다. 최근까지 남정운 씨를 비롯해 포레그린뷰 생존자들과 집단 인터뷰를 진행하셨다고 들었는데요."

"네, 재난 트라우마 관련 저서를 집필하기 위해 집단 인터뷰를 진행해왔습니다."

"인터뷰 전까지는 남정운 씨와 일면식도 없었다는 거죠?"

"인터뷰 때문에 세 번 뵌 게 전부입니다. 단둘이 따로 만나거나 대화를 해본 적도 없고요."

"그동안 남정운 씨 상태는 괜찮아 보였나요? 우울해하는 것 같다던가, 초조해 보이지는 않았습니까?"

"글쎄요. 딱히 불안정하다는 인상은 받지 못했습니다. 설령 그랬다 하더라도 이상하게 여기지는 않았을 겁니다. 남정운 씨를 비롯해 모두가 끔찍한 재난을 겪었으니까요. 트라우마로 정신적 고통을 앓고 있어도 이상할 게 없죠."

일리가 있다는 듯 박경일이 두툼한 턱을 까딱거렸다.

"남정운 씨는 저번 주 모임에 불참했다고 하던데요. 특별한 이유라도 있었나요?"

몰라서 묻는 게 아니리라. 이미 생존자들에 대한 참고인 조사를 끝냈을 터였다. 시윤은 마른 입술에 침을 묻히고 준비해 둔 답변을 말했다.

"남정운 씨는 처음부터 집단 인터뷰를 내켜 하지 않았습니다. 줄곧 냉소적인 방관자 입장이었죠. 일단 관망하다가 마음에 들지 않으면 언제든 때려치울 거라는 얘기도 입버릇처럼 했고요. 그러다 다른 생존자와 사이가 완전히 틀어진 게 결정적이었습니다."

"김광일 씨를 말씀하시는 거죠?"

"네, 두 사람은 예전에도 주차 문제 등으로 심하게 다툰 전적이 있다고 하더군요. 그때의 앙금이 풀리지 않은 건지 모임 중에도 늘 티격태격했습니다. 그러다 사소한 언쟁이 감정싸움으로 크게 번졌고 주먹다짐 직전까지 갔죠. 결국 화가 머리끝까지 난 남정운 씨가 두 번 다시 모임에 나오지 않겠다고 한 거고요."

"싸운 당일 자리를 박차고 나간 건가요?"

"그때는 씩씩대기는 했지만 자리는 끝까지 지켰습니다. 다음날 전화로 불참 통보를 했습니다."

"그 뒤로 남정운 씨와 연락을 주고받은 적은요?"

"없습니다."

"그렇군요."

추가 질문을 던지거나 토를 달지 않는 걸로 봐선 시윤의 진술을 곧이곧대로 믿는 듯했다. 경찰의 연락을 받기 전, 투표와 살인 의혹은 물론이고 그로 인해 옥신각신하며 서로를 의심했던 일까지 함구하기로 다들 합의했다. 확실한 증거가 없는 데다 잘못했다간 망자의 명예를 훼손할 수도 있다는 우려 때문이었다. 만약 경찰이 남정운의 죽음을 타살로 보고 수사에 착수한다면, 그때는 모든 전말을 밝히기로 했다.

박경일은 이제껏 메모 한번 하지 않았다. 형식적인 사정 청취만 하는 걸 보니 남정운의 죽음을 자살로 취급하는 것 같았다. 그저 추측일 뿐이었지만. 경찰은 어느 쪽으로 가닥을 잡고 있을까. 시윤은 슬쩍 떠봤다.

"그나저나 깜짝 놀랐습니다. 남정운 씨가 극단적인 선택을 했다고 해서."

박경일이 시윤을 지그시 쳐다보더니 짐짓 나무라는 투로 말했다.

"아직 자살이라고 단정 짓기는 이릅니다. 부검 및 수사 결과가 나와 봐야 압니다."

"유서는 없었다고 하던데요. 타살로 보고 수사 중이신 건가요?"

"살인사건으로 보이지는 않습니다. 남정운 씨의 자택에서 침입이나 다툼의 흔적도 발견하지 못했고요."

원칙을 들먹이며 입에 지퍼를 채울 줄 알았는데 뜻밖이었다. 이렇게 수사 정보를 스스럼없이 흘리는 걸 보니 경찰은 단순 자살로 여기는 모양이었다. 금방 종료될 사건이니 이 정도는 말해줘도 괜찮다고 여기는 거겠지. 살살 구슬리면 조금 더 캐 낼 수 있을 것 같았다.

"그렇다면 자살 쪽으로 가닥을 잡은 모양이군요. 실은 포레 그린뷰 생존자들도 많이 동요하고 있습니다. 함께 재난 트라우 마와 관련된 인터뷰를 하던 도중에 돌아가셨으니까요. 애써 억 누르고 있던 트라우마가 이번 인터뷰로 터져 나와 잘못된 선택 을 한 건 아닌지 걱정하는 분도 있고요."

"그렇게 생각하는 것도 무리는 아니죠. 그렇다고 꼭 이번 인 터뷰가 원인이라고 볼 수만은 없습니다. 남들은 알지 못하는 가정사나 개인적인 문제가 있을 가능성도 충분하니까요."

"남정운 씨에게 개인적인 문제들이 있었나요?"

"자살할 사람으로는 보이지 않았다는 게 중론이긴 합니다. 하지만 가족이나 친구라 하더라도 그 사람의 감정 상태를 완벽 하게 파악하는 건 힘들죠. 우울증이나 자살 충동을 전혀 내색 하지 않고 오롯이 홀로 감내하는 사람들도 수두룩하고요. 남정 운 씨는 이혼 후 아이들 양육 문제로 전처와 싸움이 잦았다고 하더군요. 부유하고 풍족해 보였지만 최근 투자 실패로 경제적 인 어려움을 겪었다고도 하고요."

시윤이 목소리를 낮추고 최대한 조심스럽게 물었다.

"단순 사고사일 가능성은 없는 건가요?"

"욕조에서 익사했기 때문에 그렇게 생각하시는 건가요?"

"남정운 씨 집에 설치된 욕조가 일반 욕조보다 훨씬 크다고 들었거든요. 술에 취해 몸을 못 가누는 상태였다면 욕조에서 사고를 당했다 해도 이상하지 않을 거 같아서요. 반신욕을 하면서 위스키를 홀짝이는 게 자신만의 스트레스 해소법이라고도 했었고요. 그렇게 술을 좋아했다면 예전부터 음주 문제를 종종 일으켰을 수도 있지 않을까요. 이번 사건도 그런 주사의 연장선에 있는 건지도 모르죠."

"사고사일 가능성을 완전히 배제한 건 아닙니다. 주취자가 욕조에 빠져 사망하는 일도 생각보다 흔하고요. 그렇지만 사고보다 자살 쪽에 더 무게를 두고 있는 건……."

박경일이 말하다 말고 입을 다물었다. 참고인에게 더 이상 수사 정보를 알려주면 곤란하다는 표정이었다. 시윤은 동정심을 유발하는 전략을 써보기로 했다.

"남아있는 생존자들을 위해서 말씀해 주시면 안 될까요? 힘든 일을 겪었던 분들이잖습니까? 그들에게 한시라도 빨리 사건의 진상을 알려주지 않으면, 또 누가 극단적인 선택을 할지도 모릅니다."

떨떠름하게 입술을 깨물던 박경일이 속삭이듯 말했다.

"자세한 건 부검 결과가 나와 봐야 알겠지만, 남정운 씨의 술잔에서 졸피뎀 성분이 검출됐습니다."

"졸피뎀이라면⋯⋯."

"수면제죠."

시윤의 눈이 커졌다.

"남정운 씨가 술에 수면제를 타서 마셨다는 건가요?"

"그럴 확률이 높습니다."

"본인이 직접 탔는지는 모르는 거 아닌가요? 누군가 몰래 술에 수면제를 탔을 수도 있잖아요."

"말씀하신 것처럼 자살로 위장해 살해하는 경우도 있죠. 하지만 이번 경우는 그런 사례와는 거리가 멀어 보입니다. 남정운 씨의 의약품 처방 이력을 조회했더니 지난주에 병원에서 직접 수면제를 처방받았더군요. 그전까지는 불면증 등으로 수면제를 구매했던 적이 한 번도 없었습니다. 스스로 삶을 끝내려고 미리 준비했던 것 같습니다. 여러 정황을 종합해 봤을 때 남정운 씨는 자살했을 가능성이 높습니다."

시윤의 심경은 복잡다단했다. 남정운이 자살했다는 게 좀처럼 실감 나지 않았다. 본인의 욕망을 충족하기 위해서라면 눈 하나 깜빡하지 않고 타인을 짓밟던 작자였다. 재난 때도 자신의 목숨을 부지하기 위해 온갖 민폐를 끼치지 않았던가. 그렇게 이기적이고 생존 욕구가 넘쳐났던 인간이 스스로 목숨을 끊었다는 게 이해되지 않았다. 그랬기에 처음에는 자살이 아닌 타살이라고 막연히 확신했다. 누군가가 남정운을 죽인 것이다. 그렇다면 살인범은 누구일까?

시윤의 머릿속에 떠오른 인물은 서로 못 잡아먹어 안달이었던 김광일이 아니었다. 어딘가 미심쩍은 커플인 안도진과 신지아도 제외했다. 그렇다면 의심쩍은 후보는 조찬식밖에 남지 않는다. 생존자들은 남정운을 죽일만한 간절한 동기가 없었다. 하지만 베일에 싸여있는 조찬식이라면 이야기가 달라진다. 조찬식의 꿍꿍이나 전경석과의 관계는 아직 미지의 영역에 있었다. 하지만 그렇기에 더욱더 조찬식이 무슨 짓을 저지를지 알 수 없었다.

매몰된 주차장에서 가장 절박한 살인 동기가 있었던 사람은 누가 뭐래도 남정운이었다. 누군가를 엘리베이터에서 하차시키지 못하면 자신이 지옥으로 추락할 테니까. 더불어 죽음에 이르는 방식도 소름 끼칠 만큼 닮지 않았는가. 남정운도 전경석처럼 물에 빠져 익사했다. 전경석이 살해된 수법 그대로 남정운을 응징한 게 아닐까. 물에는 물로, 익사에는 익사로. 재난 트라우마 프로젝트는 복수 도구에 불과했던 건지도 모른다. 시윤 본인이 생각해도 비약이 심했지만, 조찬식에 대한 혐의는 어느새 굳어져 기정사실화되어 있었다.

그렇지만 담당 경찰은 자살이 확실하다고 단언했다. 사망 일주일 전 손수 수면제까지 샀다는 이야기를 들으니, 자살이라는 말을 믿을 수밖에 없었다. 남정운은 센 척했지만, 유리처럼 부서지기 쉬운 멘탈의 소유자였는지도 모른다. 약한 본색을 들킬까 봐 두려워 일부러 더 못되게 굴었던 걸 수도 있다. 재난 트라우마가 생각보다 심했거나 우울증을 앓았을 수도 있다. 가정 불화나 악화된 재정 문제로 사는 것 자체가 지긋지긋해졌을 수도 있다. 극단적 선택의 이유야 아무래도 상관없었다. 남정운이 살해된 게 아니라는 점이 중요했다. 시윤은 안도했지만 한편으로는 불안했다. 정말로 남정운이 자살한 게 확실한 걸까. 경찰이 뭔가 중요한 걸 놓친 게 아닐까. 조찬식이 어떤 식으로든 그의 죽음에 연루된 게 아닐까. 그런 의심들을 머릿속에서 지울 수가 없었다.

상담실에는 장례식장의 빈소처럼 음울한 적막이 깔려있었다. 그 적막을 채우는 것이 애도나 슬픔이 아닌 당황과 곤혹이라는 점이 달랐지만. 오늘 모임에는 안도진과 신지아도 제 발로 참석했다. 예상 밖의 전개에 그 누구도 쉽사리 입을 떼지 못했다. 시윤도 뭐라고 운을 떼야 할지 알 수가 없었다. 그럼에도 주최자로서의 본분을 다하기 위해 입을 열었다.

"참으로 안타까운 일이 발생했습니다. 비록 친분이 두텁거나 교류가 있지는 않았다 하더라도 다들 마음이 좋지 않으실 거라고 생각합니다. 편하게 쉬시라고 명복을 빌어드리도록 하죠."

시윤의 제안에 전원이 눈을 감았다. 짧은 묵념이 끝난 뒤에도, 생존자들의 낯빛에서 착잡하고 황망한 기운은 사라지지 않았다. 시윤은 그들이 또 다른 자책의 멍에를 지지 않도록 위로했다.

"남정운 씨의 자택에서 유서는 발견되지 않았다고 하더군요. 그분이 어떤 마음으로 그런 선택을 했는지는 아무도 모릅니다. 그러니 행여나 여기서 있었던 일 때문에 남정운 씨가 극단적인 선택을 했을 거라고 생각하지는 마십시오. 괜한 죄책감을 가지지 않아도 된다는 얘기입니다."

주저주저하던 오재환이 조심스럽게 물었다.

"경찰은 여기서 오고 갔던 대화나 소동에 대해서는 모르는 거죠?"

돌려 말했지만 발설하지 않기로 한 약속을 지켰냐고 추궁하고 있었다. 불쾌해진 시윤은 쌀쌀맞게 대꾸했다.

"모르겠죠. 여러분들이 입 밖에 내지 않았다면요."

시윤의 대답에 오재환이 다른 사람들을 둘러보며 재차 확인했다.

"다른 분들은요? 합의한 대로 투표 건과 전경석 씨 살인 의혹에 대해서 함구하셨겠죠?"

"물론이죠. 확실한 증거도 없잖아요. 얘기한다고 남정운 씨가 자살했다는 사실이 달라지는 것도 아니고요."

안도진이 눈에 힘을 주고 강조했다. 입을 놀린 배신자가 있으면 가만 놔두지 않겠다는 듯한 태도였다. 박유선이 조마조마한 표정으로 말문을 열었다.

"남정운 씨의 죽음이 정말 이 인터뷰와 아무 상관도 없는 걸까요?"

그녀의 질문에 다들 아랫입술만 깨무는데 김광일이 말했다.

"아예 무관하지는 않을 겁니다."

"우리가 남정운을 벼랑 끝으로 내몰기라도 했다는 소리예요?"

신지아가 볼멘소리를 냈다.

"그런 의미는 아닙니다. 우리와 다투고 살인범으로 몰린 것때문에 스트레스를 받았을 수는 있겠죠. 그렇다고 그게 자살의원인은 아닐 겁니다."

"그럼 대체 그 사람이 자살한 이유가 뭔데요?"

조바심이 나는지 박유선의 말투가 시비조로 바뀌었다.

"남정운이 전경석 씨를 죽였을 겁니다."

김광일이 단정적으로 말했다.

"살인에 대한 죄책감 때문에 자살했다는 겁니까?"

임창민이 물었다.

"그 사람 성정으로 보건대 별다른 죄책감을 느끼지는 않았을 겁니다. 그보다는 잡힐지도 모른다는 두려움이 극단적 선택의 원인 아닐까요? 여기 다시 모이기 전까지는 완전 범죄라고 자신했겠죠. 그동안 전경석 씨의 죽음에 의문을 제기한 사람은 없었으니까요. 외부인은 물론이거니와 현장에 있던 우리조차 그 일에 대해 언급한 적이 없었고요. 집단 인터뷰를 통해 의문점과 의혹들이 하나둘 수면으로 떠오르게 되자 불안했을 겁니다. 영원히 묻힐 줄 알았던 자신의 범죄 행각이 탄로 날까 봐.

그러다 추적의 올가미가 점점 자신을 향해 옥죄어 오자 끝내 자살한 거죠."

"남정운이 자살할 정도로 궁지에 몰렸었다고요? 뭐 하나 확실한 게 없었잖아요. 심증만 있을 뿐 제대로 된 물증 하나 없었다고요. 그가 살인범이라는 단서나 증인을 찾지도 못했고요. 원래대로 쭉 발뺌했으면 흐지부지 넘어갔을걸요. 그 사실은 남정운도 잘 알고 있었을 거예요. 용의자가 그 사람만 있는 것도 아니었고요."

박유선은 김광일의 설명이 쉽사리 납득이 안 된다는 표정이었다. 난데없이 섬뜩한 생각이 떠올랐는지 그녀가 상체를 부르르 떨었다.

"자살한 게 아니라 살해당한 거면 어쩌죠?"

"뭐라고요? 대체 누가 남정운을 죽였다는 건데요?"

어처구니없다는 듯이 신지아의 입에서 실소가 삐져나왔다.

"진범이 죽였겠죠."

"웬 진범?"

"전경석 씨를 죽인 범인이 남정운이 아니라, 진범이 따로 있는 거죠. 그 진범이 남정운에게 다 덮어씌우려고 살해한 게 아닐까요? 죽은 자는 말이 없으니까요."

"설마 또 터무니없는 누명을 우리한테 씌우려는 건 아니겠죠?"

신지아가 삐딱하게 째려보자, 박유선이 코웃음을 치며 이기

263

죽거렸다.

"왜요? 어디 찔리는 데라도 있어요? 진범이 그쪽이라고 얘기한 것도 아닌데."

"찔리긴 뭐가 찔려? 내가 만만해! 왜 자꾸 나를 걸고넘어지는 건데?"

신지아가 박유선의 머리끄덩이를 잡을 기세로 벌떡 일어섰다. 시윤이 황급히 팔로 가로막았다. 박유선을 향해서는 완전히 헛짚었다는 뜻으로 고개를 내저었다.

"남정운 씨는 살해된 게 아닙니다. 자살이 확실해요. 타살 정황은 어디서도 발견되지 않았어요. 가택 침입이나 싸움의 흔적도 없었고요. 욕조에서 마신 술잔에서는 수면제 성분이 검출됐습니다. 그 수면제도 죽기 며칠 전 본인이 직접 병원에서 처방받은 걸로 확인됐고요. 이렇듯 자살의 정황만 드러났으니 조만간 자살로 공식 발표될 겁니다. 담당 형사님이 확인해 준 사실입니다."

박유선이 입을 삐죽 내밀더니 엉뚱한 데 화풀이했다.

"그것부터 진작 말씀해 주셨어야죠! 왜 사람을 바보로 만들고 그래요!"

헛기침을 한 김광일이 차분하게 본인의 지론을 밝혔다.

"남정운이 끝까지 결백을 주장했다면 우리든 경찰이든 손쓸 도리가 없었을 겁니다. 저도 남정운이 왜 버티지 않고 자살했는지는 모르겠습니다. 그가 어떤 심경의 변화를 겪었는지 알 도리가 없으니까요. 하지만 그의 자살 방식은 시사하는 바가 큽니다. 왜 하필 전경석 씨처럼 익사로 삶을 마감했을까요? 그건 바로 자신이 살해한 전경석 씨에 대한 속죄의 뜻이 아닐까요?"

시윤은 이혜나에게 눈을 돌렸다. 그녀가 남정운과 무슨 대화를 나눴는지, 그의 목소리가 어땠는지 궁금했다.

"남정운 씨와 통화했을 때 그가 뭐라고 하던가요?"

"자기가 없을 때 어떤 대화가 오갔는지 물어봤어요. 본인에 대해서 무슨 이야기를 나눴는지 꽤 신경 쓰는 눈치였죠. 적당히 순화해서 있는 그대로 말해줬어요. 여전히 남정운 씨를 강하게 의심하는 분위기라고."

"그 말에 어떻게 반응했나요? 평소처럼 불같이 화를 내던가요?"

"아니요. 그럴 줄 알았다면서 허탈하게 한숨을 내쉬더라고요. 체념한 사람처럼요. 제가 그동안 봐왔던 남정운 씨의 모습과는 달라서 약간 의아했었어요."

"인터뷰 참석은 권유하셨고요?"

"얘기해 봤는데 두 번 다시 참석하지 않을 거라고 못 박더라고요. 너무 완고해서 더 말을 꺼낼 수가 없었어요."

그렇게 완강하게 참석 제안을 뿌리쳤던 건 그때 이미 세상을 등질 결심을 했기 때문이 아닐까. 이혜나를 통해 전해들은 남정운의 행실 또한 평소와 딴판이었다. 죽을 때가 되면 사람이 변한다더니, 하는 진부한 말이 떠올랐다. 이혜나가 울먹거리며 자책했다.

"제가 괜한 얘기를 했나 봐요. 가뜩이나 심리적으로 불안했을 텐데 부정적인 얘기들로 벼랑 끝에 선 사람을 민 격은 아닌지…….. 설마 스스로 목숨까지 끊을 줄은…….."

"혜나 씨 잘못이 아니에요. 남정운 씨가 세상을 떠난 건 몹시 안타까운 일이지만 그 누구의 탓도 아닙니다. 어쩌면 남정운 씨의 재난 트라우마가 우리가 생각했던 것 이상으로 심했던 건지도 몰라요. 우리가 알지 못하는 어떤 계기로 더 악화된 걸 수도 있고요. 전경석 씨와는 아무 상관이 없을 수도 있습니다. 그러니 우리 고인을 욕되게 하는 억측은 이제 그만두도록 하죠."

시윤의 말은 별 효과가 없었다. 생존자들의 떨떠름한 안색을 보니 억측이라고 여기는 이는 아무도 없는 것 같았다. 남정운이 자신의 범죄 행각이 들통 날 위기에 처하자 자살했다고 여기는 듯했다. 저들에게는 나름 합리적이고 상식적인 판단이었다. 시윤 또한 조찬식만 아니었다면 같은 결론에 도달했을 테니까.

"오늘부로 집단 인터뷰를 종료하기로 했다고요?"

조찬식이 씁쓸한 어조로 물었다. 기분 탓인지는 몰라도 아쉬워한다기보다는 후련하다는 얼굴이었다.

"아시다시피 인터뷰에 참여했던 남정운 씨가 변고를 당했으니까요. 인터뷰를 계속 이어 나갈만한 상황이 아니라고 다들 동의했습니다."

"그렇군요. 어쩔 수 없겠지요. 저도 이런 불상사가 생길 거라고는⋯⋯."

말을 잇지 못하던 조찬식은 생존자들의 상태부터 확인했다.

"나머지 분들은 좀 어떠신가요? 정신적 충격이 클 텐데요. 행여나 이번 일로 가뜩이나 힘든 분들에게 새로운 트라우마를 안겨준 건 아닐지 걱정되는군요."

"다들 많이 놀라기는 했지만 크게 걱정하지 않아도 될 것 같습니다. 나름대로 잘 견뎌내고 있는 듯하니까요."

"그건 모르는 법입니다. 마음 상태를 육안으로 판별한다는 건 불가능에 가까운 일이니까요. 저희 센터에서 무료 상담을 받아보라고 하는 건 어떨까요?"

시윤의 억양이 냉소적으로 변했다.

"아직 더 확인하고 싶은 게 있나 보죠?"

"그게 무슨 말씀입니까?"

"상담을 빌미로 뭘 더 캐내고 싶은 겁니까? 지금까지 얻어낸 것만으로는 부족한 건가요?"

"캐내다니요? 전 그저 생존자들을 돕고 싶을 뿐입니다."

"눈물겨운 인류애로군요."

시윤이 대놓고 빈정거리자, 조찬식은 당혹스러운 표정을 지었다.

"저에게 뭔가 서운한 일이 있으신가요?"

영문을 모르겠다는 기색이었지만 모를 일이다. 인간의 심리를 꿰뚫어 보거나 파악할 수 있는, 달리 말하면 사람의 마음을 조종할 수도 있는 직업을 가진 전문가다. 아무것도 모르는 척 연기하고 있을 가능성도 농후했다.

"애초에 트라우마 환자나 저서 집필 따위에는 관심도 없었던 것 아닙니까?"

"왜 그런 말을 하시죠? 관심이 없었다면 작가님께 저서 작업을 의뢰했겠습니까? 그것도 적잖은 비용을 들여서요."

조찬식이 말꼬리를 늘리며 억울함을 호소했다. 시치미를 떼시겠다. 시윤은 기습적으로 허를 찔렀다.

"전경석 씨랑 무슨 사이십니까?"

일순 조찬식의 낯빛이 죽은 나무뿌리처럼 칙칙해졌다. 시윤은 쐐기를 박을 작정으로 책상의 펜꽂이를 가리켰다.

"저 한정판 만년필, 전경석 씨도 갖고 있더군요. 현재는 그의 어머니가 보관하고 있지만요. 원장님이 전경석 씨에게 선물한 거죠? 잡아뗄 생각은 하지 마세요. 한정판이라 구매자를 확인하는 건 어렵지 않을 테니까요. 이니셜까지 각인한 고객이라면 더더욱."

회한이 담긴 눈으로 만년필을 물끄러미 바라보던 조찬식이 탄식을 토해냈다.

"비밀 유지의 원칙을 위반하는 셈이지만 오해를 풀려면 말씀드리는 수밖에 없겠네요. 전경석 씨는 제 내담자였습니다."

"내담자요?"

시윤이 눈썹을 추켜세웠다.

"네, 제게 심리상담을 받았었습니다. 2년 전쯤에요."

"뭣 때문에요?"

"그도 중증 트라우마 환자였거든요. 작가님을 처음 뵀을 때 물 공포증이 심한 지인이 있다는 얘기를 한 적이 있는데 기억 나십니까?"

"기억납니다. 저한테 먼저 수영할 줄 아느냐고 물어보셨죠. 프로젝트 콘셉트를 설명하기 위해 물에 대한 트라우마가 있는 지인을 예시로 들었고요. 설마 그 지인이 전경석 씨였던 겁니까?"

"맞습니다. 내담자라고 밝힐 수는 없어서 지인이라고 둘러 댔던 겁니다."

"상담을 얼마나 받았습니까?"

"6개월 남짓 정도였습니다."

"물 공포증을 극복하기 위해 심리상담을 받았던 겁니까?"

대답을 망설이던 조찬식이 결단을 내린 것 같은 얼굴로 입을 열었다.

"내담자의 프라이버시를 유출하는 건 직업윤리에 어긋나는 일이지만 진실을 밝히려면 어쩔 수 없겠네요. 표면적으로는 그랬습니다. 상담이 수차례 진행되고 나서야 동생의 죽음이 트라우마의 근본적 원인이라는 걸 알게 됐지만요."

"어렸을 때 물놀이 사고로 사망한 남동생 말입니까?"

"이미 알고 계셨군요."

"전경석 씨 동창에게 들었습니다. 동생이 물에 빠져 죽은 것에 큰 충격을 받았는지 그때부터 물을 무서워하게 된 것 같다고요. 전경석 씨가 당시 상황에 대해서도 털어놓던가요?"

"네, 현장에 함께 있었다고 하더군요."

시윤의 잇새로 안타까운 신음이 새어 나왔다.

"그 어린 나이에 동생의 죽음을 눈앞에서 목격했으니, 트라우마가 생기지 않을 도리가 없었겠네요."

"단순히 사고를 목격한 정도가 아니더군요."

"그러면요? 같이 물놀이하던 중에 동생만 변을 당한 건가요?"

조찬식의 입매가 고통스럽게 일그러졌다.

"자기가 동생을 죽였다고 고백하더군요."

시윤은 말문이 턱 막혔다. 불현듯 경미가 했던 말이 생각났다. 수연이가 수민이가 나오는 악몽을 꾼다고 했었다. 언젠가 수연이도 우리에게 고백하는 게 아닐까. 수민이를 물에 빠뜨렸다고. 그런 상상이 날카로운 칼이 되어 심장을 마구 찔러댔다. 허벅지를 꽉 움켜쥐어 망상에서 도망친 시윤은 서둘러 질문을 계속했다.

"고의로 동생을 물에 빠뜨렸다는 겁니까? 중학생 형이 초등학생 동생을 사고로 위장해 죽인 거냐고요!"

"그럴 리가요. 그는 정상인의 범주를 벗어난 사이코패스나

패륜아가 아닙니다. 과한 죄책감에서 기인한 자책성 발언일 뿐이었죠. 동생의 죽음은 사고였습니다."

시윤은 가슴을 쓸어내리며 뒷이야기를 재촉했다.

"전경석 씨는 왜 그렇게까지 자책한 겁니까? 물놀이 중 대체 무슨 일이 있었던 거죠?"

"경석 씨가 중학교 2학년이던 여름, 온 가족이 계곡으로 놀러 갔다고 하더군요. 3살 터울이었던 동생은 당시 초등학교 5학년이었고요. 계곡에서 물놀이도 하고 맛있는 음식도 먹으며 단란한 시간을 보냈다고 합니다. 그러던 중 먹을거리가 동나서 아버지가 마트에 잠깐 다녀오겠다며 차를 몰고 떠났어요. 어머니는 인근 야영장 개수대에서 설거지 중이었고요. 잠깐 쉬던 형제는 다시 물놀이를 시작했습니다. 둘만 있을 때는 물에 들어가지 말라는 부모님의 주의는 까맣게 잊은 채로요. 정신없이 물놀이하다 보니 어느새 수심이 깊은 곳까지 들어가고 말았죠. 어린 형제는 발이 닿지 않자 동요했어요. 몸부림을 치면서 빠져나오려 했지만, 제자리에서 가라앉았다 떠오르기만을 반복할 뿐이었습니다."

그 후의 비극적인 이야기는 듣지 않아도 시윤의 머릿속에서도 대충 그려졌다.

"경석 씨가 물놀이하자고 동생을 꼬드겼나 보군요. 부모님의 당부를 어기고 동생을 죽게 만들었으니 본인 탓이라고 자책할 만도 하네요."

"단순히 동생을 지키지 못했다는 데서 기인한 죄책감이 아니었습니다. 그가 동생을 죽였다고 표현한 데에는 그럴만한 이유가 있더군요. 쉴 새 없이 물을 먹으며 미친 듯이 허우적대고 있는데 동생이 뒤에서 자기를 부둥켜안고 발버둥을 치더랍니다. 경석 씨도 패닉에 빠져 이성을 잃은 상태였죠. 절체절명의 위기 상황에서는 동생이고 뭐고 눈에 뵈는 게 없는 법이죠. 그때 무슨 일이 일어났는지조차 잘 기억나지 않는다고 하더군요. 아니, 몹시도 충격적이고 괴로운 기억이라 무의식 깊은 곳에 봉인해 둔 거겠죠. 생존 본능은 모든 동물에게 없어서는 안 될 필수 요건이지만 어떨 땐 참 잔인하기 짝이 없습니다. 죽을 둥 살 둥 몸부림을 치며 도움을 청하는 동생마저 떨쳐내게 만들었으니까요. 정신을 차리고 보니 어느새 발끝이 바닥에 닿더랍니다. 죽음에 대한 공포와 살고 싶다는 집념 하나로 젖 먹던 힘을 다해 뭍 근처까지 헤엄쳐 왔던 모양이에요. 살았다는 안도감이 온몸으로 퍼져나간 후에야, 비로소 정신이 번쩍 들었다더군요. 황급히 사방을 두리번거리자, 계곡 한가운데 엎드린 자세로 둥둥 떠 있는 동생이 보였답니다. 즉시 구하러 가야 했지만 옴짝달싹할 수 없었다고 하더군요. 무섭고 겁이 나서요. 울면서 목이 터져라 동생의 이름을 외치는 게 고작이었다고 합니다. 동생이 서서히 익사하는 걸 구경만 한 거죠."

제삼자가 건조하게 전달해 주는 데도 울부짖는 어린 전경석의 모습이 눈앞에 선명하게 그려졌다. 어떤 상담으로도 날

카로운 죄의식에 칼부림 당한 그의 마음을 치료해 줄 수 없었으리라.

"그때 경석 씨는 중학생에 불과했습니다. 어린애였다고요. 만약 동생을 구하러 돌아갔다면 둘 다 죽었을 겁니다."

"저도 그렇게 현실적으로 이야기해 주었지만, 전혀 효과가 없었어요. 위로 축에도 못 끼는 하나 마나 한 발언일 뿐이었죠. 경석 씨도 잘 알고 있더군요. 제 한 몸 건사하지도 못했던 자신이 동생을 구조하는 건 불가능했을 거라고."

"사람의 힘으로는 어쩔 수 없는 불가항력적 사고였어요. 경석 씨가 일부러 동생을 떨쳐낸 것도 아니잖습니까."

"백번 양보해서 거기까지는 그럴 수 있다 쳐도 동생을 그곳에 혼자 내버려둬서는 안 됐었다고 하더군요. 죽는 한이 있어도 동생에게 가야 했었다고요. 거기서 동생이랑 같이 죽어야 했었다고 한탄하더군요. 그렇게 하지 못한 걸 매일, 매시간, 매초 후회한다고."

20년이나 지났지만 전경석은 동생을 매몰차게 버린 계곡에서 한 발짝도 벗어나지 못했던 것이다. 조찬식의 무거운 말이 이어졌다.

"자신은 절대 용서받지 못할 최악의 쓰레기라고도 했어요. 부모님까지 속였다면서요. 도저히 있는 그대로 말할 수가 없었답니다. 자신이 동생을 죽였다고. 살려달라고 절박하게 들러붙는 동생을 매몰차게 밀쳐냈다고. 동생을 버리고 혼자만 빠져나왔다고. 구조 시도조차 못 해보고 죽어가는 걸 구경만 했다고. 솔직히 털어놓자고 끊임없이 다짐했건만 부모님을 보는 순간 혀가 제멋대로 거짓말을 뱉어냈다고 합니다. 화장실에 갔다 와보니 경민이가 보이지 않았다고 한 거죠. 찾아 헤매다 계곡물에 떠있는 동생을 발견했다고. 혼자 수심이 깊은 곳에 들어갔다가 변을 당한 것 같다고. 그 뒤로도 부모님께 진실을 고백할 기회는 많았지만, 용기를 내지 못했다고 울먹이더군요. 부모님의 이혼도 본인 탓으로 돌렸고요. 동생이 죽은 후로 부모님의 다툼과 불화가 심해졌고 끝내 헤어졌다면서. 그 사고 후에 자신을 바라보는 아버지의 눈빛도 몹시 차가워졌다고도 했지요. 마치 계부가 의붓아들을 바라보는 것처럼."

계곡물에 수장된 것처럼 귀가 먹먹하고 숨 막히는 정적이 원장실에 차올랐다. 고해성사를 마친 것처럼 조찬식의 용모가 갑자기 10년은 늙어 보였다. 죽은 전경석 대신 죄악과 자기혐오의 십자가를 등에 짊어진 걸까. 전경석은 조찬식에게 각별한 내담자였던 걸 수도 있다. 안타까운 사연에 저도 모르게 깊이 감정이입을 하게 된 건지도 모른다. 상담사도 감정을 지닌 사람이다. 아무리 내담자와의 거리를 지키려 노력한다 해도 마음이 더 가는 내담자가 있을 수밖에 없다.

"전경석 씨의 상태는 어땠나요? 상담이 진행될수록 호전됐나요?"

조찬식은 쓸쓸한 웃음을 지어 보였다.

"상담은 아무 효과도 없었습니다. 저는 오랜 기간 내담자들의 삶을 긍정적으로 변화시키고 마음의 묵은 상처를 치유해 주기 위해 애써왔습니다. 하지만 일을 하다 보니 어떤 노력도 통하지 않을 때가 있더군요. 안타깝게도 전경석 씨도 그런 사례에 해당하는 내담자였습니다. 각고의 노력을 기울였지만 조금도 좋아지지 않았죠. 내심 실력이 나쁘지 않은 편이라 자부했었는데 오랜만에 실패의 쓴맛을 봤습니다. 그래서 더 전경석 씨에게 집착한 건지도 모르겠습니다."

"미안한 마음 때문에 값비싼 한정판 만년필을 선물했던 겁니까?"

"그런 마음도 있었지만 저처럼 글쓰기를 좋아한다는 얘기를 들으니 괜히 반갑더라고요. 마침 제가 사고 싶었던 제품도 출시됐을 때라 구매하는 김에 하나 더 사서 선물했습니다. 더불어 경석 씨가 좋아하는 글쓰기로라도 트라우마를 치유했으면 하는 바람도 있었고요."

"경석 씨는 원장님이 준 만년필을 잘 썼던 모양입니다. 만년필이 유류품으로 나온 걸 보면 늘 몸에 지니고 다녔다는 뜻이겠죠."

감정이 북받쳐 오른 듯 조찬식의 가슴이 살짝 부풀었다가 내려앉았다.

"그렇군요."

심리 관련 서적을 훑어보다가 '라포르'에 대한 설명을 본 적이 있었다. 책에서는 상담자와 내담자 사이의 라포르 형성이 매우 기본적이면서도 중요한 것이라고 누누이 강조했다. 신뢰를 구축하고 감정적인 유대관계를 맺으며 라포르를 형성해야, 본심이나 말할 수 없는 비밀까지 털어놓게 된다는 거였다. 어쩌면 조찬식과 전경석 사이에는 일반적인 상담자와 내담자를 뛰어넘는 훨씬 더 각별한 라포르가 형성됐던 게 아닐까. 그러니 상담이 끝난 후에도 전경석의 죽음을 파헤쳤겠지. 조찬식에게 왠지 모를 연민이 느껴졌다. 그럼에도 추궁할 것은 해야 했다.

"전경석 씨의 죽음을 파헤치기 위해 이번 프로젝트를 기획했던 거죠? 트라우마 환자를 위한다는 명분은 핑계일 뿐이고?"

"TV에서 희생자의 사진을 봤을 때 깜짝 놀랄 수밖에 없었습니다. 사람 일은 아무도 모른다지만 제 내담자가 재난 희생자가 될 줄은 상상도 못 했으니까요. 생존자들은 물론이고 온갖 기사와 매체가 그를 찬양하고 떠받들더군요. 그의 희생으로 여덟 명의 생명을 살렸다는 식으로요. 거기까지는 그럴만하다고 생각했습니다. 제가 지켜봐 왔던 전경석 씨라면 충분히 희생적인 행동을 했을 테니까요. 제가 이해할 수 없었던 점은 생존자들의 인터뷰 중 한 대목이었습니다. 경석 씨가 침수된 지하 3층 수색에 자원했다고 하더군요. 위험구역 수색에 솔선수범해서 나섰다가 희생당한 영웅처럼 묘사하고 있었죠. 거기서 큰 위화감을 느낄 수밖에 없었습니다. 물을 극도로 무서워하는 중증 트라우마 환자가 제 발로 침수구역에 갈 리 없으니까요. 물론 인간은 외부 환경이나 특정 상황에 영향을 많이 받습니다. 특히 재난 같은 극단적인 환경에서는 평소 안 하던 행동을 한다 해도 이상할 게 없죠. 그럼에도 의문은 사그라지지 않았습니다. 침수된 주차장은 전경석 씨에게 동생을 죽게 만든 계곡과 다를 바 없게 느껴졌을 테니까요. 그 생존자의 발언이 정녕 진실일까. 지하주차장 안에서의 실상은 무척이나 달랐던 게 아닐까. 살아남은 자들끼리 입을 맞춘 게 아닐까. 그렇다면 왜 거짓말을 한 걸까. 그런 의혹이 머릿속에서 쉴 새 없이 소용돌이쳤죠. 결국 그런 궁금증을 이기지 못해 생존자들을 한자리에 모았던 겁니다."

"생존자들이 거짓말하고 있다고 처음부터 확신했던 겁니까?"

"어느 정도는요. 제 상담으로도 효과를 보지 못했던 전경석 씨가 1년 만에 트라우마를 완전히 극복할 거라고는 생각할 수 없었거든요."

"생존자들이 인터뷰에 응할 거란 확신도 있었고요?"

"그럴 리가요. 모름지기 숨기거나 찔리는 게 있으면 떳떳하게 나서지 못하는 법이죠. 그래서 꼼수를 부렸습니다. 작가님께 집단 인터뷰를 제안해 보라고 말한 뒤에 생존자 전원에게 익명으로 메일을 보냈죠. 재난 당시 무슨 일이 있었는지 다 안다는 뉘앙스로요. 켕기는 게 있는 사람들은 찔릴 정도로 두루뭉술하게 얘기했지만요. 죄책감에 시달려 조만간 자백이라도 할 것 같은 생존자중 한 명인 척했습니다. 그 메일을 보면 나오지 않고는 못 배길 거라고 여겼습니다. 만약 생존자들 사이에 은폐된 비밀이 존재한다면 그 비밀이 누설되는 걸 어떻게든 막으려 할 테니까요. 입단속을 할 목적이든, 발신자가 누군지 파악할 요량이든 미끼를 물 거라 계산했죠. 전원이 참석함으로써 제 판단은 적중했고요."

개인 인터뷰를 번번이 거절당한 뒤, 대책 회의를 했을 때의 일이 떠올랐다. 조찬식이 집단 인터뷰를 해보자는 아이디어를 냈었다. 약간 시간 여유를 두고 연락하라는 충고도 덧붙였다. 퇴짜 맞자마자 바로 접촉하면 역효과만 난다면서. 실은 뒷공작할 시간을 벌기 위해 시윤의 연락을 지연시켰던 것이다. 조찬식에게 놀아났다는 사실에 치가 떨리면서도 그의 주도면밀함이 더 오싹하게 느껴졌다.

"전경석 씨가 아무리 원장님께 특별했다고 해도 수많은 내담자 중 한명일 뿐이지 않습니까. 왜 그렇게까지 그의 죽음에 집착하신 거죠?"

"말씀대로 그는 제 센터를 방문한 내담자 중 한 명 일 뿐이죠. 그렇지만……."

조찬식이 말을 멈추고 입술을 질끈 깨물었다. 남부끄럽고 떳떳하지 못한 계기라 입이 떨어지지 않는 걸까. 언제까지고 피할 수는 없다고 여겼는지 그가 마침내 입을 벌렸다.

"알량한 자존심이 저를 이 사건에 광적으로 매달리게 만들었다고나 할까요."

"자존심이요?"

"내 상담으로 차도가 없었던 내담자가 하루아침에 변했을 리 없다. 전경석 씨가 침수구역 수색을 자원했을 리 없다. 내가 틀렸을 리 없다. 그런 오만하고 그릇된 자부심이 제 눈을 멀게 한 거죠. 기어이 선을 넘는 행동까지 하게 만들었고요. 죄송합니다. 생존자분들과 작가님을 기만한 점 진심으로 사죄드리겠습니다."

여차하면 무릎이라도 꿇을 기세로 조찬식이 깊게 머리를 조아렸다. 이토록 시시하고 어이없는 동기였다니. 허탈한 숨이 새어 나왔다.

"마지막으로 하나만 여쭤보고 싶은 게 있습니다. 전문 상담사의 견해를 듣고 싶군요."

"궁금하신 게 뭔지……."

"남정운 씨가 극단적인 선택을 한 이유가 뭐라고 생각하십니까?"

"흠……. 아주 개인적인 의견이라는 전제하에 말씀드리자면, 남정운 씨 또한 재난 트라우마의 희생자가 아닐까요? 겉으로는 아무렇지 않다고 큰소리를 쳤지만, 재난의 악령에서 한 발짝도 벗어나지 못한 거죠."

"그렇게 생각하시는 이유는요?"

"삶을 마감한 방식 때문입니다. 자살이라면 목을 맨다든가,

차에서 번갯불을 피운다든가, 투신한다든가, 하는 등의 다른 방법도 얼마든지 있습니다. 그렇지만 그는 욕조에서 익사하는 방법으로 자신의 삶을 끝냈어요. 재난 당시 침수됐던 주차장에서 하마터면 죽을 뻔했던 그 방식 그대로. 결국 재난 트라우마가 그를 죽인 거나 마찬가지인 셈이죠."

남정운의 죽음이 타살이었다면 조찬식의 말을 곧이곧대로 믿지 못했을 것이다. 하지만 자살로 판명 난 데다 전문 상담가와 생존자들의 소견도 일치했다. 조찬식에게 씌웠던 혐의를 벗겨내도 무방하겠지. 뭣보다 조찬식은 남정운에게 복수할 이유도 없지 않은가.

프로젝트가 중도에 엎어졌는데도 조찬식은 보너스까지 얹어서 줬다. 시윤이 극구 사양했지만, 사죄의 뜻이라며 기어코 이 실장을 통해 돈을 보냈다. 속사정을 모르는 이 실장은 안 받을 이유가 없다며 넙죽 돈을 받았다. 시윤은 지긋지긋한 일상과 본업으로 복귀했다. 돈도 짭짤하게 챙겼고 골치 아픈 일에서도 벗어났지만 조금도 홀가분하지 않았다. 딱 집어 설명할 수 없지만, 찝찝하기만 할 뿐이었다. 포레그린뷰 재난과 전경석 그리고 생존자들이 머릿속에 거머리처럼 들러붙어 떨어지질 않았다. 가련한 최인숙을 비롯해 또 다른 트라우마의 피해자인 남정운도 뇌리에서 떠나지 않았다.

일이 손에 잡히지 않으니 하루가 멀다 하고 이 실장의 잔소리를 들었다. 그동안 그 프로젝트 때문에 작업도 다 빼줬는데 왜 게으름을 피우냐면서 들볶았다. 마치 장기 포상휴가라도 줬던 것처럼. 끊임없는 채찍질에 어떻게든 진도를 빼보려 했으나, 소용돌이치는 잡념은 좀처럼 사라지지 않았다. 의식의 흐름대로 키보드를 두드려봤지만 제대로 된 결과물이 나올 리 없었다. 억지로 키보드를 두드리던 시윤은 노트북을 덮었다. 전경석의 죽음에 대한 진실이 못내 마음에 걸렸다.

남정운이 정녕 전경석을 죽인 진범일 걸까. 남정운은 좁혀오는 의심과 추궁에 쫓겨 막다른 절벽에서 뛰어내린 걸까. 아니면 전경석의 죽음은 사고이고 남정운은 조찬식의 말마따나 트라우마의 희생양이 된 걸까. 이렇게 봐도, 저렇게 봐도 아귀가 들어맞지 않는 것 같았다. 잔뜩 밀린 작업을 내팽개친 시윤은 휴대폰을 챙겨 일어섰다.

요양병원 로비는 첫 방문 때와 매한가지로 휑했다. 시윤이 다시 요양병원에 온 이유는 다름 아닌 부검감정서 때문이었다. 전경석의 부검감정서를 직접 봐야 직성이 풀릴 것 같았다. 보도된 대로 사인은 익사로 기재돼 있겠지만 그 밖의 검사 소견도 읽어보고 싶었다. 이상 소견은 없을지라도 기타 외상이나 검사 결과에 대해 부검의가 어떤 법의학적 판단을 내렸을지 궁금했다. 그러면 깨끗하게 미련을 버릴 수 있을 것 같았다.

중증 치매 환자인 최인숙이 부검감정서 발급 신청을 했었을까. 불가능한 일이었을 것이다. 아니면 법정 대리인이나 복지 기관이 대신 발급받아서 병실 어딘가에 보관해 놓았을 수도 있지 않을까. 그럴 확률도 희박해보였다. 아니다 다를까 간호사도 그런 서류는 본 적이 없다며 고개를 내저었다.

시윤은 큰 기대는 하지 말자고 되뇌며 최인숙의 병실로 향했다. 간호사는 시윤에게 다소 믿음이 생긴 건지 도움이 필요하면 호출하라는 말만 남기고 병실을 떠났다. 최인숙의 상태는 그때와 별반 다르지 않았다. 시윤을 못 알아보는 건 당연지사고 안중에도 두지 않았다. 외면하거나 겁내지 않는 것만으로도 다행이었다. 침상 옆으로 다가간 시윤은 허리를 숙여 그녀와 눈높이를 맞췄다.

"안녕하세요. 어머니. 저 기억하세요? 얼마 전에 찾아뵀었는데."

공허한 눈동자가 무기력하게 좌우로 움직였다.

"제가 병실을 좀 살펴봐도 될까요? 아드님 일로 찾고 있는 서류가 있어서요. 어지럽히지 않고 잘 정리해 놓겠습니다."

예상대로 아무 반응이 없었다. 저번처럼 허락받은 걸로 간주해도 되겠지. 시윤은 큰소리를 내지 않도록 주의하며 병실 안을 뒤지기 시작했다. 최인숙의 짐은 많지 않았다. 서랍장이나 캐비닛에는 옷가지와 생필품만 수납돼 있었다. 감정서는커녕 서류 한 장 눈에 띄지 않았다. 수색은 10여 분 만에 끝났다. 허무했지만 후련하기도 했다. 편법을 동원하거나 복잡하게 절

차를 밟으면 부검감정서를 볼 수도 있을 터였다. 하지만 더는 그러고 싶은 마음이 들지 않았다. 이 정도면 할 만큼 했다는 생각이 들었다. 그걸 본다고 해서 뭔가 크게 달라질 것 같지도 않았다.

책상으로 간 시윤은 허리를 숙이고 세 번째 서랍을 열었다. 조찬식의 선물이자 전경석의 유품이었던 만년필을 꺼냈다. 시윤은 테이블을 끌고 와 침상 앞에 놓고 의자에 앉았다. 최인숙의 관심을 끌었는지 그녀의 시선이 시윤에게 향했다. 시윤은 전경석의 만년필을 테이블 위에 올려놓고 가방에서 비닐봉지를 꺼냈다. 비닐봉지 속의 내용물도 차례대로 꺼내 테이블에 올려놨다. 만년필의 새 펜촉과 잉크를 다시 채울 수 있는 만년필 컨버터 그리고 잉크병이었다.

"이건 제가 어머님께 드리는 작은 선물입니다. 망가진 펜촉을 새것으로 갈아 끼우면, 만년필을 쓰실 수 있을 거예요. 혹시 몰라서 여분의 컨버터도 사 왔습니다."

최인숙이 알아듣지 못해도 시윤은 비닐 포장지를 뜯으며 하나하나 설명했다. 만년필의 캡을 열자 파손된 펜촉이 드러났다. 잉크 공급 통로인 피드가 바짝 마른 걸 보니 컨버터 안의 잉크도 바닥난 모양이었다. 시윤은 만년필 몸통인 베럴과 그립을 두 손으로 잡고 반대로 돌렸다. 오랫동안 분해하지 않은 탓인지 빽빽했다. 손끝에 힘을 더 주자 꽉 조여져 있던 그립이 돌아가기 시작했다. 펜촉을 몸통에서 빼내자, 잉크 저장 장치인 컨버터가 모습을 드러냈다. 컨버터는 예상대로 빈 상태였다. 사 온 잉크를 채우려고 컨버터를 분리하니 입구가 이물질로 막혀있었다.

"이게 뭐지?"

시윤은 컨버터 입구를 테이블에 대고 가볍게 톡톡 쳤다. 그러자 입구를 막고 있던 이물질이 떨어져 나왔다. 검지와 엄지로 조심스럽게 집어 손바닥 위에 올린 다음 이물질을 뜯어봤다. 작은 플라스틱 조각이었다. 잉크로 얼룩졌지만 노르스름한 빛이 감돌았다. 어디서 떨어져 나왔는지 파편의 모서리도 들쑥날쑥했다. 한쪽 단면에는 삼각형 모양의 기호가 그려져 있었다. 하지만 어떤 그림의 일부분인지, 파편의 본체가 뭐였는지 가늠도 되지 않았다.

플라스틱 파편을 내려놓은 시윤은 골똘히 생각에 잠겼다. 누가 이걸 여기 집어넣은 걸까? 가장 유력한 용의자라면 단연 최인숙이리라. 전경석 사후 만년필의 실소유주일 뿐만 아니라, 자주 갖고 놀기도 했으니까. 시윤의 눈길이 자연히 최인숙에게 향했다. 그녀는 멍한 눈으로 창밖을 내다보고 있었다. 무릎 위에 내려놓은 양손이 사시나무 떨듯 떨고 있었다. 치매 외에 파킨슨병까지 앓고 있어 수저 사용도 어려워한다고 들었다. 곁에 붙어서 도와주지 않으면 음식물을 반 이상 흘린다고도 했다. 그런 환자가 미세한 플라스틱 파편을 작은 컨버터 구멍에 집어넣을 수 있을까?

불가능하다고 봐야 했다. 근력도 약해 뻑뻑한 만년필을 분해하는 것부터가 난관일 터였다. 간호사도 유품에는 손을 대지 않는다고 했었다. 그렇다면 이 플라스틱 파편을 집어넣을 만한 사람은 한 명밖에 남지 않는다. 만년필의 주인이었던 전경석.

그런 결론에 도달하자마자 뒷덜미의 잔털이 쭈뼛 곤두섰다. 전경석은 대체 왜 잉크 컨버터에 정체불명의 플라스틱 조각을 쑤셔 넣었을까. 그가 만년필을 일부러 망가뜨릴 까닭은 없다. 혹시 지하주차장에서 사망하기 직전 집어넣은 게 아닐까? 어떤 메시지를 전하기 위해서. 시윤은 도리질을 쳤다. 황당무계한 생각이었다. 전경석은 싱크홀 물웅덩이에 빠져 죽었다. 물 속에서 만년필을 분해한 다음 컨버터 안에 이런 조각을 집어넣는다고? 살기 위해 허우적대는 것만으로 벅찼을 텐데. 말이 되지 않는다. 이 조각은 재난사고와 무관한 걸까? 하지만 왠지 이 플라스틱 파편과 전경석의 죽음이, 자석의 N극과 S극처럼 서로를 강력하게 끌어당기고 있는 것 같은 감각을 떨칠 수가 없었다.

사설 연구소의 연락을 받은 건 일을 의뢰한 지 3일 만이었다. 경찰이나 국과수의 도움을 얻을 수 없기에 플라스틱 파편의 분석을 사설 연구소에 의뢰했던 것이다. 실력 좋기로 정평난 곳이라 비싼 값을 치러야 했지만. 연락을 받자마자 연구소로 부리나케 달려간 시윤은 회의실에서 국과수 출신이라는 연구소장을 만났다. 그는 찌든 기색 하나 없이 쾌활한 몸짓으로 시윤을 맞이했다. 마치 이번 달 최고 실적을 올린 영업사원처럼. 시윤은 감탄한 낯빛으로 운을 뗐다.

"분석 결과가 이렇게 빨리 나올 줄은 몰랐습니다. 빨라도 1, 2주는 걸릴 거라고 생각했거든요."

소장은 쑥스러워하는 기색도 없이 농담 섞인 자화자찬을 늘어놨다.

"우리 연구소의 모토가 한 치의 오차도 허용하지 않는 정확함 그리고 신속함입니다."

"빨리 처리해 주셔서 감사합니다."

시윤이 감사를 표하자, 그의 광대가 개구쟁이처럼 짓궂게 올라갔다.

"실은 이번에는 운이 좋았습니다. 우리 연구원 중 한 명이 의뢰하신 물건과 관련된 업종에 몸담았었던 터라 금방 알아낼 수 있었죠."

"어떤 업종에 계셨는데요?"

"자동차 회사의 연구원이었습니다."

"그게 자동차 부품의 파편인가요?"

"그렇다고 볼 수 있죠."

소장은 자기 앞에 놓인 태블릿을 시윤 쪽으로 돌려 놔줬다. 사진이 태블릿 화면을 꽉 채우고 있었다. 시윤은 상체를 바짝 숙이고 사진을 뚫어지게 쳐다봤다. T자 모양의 플라스틱에 표지판 기호 같은 게 그려져 있었다.

"이게 뭡니까?"

"자동차 트렁크에 설치된 비상 탈출 레버입니다."

"비상 탈출 레버요?"

"여기 하단 오른쪽에 자동차 그림이 보이시죠?"

"네, 트렁크 뚜껑이 열려있네요."

"열린 트렁크에서 곡선으로 이어진 점선 화살표가 보일 겁니다. 옆에는 사람이 나와 있고요. 그 윗부분에는 아래 방향을 가리키는 화살표 표시가 돼 있어요. 즉, 트렁크 안에 갇혔을 때 이 레버를 당기면 트렁크 문을 열고 밖으로 나올 수 있다는 뜻입니다."

시윤의 입이 절로 반쯤 벌어졌다.

"운전한 지 10년이 넘었는데 트렁크에 비상 탈출 레버가 있다는 사실을 전혀 몰랐네요."

"자동차 안전 캠페인과 안전 버라이어티 프로그램 등을 통해 많이 알려지긴 했지만, 여전히 모르는 분들도 많습니다. 차량 설명서에도 적혀 있지만 그걸 정독하는 운전자는 없죠."

"트렁크 비상 탈출 레버가 모든 차량에 설치돼 있는 건가요?"

"한국은 아직 법적으로 명시한 건 아닌데, 2002년 이후 제조된 차량에는 대부분 레버가 창작돼 있을 겁니다. 깜깜한 트렁크 안에서도 쉽게 식별할 수 있도록 노란색이나 형광색으로 칠

해져 있죠."

"제가 드린 플라스틱 파편은 레버의 어느 부분인가요?"

소장이 작은 투명 비닐봉지를 꺼내더니 태블릿 옆에 놨다. 봉지 안에는 시윤이 맡긴 플라스틱 파편이 담겨있었다. 그가 태블릿 화면의 한 지점을 펜 끝으로 짚었다. 레버를 밑으로 당기라는 뜻의 삼각형 화살표의 끝부분이었다.

"여기, 이 부분입니다."

번갈아 비교해 보니 파편은 화살표의 삼각형 부분과 완벽하게 일치했다. 시윤이 신중하게 물었다.

"레버가 파손된 원인도 알 수 있나요?"

소장이 손으로 화면을 넘기자, 파편을 확대한 사진이 화면에 가득 찼다. 그가 파편의 모서리를 펜 끝으로 가리켰다.

"여기 가장자리 단면을 보시면, 삐쭉삐쭉 불규칙적으로 날이 서있죠?"

"그러네요."

"삭아서 갈라지거나 부식으로 떨어져 나온 파편들은 단면이 이렇게 예리하지 않아요. 망치나 렌치 같은 단단한 공구로 레버를 부순 게 분명합니다."

"트렁크에 실은 무거운 짐에 부딪혀서 깨질 수도 있지 않나요?"

"그럴 가능성도 없지는 않습니다. 하지만 적재된 짐과 충돌했다 해도 이런 식으로 잘게 산산조각 나지는 않아요. 이건 의도적으로 여러 차례 강한 충격을 가해서 깨뜨린 겁니다."

점점 가까워지는 무서운 진실에 시윤은 숨이 막힐 것 같았다. 트렁크 비상 탈출 레버를 산산조각 날 정도로 부순 이유가 뭘까. 누군가를 트렁크에 감금한 게 아닐까. 그리고 그가 빠져나오지 못하게 탈출 레버를 박살 낸 게 아닐까. 그것 말고는 다른 이유가 떠오르지 않았다. 전경석은 이혜나와 교대해 주려고 지하 3층으로 내려간 게 아니리라. 싱크홀의 존재를 미처 모르고 지나가다 발을 헛디뎌 익사한 것도 아닐 것이다. 트렁크에 갇힌 채 수장당한 게 아닐까. 트렁크에서 탈출하려고 비상 탈출 레버를 찾았지만, 산산조각 난 파편만 발견한 것이다. 자신이 억울하게 죽었다는 걸, 아니 살해당했다는 걸 알리기 위해 만년필에 그 파편을 숨긴 걸 수도 있다. 누군가가 발견해 주길 바라면서. 조사 결과가 마땅찮아서 어두운 얼굴로 말없이 앉아 있다고 여긴 건지 소장이 눈치를 살폈다.

"분석 결과가 예상하신 것과 많이 다른가요?"

"아닙니다. 신경 써주셔서 감사합니다. 혹시 이 비상 탈출 레버가 장착된 차종도 알 수 있을까요?"

"그럼요. 여기 있습니다."

소장이 내민 종이를 건네받은 시윤은 차량 모델을 빤히 들여다봤다. 외제 대형차 브랜드인 스위블이었다.

띵, 하는 소리와 함께 엘리베이터 문이 열렸지만, 시윤은 멍하니 제자리에 서있었다. 뒤에서 기다리던 사람들이 시윤을 밀치며 탑승했다. 그제야 정신을 차린 시윤은 미안하다는 제스처와 함께 옆으로 비켜섰다. 엘리베이터를 그대로 보낸 시윤의 코에서 묵직한 호흡이 새어 나왔다. 사건의 실체에는 다다랐지만 가장 중요한 답을 찾지 못해 가슴이 답답했다.

왜 하필이면 전경석일까. 전경석의 만년필에서 트렁크 비상 탈출 레버 파편을 발견했을 때부터, 시윤은 남정운이 범인이라고 확신했다. 그 누구보다 가장 강력한 살인 동기를 지닌 인물이었기 때문이다. 아홉 명 중 투표로 버림받을 확률이 가장 높았고, 전경석이 죽지 않았으면 남정운이 수장당하는 수순을 밟았을 것이다. 그가 범인이 아니라면 자살할 이유도 없었다. 트라우마로 인한 심리적 압박감에 더해 체포될지 모른다는 두려움이 그를 한계까지 몰아붙였을 것이다. 바로 옆 구역에 있었던 전경석을 자신의 차로 유인해 트렁크에 감금했을 것이다.

하지만 시윤의 예상은 완벽하게 빗나갔다. 남정운은 스위블을 소유했던 적이 없었다. 재난 당시에도 법인 명의로 된 국산 대형차를 몰고 다녔다. 포레그린뷰의 경비원을 통해 알아낸 사실이었다. 스위블은 국내에서 보기 힘든 외제 차였다. 거기다 눈에 확 띄는 독특한 디자인이라 만약 남정운이 몰고 다녔으면 경비원이 모를 리 없었다. 더군다나 제일 먼저 주차장 침수를 알아차린 사람 또한 본인 차에서 휴식을 취하던 남정운이었다. 즉, 재난 당일 그의 차량은 지하 3층에 주차돼 있었다. 물을 극도로 겁내는 전경석을 지하 3층까지 유인해 내기란 불가능에 가까웠을 것이다. 지하 2층까지 차를 몰고 올라오는 방법도 있지만, 침수 환경에서는 운행 자체가 쉽지 않았을 터였다. 게다가 매몰된 주차장에서 차를 운전하면 주변의 이목을 끌거나 의심을 살 수밖에 없다. 여러 가지 조건을 따져봤을 때 남정운은 범인이 아니었다.

뭣보다 스위블의 소유주는 따로 있었다. 시윤은 생각지도 못한 인물이었다. 그 사람과 전경석 사이에는 어떤 원한 관계도 없었다. 결국 엘리베이터 정원을 여덟 명으로 맞추기 위해, 전경석을 죽였다는 뜻이 된다. 하지만 왜 굳이 자기 손을 더럽혔을까. 그런 위험을 감수하지 않더라도 투표만 강행했으면 됐을 텐데. 더불어 왜 남정운이 아닌 전경석을 택했을까? 그런 생각에 골몰하던 와중에 마침 엘리베이터가 도착했다. 탑승객이 많았지만, 두세 명 정도는 더 탈 수 있을 것 같았다. 앞사람을 따라 엘리베이터에 탑승한 순간 시윤의 귓속에서 경보음이 울렸다.

"바빠 죽겠는데 왜 또 부른 겁니까? 이딴 심리 검사는 왜 시킨 거고요?"

안도진이 언짢은 낯빛으로 투덜댔다. 시윤은 대꾸 없이 상담실에 모인 일곱 명의 생존자를 둘러봤다. 김광일, 이혜나, 임창민, 안도진, 신지아, 박유선, 오재환이 영문을 모르겠다는 얼굴로 앉아있었다. 한편으로는 정체 모를 불안감이 모두의 눈가에 옅게 드리워져 있었다. 시윤은 목청을 가다듬고 운을 뗐다.

"작성해 주신 심리 검사지는 추후 사건의 진상을 소명하기 위한 자료로 사용될 겁니다. 오늘 여러분을 모신 건 포레그린 뷰 재난 및 남정운 씨 사망 사건과 관련한 새로운 사실이 드러났기 때문입니다."

"사건은 종결되지 않았나요? 경찰서에서 별다른 연락은 못 받았는데요."

김광일이 의아하다는 듯이 눈썹을 추켜세웠다.

"전경석 씨는 사고로 사망한 게 아닙니다."

시윤의 한마디에 일순 긴장감이 감돌았다. 한 박자 늦게 오재환의 말문이 터졌다. 그럴 줄 알았다는 어조였다.

"보나 마나 남정운이 죽였겠죠. 안 그랬으면 본인이 엘리베이터에 못 탔을 테니까."

"그 부분은 나중에 설명하겠습니다. 시간 순서대로 말씀드리는 게 이해하기 쉬울 테니까요."

임창민이 가볍게 손을 들었다. 자못 궁금하다는 기색이었다.

"전경석 씨의 죽음이 타살이라는 명확한 증거라도 나온 건가요?"

"네, 바로 이겁니다."

시윤은 클리어 파일에서 소형 투명 봉투를 꺼내 공중으로 들어 올렸다. 생존자들의 시선이 일제히 투명 봉투로 쏠렸다. 눈에서 레이저라도 나올 것처럼 강렬한 눈빛들이었다. 김광일이 눈을 가늘게 뜨고 봉투 속 내용물을 주시했다.

"그게 뭡니까?"

"자동차 트렁크에 장착된 비상 탈출 레버의 파편입니다. 전경석 씨의 유품인 만년필 컨버터 안에서 찾았습니다. 전경석 씨가 죽기 전 이 파편을 만년필 안에 숨겨놓은 것 같습니다."

"그 말은……."

"누군가가 전경석 씨를 승용차 트렁크에 가뒀다는 뜻입니다. 범인은 그전에 트렁크의 비상 탈출 레버를 부숴버렸고요. 트렁크에서 탈출하지 못하게끔. 비상 탈출 레버의 존재를 모르는 운전자도 많지만, 전경석 씨는 알고 있었던 것 같습니다. 하지만 아무리 찾아도 보이지 않았겠죠. 이미 산산조각이 났으니까. 트렁크 내부를 미친 듯이 더듬다가 이 파편을 발견했을 겁니다. 자신이 곧 익사할 거라는 걸 깨닫고 파편을 만년필에 숨긴 겁니다. 자신이 트렁크에서 갇혀 죽었다는 증거를요."

거북한 공기가 상담실 안에 짙게 깔렸다. 가만히 있으면 안 되겠다고 여겼는지 신지아가 맹점을 지적했다.

"전경석 씨의 시신은 싱크홀에서 발견됐잖아요. 자동차 트렁크가 아니라."

"트렁크에서 시신을 꺼내 싱크홀에 유기한 겁니다. 사고처럼 위장하기 위해서요. 갇힌 트렁크 안에서 죽은 채로 발견되면 경찰이 수사에 나설 테니까요."

이번에는 박유선이 소극적인 어조로 의문을 표했다.

"다 큰 성인 남성을 무슨 수로 트렁크에 감금한다는 거예요?"

"가장 간단한 방법은 의식을 잃게 만든 다음 집어넣는 거겠죠. 방심했을 때 뒤에서 둔기로 머리를 내리쳐 기절시킨다든가, 하는 식으로. 그러면 손쉽게 트렁크에 전경석 씨를 감금할 수 있죠. 그러나 그 방법은 쓸 수 없었을 겁니다. 시신에서 구타나 폭행의 흔적이 발견된다면 사고가 아닌 살인으로 전환될 테니까요."

"흉기로 협박해 강제로 들어가게 했다는 겁니까?"

김광일이 물었다.

"그것도 아닐 겁니다. 고립된 지하주차장에서 흉기를 구하기는 쉽지 않으니까요. 설령 흉기가 있었다고 해도 전경석 씨를 지하 3층으로 끌고 가는 건 무리였을 겁니다. 지하 3층 수색을 권유받은 것만으로도 공황에 빠질 만큼 물을 굉장히 무서워했으니까요. 물가로 끌려가느니, 차라리 저항하다 칼에 찔려 죽는 걸 선택했을 거예요. 지하 3층으로 데려가는 것도 어려운데, 차 트렁크에 가둔다? 불가능하다 봐야겠죠. 하지만 반대로 생각하면 지하 3층이 아니라 지하 1층이나 2층에 있는 차로 유인하는 건 누워서 떡 먹기입니다. 애써 위협하거나 무력을 행사할 필요도 없죠. 그럴듯한 핑계만 있으면 됩니다. 이를테면 내 차 트렁크에 수색에 필요한 공구가 있다거나, 정비사의 차량이 세단일 수도 있으니, 세단의 트렁크도 뒤져봐야 한다는 식으로요. 전경석 씨가 상체를 안쪽으로 들이밀고 트렁크 안을 뒤질 때 뒤에서 그의 다리를 잽싸게 들어 올려 쑤셔 넣는 거죠. 그런 다음 트렁크 문을 닫아버리면 끝입니다. 무슨 일이 벌어진 건지 알아차릴 새도 없이 트렁크에 갇혔을 겁니다. 그리고 차를 몰고 지하 3층으로 내려가는 거죠. 트렁크가 완전히 물에 잠기는 데까지는 그리 오래 걸리지 않았을 겁니다. 전경석 씨가 죽은 뒤 트렁크를 열고 시신을 싱크홀에 빠뜨렸을 테고요."

시윤은 잠깐 틈을 두고 분위기를 살폈다. 표정이 다들 굳어 있었다. 충격적인 진실에 놀랐다기보다 전전긍긍하는 것처럼 보였다.

"남정운 씨는 범인이 아닙니다. 그의 차는 애초에 지하 3층에 주차돼 있었으니까요. 뭣보다 이 파편은 남정운 씨가 소유했던 차에 장착된 레버와 일치하지 않습니다."

"남의 차 트렁크에 가뒀을 수도 있잖아요."

안도진이 쭈뼛대며 말했다.

"유리창을 깨고 운전석에 있는 오픈 버튼으로 트렁크를 열 수도 있겠죠. 하지만 차량을 지하 3층까지 몰고 가려면 차 열쇠가 필요합니다. 본인 차가 아니면 불가능하죠. 이 파편의 레버가 장착된 차는 '스위블'이라는 모델이었습니다. 재난 당시 스위블을 소유했던 사람이 딱 한 분 있더군요."

시윤의 눈길이 임창민에게 송곳같이 꽂혔다. 다른 이들은 불안한 눈빛으로 그를 바라봤다. 임창민은 당황하거나 동요하지 않았다. 왜 자신이 이런 일에 연루됐는지 모르겠다는 듯이 태연하게 뺨을 매만질 뿐이었다.

"그때 당시 제가 스위블을 타고 다녔던 건 사실입니다. 재난 후에 침수로 폐차시켰지만요. 하지만 그 이유만으로 저를 살인 용의자로 모는 건 납득하기 힘드네요. 스위블의 비상 탈출 레버 파편이 어떤 경위로 전경석 씨의 만년필에 들어가게 됐는지는 모르겠지만 저와는 무관한 일입니다. 그게 제 차에서 나온 파편이라는 증거가 있나요?"

"아니요, 없습니다."

"그게 전경석 씨의 만년필에서 나왔다고 해서 전경석 씨가 숨겨놨다는 근거가 되는 건 아니죠. 재난 후에 다른 누군가가 집어넣었을 수도 있으니까. 아니면 재난 전에 전경석 씨가 집어넣었을 수도 있고요. 목격자나 영상이 존재하지 않는 이상 그걸 누가, 언제 집어넣었는지는 증명할 수 없는 거 아닌가요? 무엇보다 스위블 트렁크 레버의 파편이 발견된 것만으로 전경석 씨의 죽음을 타살이라고 주장하는 건 지나친 비약이죠."

임창민은 차분하면서도 꼼꼼하게 시윤의 논리를 부서뜨렸다. 심증뿐인 추론이어서 궁지에 몰릴 거라 예상하긴 했지만, 막상 받아치지 못하니 뼈아팠다.

"임창민 씨 말이 옳습니다. 물증이 없는 한 망상에 불과한 이야기일 뿐입니다. 임창민 씨를 범인으로 모는 건 무리수죠."

"판단 착오를 바로잡으셔서 다행……."

"하지만 임창민 씨의 단독 범행이 아니라면 어떨까요? 여기 있는 모두가 공범이었던 겁니다. 생존자 전원이 전경석 씨를 죽이는 데 동참했던 거예요."

순간 소리도 공기도 없는 우주 공간으로 상담실이 바뀐 것 같았다. 섬뜩한 무중력 상태에 빠졌던 것도 잠시뿐, 격한 항의와 거친 독설이 곳곳에서 터져 나왔다.

"살인 동참이라니요? 무슨 근거로 그런 말씀을 하시는 겁니까?"

"우리가 전경석을 죽였다고? 말이 너무 심한 거 아니야?"

"난 아무 짓도 안 했어. 죽이기는 누구를 죽였다는 거야! 왜 생사람을 잡고 그래!"

"아까부터 막말을 해대는데 증거 있어요? 증거나 들이대고 말하든가!"

"우리가 뭘 어쨌길래 자꾸 이렇게 괴롭히는 거예요! 아직도 재난 때문에 잠도 제대로 못 자는 사람을 왜 자꾸 못살게 구냐고!"

"당신이 경찰이야, 뭐야! 아무것도 아닌 주제에 살인자? 당신, 고소당해서 콩밥 먹고 싶어?"

다들 격분하다 못해 눈에 광기가 번뜩였다. 억울하다면 결백을 주장할 수 있겠지만, 필요 이상으로 공격적으로 반응했다. 그러다 보니 시윤의 눈에는 이들이 부당한 오해를 받은 피해자라기보다 제 발 저린 도둑처럼 보였다. 발언을 철회하지 않으면 자칫 머리끄덩이라도 잡힐 것 같은 분위기를 잠재운 건 임창민이었다. 그가 사람들을 진정시켰다.

"흥분하지 마시고 작가님 얘기부터 들어보죠. 왜 그런 터무니없는 오해를 하게 됐는지."

임창민의 제안에 모두 입을 다물기는 했지만, 씹어 먹을 듯이 시윤을 노려봤다. 시윤은 마치 공공의 적이었던 남정운이 된 기분이었다.

"어째서 우리가 살인범이라고 단정하시는 거죠?"

임창민의 목소리는 단조로웠지만 눈빛만은 매섭기 그지없었다. 시윤은 허리를 꼿꼿이 펴고 대답했다.

"이유는 간단합니다. 전경석 씨를 감금한 차를 지하 3층까지 끌고 내려가려면 다른 생존자들의 눈에 안 띌 수가 없기 때문이죠. 전경석 씨를 트렁크에 순간적으로 밀어 넣을 때도 두 명 이상이 협력했을 겁니다. 아무리 방심한 상태라고 해도 몸부림치는 성인 남성을 혼자서 밀어 넣기에는 역부족이었을 테니까. 시신을 트렁크에서 싱크홀까지 옮길 때도 마찬가지고요. 해당 구역 담당자의 협조나 묵인 없이는 쉽지 않은 일이죠. 모든 구성원이 전경석 씨의 살인에 직접 가담하지는 않았겠지만, 암묵적으로 동의했을 겁니다."

오재환이 눈을 부릅뜨고 받아쳤다.

"엘리베이터 열쇠를 수색할 때 빼고는 늘 모여있었는데 어떻게 당사자 몰래 살인 모의를 한단 말입니까?"

"전경석 씨야 얼마든지 따돌릴 수 있죠. 꼭 다 같이 모여서 회의할 필요도 없고요. 전경석 씨만 먼저 지하 2층 담당 구역 으로 보내면 됩니다. 지하 3층 담당 구역을 남은 사람끼리 다시 논의해 보겠다고 둘러대면 그만이니까요."

신지아가 수긍 못 하겠다는 듯이 머리를 가로저었다.

"인터뷰를 진행하는 내내 우리는 서로를 의심했어요. 우리 가 공모해서 전경석 씨를 죽였다면 그동안 서로를 비방하고 용 의자로 의심한 건 다 뭐죠?"

"각본대로 움직이지 않거나 애드리브가 과한 배우도 있는 법이니까요. 박유선 씨처럼요. 그녀가 신지아 씨와 안도진 씨 를 물고 늘어진 건 불륜 관계를 폭로하기 위해서였어요. 일부 러 엿 먹일 작정으로 두 사람을 용의선상에 올린 거죠. 어차피 두 사람이 진실을 못 밝힐 걸 알기 때문에."

"불륜이 아니라고 몇 번을 말해요!"

안도진이 반박하고 나섰지만, 시윤은 못 들은 척하고 다음으 로 넘어갔다.

"아마 남정운 씨는 살인 모의에 가담하지 않았을 겁니다."

"남정운은 왜 아니라는 건데요? 누가 봐도 그런 일에 가장 앞장설 사람인데."

박유선이 침을 삼키며 물었다.

"그는 인터뷰 모임에서도, 아파트 단지 내에서도 환영받지 못하는 존재였어요. 단순 밉상을 넘어서서 다들 죽이고 싶을 만큼 증오하는 주민이었죠. 그로 인해 투표 얘기가 나왔을 때도 뽑힐 확률이 제일 높았고요. 살인사건일 가능성이 대두됐을 때 유력한 용의자로 떠오른 것도 남정운이었어요. 신지아 씨와 안도진 씨 그리고 김광일 씨도 의심받았다고는 하지만 남정운에 비할 바는 아니었죠. 생존자들은 물론이거니와 저까지 그를 범인으로 확실시했으니까요. 다 같은 공범인데 자신만 죽일 놈으로 몰려 전방위적인 공격을 받는다면 가만있었을 리 없죠. 심한 배신감과 원통함에 진실을 까발렸을 거예요. 내가 죽인게 아니라 모두가 함께 죽인 거라고. 혼자 죽느니, 같이 죽겠다는 심정으로 자폭했겠죠. 하지만 그는 그러지 않았어요. 그저 앙숙이었던 김광일 씨를 의심하는 선에서 끝냈죠. 뭣보다 남정운 씨가 같은 편이 아니었기 때문에, 모든 사람이 그를 죽일 듯이 물어뜯을 수 있었던 거예요."

"전경석을 따돌리는 건 그렇다 쳐도, 남정운까지 속일 까닭이 뭐가 있죠? 본인도 살 수 있는 일이니, 남정운은 전경석을 죽이는 일에 발 벗고 나섰을 텐데."

오재환이 말했다.

"남정운 씨는 공동체 의식이라는 걸 무시하는 사람이니까요. 어디로 튈지 모르고 예측 불가능하죠. 한마디로 말해서 신뢰할 수 없고 언제 돌발행동을 할지 모르는 인물이랄 수 있어요. 그를 끼워주면 살인 모의한 걸 전경석에게 귀띔해 줄지 누가 알겠어요. 그렇게 자신은 뒷전으로 빠져서 내분을 조장해 서로 죽이게 만들었을 수도 있겠죠. 그를 이런 계획에 끼워주는 건 너무 무모하고 위험부담이 클 거라 판단한 겁니다. 그래서 남정운 씨에게 알리지 않은 거예요. 더불어 그를 살인 모의에서 뺀 이유가 한 가지 더 있습니다."

"그게 뭡니까?"

김광일이 콧잔등을 찡그렸다.

"범인 역할을 할 사람이 필요했던 겁니다. 한마디로 남정운 씨는 전경석 씨의 죽음이 타살로 드러났을 때를 대비한 보험이었던 거죠. 그 누구보다 강력한 살인 동기를 가지고 있었으니까요. 살인범 누명을 뒤집어씌우기에 남정운 씨만큼 적합한 사람도 없었겠죠. 어떻게 보면 복수할 수 있는 일석이조의 기회가 될 수도 있고요. 그동안 그에게 당해왔던 수모와 울분을 한 방에 갚아줄 수도 있을 테니."

착각일지는 몰라도 침 삼키는 소리가 고막에 선명하게 들리는 듯했다. 더는 못 들어주겠다는 듯이 안도진이 언성을 높였다.

"남정운이 범인이 아니라면 대체 왜 자살한 겁니까? 아니, 그전에 엘리베이터 정원이 여덟 명이라서 한 명이 빠져야 한다면, 그냥 투표를 진행하면 되죠. 굳이 위험부담을 감수하고 인간의 도리를 저버리면서까지 살인을 저지를 필요가 없잖아요. 설령 누구 한 명을 죽인다 해도 그 대상이 전경석 씨일 이유도 없고요. 모두가 증오하는 남정운이라면 모를까."

"투표를 하지 않은 이유는 간단합니다. 남정운 씨는 애초에 투표를 반대했어요. 민심을 잃은 자신에게 절대적으로 불리한 게임이니까요. 그런데도 투표가 강행될 조짐이 보이자, 강하게 반발했죠. 자신이 뽑힌다 해도 승복하지 않을 거라고 발악하면서. 기어코 자신을 버린다면, 가만두지 않을 거라는 협박성 발언까지 했어요. 무슨 수를 써서라도 엘리베이터를 망가뜨릴 거라고도 덧붙였고요. 그 얘기를 듣는 순간 누군가의 머릿속에서 투표의 가치는 제로가 된 거예요. 투표를 해봤자 뽑힌 사람이 배 째라는 식으로 나오거나, 물귀신 작전을 펼치면 몰살당한다는 걸 깨달은 거죠. 자기가 뽑혔다고 고분고분 죽어줄 인간이 과연 누가 있을까요? 투표나 제비뽑기 같은 건 아무짝에도 소용없다고 판단한 거예요. 그래서 직접 손을 쓰기로 한 겁니다."

임창민이 자못 흥미롭다는 듯이 턱을 치켜들었다. 얕게 숨을 고른 시윤은 가슴속에서 수없이 다진 말을 꺼냈다.

"남정운 씨가 왜 자살했는지는 아직 잘 모르겠습니다. 그렇지만 당신들이 다른 사람이 아닌 전경석 씨를 꼭 죽여야만 했던 이유는 알고 있습니다."

모두가 숨을 죽였다. 질식할 것만 같은 압박감이 시윤을 에워쌌다.

"이제까지 모든 문제의 초점은 탑승 정원에만 쏠려있었습니다. 비상용 엘리베이터에 표기된 8인승이라는 제원이 이 사태의 발단이자 화근이었죠. 지하주차장에 갇힌 인원은 아홉 명이니까요. 탑승자 한 명을 제외하는 투표를 하니 마니 하는 소란까지 이어졌고요. 그러던 와중에 전경석 씨가 사망한 채로 발견됐죠. 그로 인해 탑승 인원 문제는 자연스럽게 해결됐어요. 아홉 명 중에 한 명이 죽어서 여덟 명이 됐으니까요. 탑승 정원과 정확히 일치하죠. 방금 안도진 씨가 언급했듯이 탑승 정원을 맞출 목적으로 살인이 자행됐다면 그 대상이 꼭 전경석이어야 할 필요는 없습니다. 아홉 명 중 누구든 상관없었겠죠. 그중에서도 꼴 보기 싫은 남정운을 죽이는 편이 여러모로 봤을 때 최선의 선택이었을 테고요. 하지만 여러분은 남정운이 아닌 전경석을 골랐어요. 왜일까요?"

질끈 눈을 감은 김광일이 보였다. 이혜나는 호흡곤란이 온 것처럼 안색이 창백했다. 신지아는 손톱을 잘근잘근 씹어댔고, 안도진은 손바닥에 얼굴을 파묻었다. 박유선은 당장이라도 도망칠 것처럼 엉덩이를 들썩거렸고, 오재환은 벌레 씹은 표정으로 허공을 노려봤다. 임창민만 흐트러짐 없이 의연한 자세로 시윤을 마주 봤다. 시윤이 말했다.

"그 이유는 엘리베이터를 탔을 때 우연히 깨달았습니다. 제가 탔던 엘리베이터는 거의 만원에 가까웠어요. 하지만 탑승 정원이 초과한 상태는 아니었죠. 근데 앞사람을 따라 타자마자 경보음이 울리더군요. 13인승 엘리베이터에 열두 명이 탔는데도 말입니다. 그때 제과 간과했던 게 뭔지를 알아챘습니다. 전경석 씨가 살해된 까닭도요. 엘리베이터에는 과부하 감지 센서가 장착돼 있습니다. 다들 아시다시피 정원이 초과할 경우, 경보음이 울리면서 작동이 정지되죠. 저는 어제 포레그린뷰에 가서 비상용 엘리베이터를 타봤습니다. 여러분의 목숨을 구해준 바로 그 엘리베이터를요. 침수로 인해 일부 부품을 교체하긴 했지만, 수리 후 그대로 사용 중이라고 하더군요. 엘리베이터 숫자 버튼 상단 패널에는 8인승이라고 표기돼 있었습니다. 그 밑에 550킬로그램이라는 제한 중량도 적혀있었고요. 550킬로그램을 여덟 명으로 나누면 1인당 68.75킬로그램입니다. 남정운 씨를 비롯한 여기 계신 분들은 모두 표준 체형에 가깝습니다. 시작 전 짤막한 심리 검사지를 나눠드렸죠. 여기에는 키와 몸무게 같은 간단한 신체 치수를 적는 문항도 있었습니다."

시윤은 검사지를 사람들 앞으로 들어 올렸다. 허탈한 숨을 내뱉는 이도 있었고, 당했다는 듯이 분한 표정을 짓는 사람도 보였다.

"개인적인 신체 사이즈를 공개하는 게 실례인 줄은 압니다만 사안이 사안인 만큼 양해 부탁드리겠습니다. 이혜나 50kg, 신지아 55kg, 박유선 60kg, 임창민 78kg, 김광일 71kg, 오재환 69kg, 안도진 82kg. 마지막으로 따로 알아본 남정운 씨의 몸무게는 75kg이었습니다. 작년 구조 당시 사진과 비교해 봤는데 다들 현재 체형과 비슷하더군요. 그때나 지금이나 몸무게는 큰 변화가 없을 겁니다. 전경석 씨를 뺀 여덟 명의 몸무게를 합하니 540kg이 나오더군요. 엘리베이터의 제한 중량 550kg을 초과하지 않죠. 저는 이제껏 전경석 씨의 전신사진을 한번도 본 적이 없었습니다. 기사나 TV에 실렸던 사진은 얼굴만 나와 있었으니까요. 그랬기에 그가 이렇게 거구의 몸집을 가진 사람인 줄은 몰랐습니다."

시윤은 휴대폰에 사진을 띄우고 사람들이 볼 수 있게 화면을 돌려놨다. 엄현중과 전경석이 함께 찍은 사진이었다. 전경석은 173cm인 엄현중보다 훨씬 키가 컸다. 마치 아빠와 초등학생 아들처럼 보일 만큼 전경석은 거구였다.

"생전 그의 키와 몸무게를 조사해 봤습니다. 여러분은 동 주민인 데다 생사까지 함께했으니, 그의 체형을 잘 알고 있었겠지만요. 키 191cm에 체중은 110kg이었다고 하더군요. 운동선수 같은 체구죠. 평상시에는 그의 체형이 전혀 문제 될 게 없었어요. 하지만 재난 시 중량이 제한된 구명정 엘리베이터에 탄다면 얘기가 달라지죠. 그것도 아주 심각하게. 남정운 씨를 빼고 전경석 씨가 대신 들어가면 여덟 명의 총중량은 575kg이 됩니다. 제한 중량을 초과하게 되죠. 전경석 씨 다음으로 몸무게가 많이 나가는 사람을 빼도 마찬가지예요. 여덟 명 안에 전경석 씨가 포함되면 무조건 550kg을 넘기게 된다는 무서운 진실을 깨달은 겁니다. 그래서 전경석 씨를 죽여야만 했던 겁니다. 불가피한 생존방정식이라 정당화시켰겠죠. 생존에 치명적인 요소를 제거하지 않는다면 전원이 죽을 거라 판단했을 테고요.

혹은 대를 위해서 소를 희생시킬 수밖에 없다고 합리화한 건지도 모릅니다. 실제로 그 결단으로 당신들은 목숨을 건졌고요."

참다못한 오재환이 받아치려는 듯 씩씩대며 입을 벌렸다. 그러자 임창민이 재빨리 눈짓으로 주의를 줬다. 괜히 흥분해서 말려들지 말고 얌전히 있으라고 명령하는 것 같았다. 그 모습을 본 시윤의 목소리가 한층 격양돼 나왔다.

"만약 전경석 씨가 탔다면 구조대가 올 때까지 엘리베이터가 못 버텼을지도 모릅니다. 여러분의 우려대로 몰살당했을 수도 있어요. 그렇지만 반대로 아무 이상 없이 잘 버텨줬을 가능성도 있었겠죠. 해보지 않은 이상 결과는 아무도 모르는 겁니다. 그렇지만 당신들은 시도해 볼 생각조차 하지 않았어요. 목숨을 건 도박 따위는 하고 싶지 않았던 겁니까? 단 1퍼센트의 위험부담도 지고 싶지 않았던 거냐고요! 살인을 저질러서라도 생존 확률을 1퍼센트라도 더 올려야 했느냐는 말입니다!"

임창민이 꼰 다리를 풀더니 반대로 다시 꼬았다. 동요하지도, 초조해하지도 않았다. 부아가 치민 표정도 아니었다. 그런 담담하고 침착한 태도가 시윤의 불난 속을 더 부채질했다. 그가 헛기침을 한 번 하더니 단정하게 말문을 뗐다.

"긴 말씀 잘 들었습니다. 흥미로운 이야기로군요. 실제 이런 일이 일어났던 것처럼 진짜 같았습니다. 이렇게 세세하고 짜임새 있게 이야기를 만드시느라 얼마나 고생이 많으셨을까, 하는 감상도 드네요. 그렇지만 작가님의 이야기는 억측에 불과할 뿐입니다. 저희는 전경석 씨를 트렁크에 감금한 적이 없습니다. 그를 살해하지도 않았고요. 작가님 말씀 중에 사실은 제 차가 스위블이었다는 점과 전경석 씨가 익사했다는 것뿐입니다. 전 경석 씨의 사망 경위에 석연치 않은 점이 있다는 걸 부인하지는 않겠습니다. 사고사를 당했을 수도 있고 남정운 씨에게 살해당한 건지도 모르죠. 하지만 저희는 그에 관해 아는 바가 전혀 없습니다."

"모든 혐의를 부인하시는 겁니까?"

"반대로 되묻고 싶군요. 무슨 근거로 저희를 의심하는 겁니까? 이 정도로 확신에 차서 매도하시는 걸 보니 확실한 증거를 갖고 계신 거겠죠? 만년필에서 나온 파편이 전부는 아니겠지요?"

시윤은 어금니를 악다물었다. 분했지만 받아칠 수가 없었다. 생존자들을 꼼짝 못 하게 할 증거를 확보하지 못했으니까. 살인의 흔적이나 증거가 남아있을 리 만무했다. 살인 혐의를 입증할 수 없다는 걸 임창민도 잘 알기에 이렇듯 당당하고 뻔뻔하게 나오는 거겠지. 득의양양해진 안도진이 공세로 전환했다.

"그동안 작가님, 작가님 하면서 추켜세워 주니까 눈에 뵈는 게 없었던 거지. 자기가 진짜 뭐라도 된 줄 알고. 우리를 얼마나 만만하게 봤으면, 이런 얼토당토않은 누명까지 씌워. 입조심 좀 하쇼! 나중에 고소당해서 후회하지 말고."

오재환도 보란 듯이 빈정거렸다.

"이봐요, 작가님. 생각을 좀 하고 말하세요. 아니다. 생각을 너무 많이 해서 탈인 거죠? 이런 터무니없는 음모론을 창작해 내느라 상상력을 얼마나 발휘했겠어. 앞으로는 아무 생각도 하지 말고, 말도 하지 마요! 알았죠?"

임창민이 그만하라는 듯이 손바닥을 펴 보였다.

"작가님 심정을 이해 못 하는 건 아닙니다. 저희는 구조돼 그럭저럭이라도 삶을 영위하고 있는데 전경석 씨만 불운하게 희생됐으니, 저희를 바라보는 눈길이 곱지 않을 수도 있겠죠. 아무리 그렇다 하더라도 살인자 취급하는 건 도가 지나치다고 생각합니다. 물론 공감되는 부분이 없는 건 아닙니다."

시윤의 눈이 가늘어졌다.

"뭐가 공감된다는 겁니까?"

"저희는 제한 중량에 대해서는 미처 생각하지 못했거든요. 만약 그 사실을 알았다면 작가님의 상상대로 행동했을지도 모르겠네요."

"전경석 씨를 죽였을 거라는 말입니까?"

"그렇습니다."

시윤은 숨을 들이켰다. 가정을 빙자한 임창민의 자백일까? 그를 제외한 다른 이들은 범행을 실토하는 건가 싶어 안절부절 못하고 있었다. 말리고 싶은 기색들이 역력해 보였다. 임창민은 아랑곳하지 않고 자신의 신조를 밝혔다.

"저는 피에 굶주린 살인마가 아닙니다. 이제껏 누군가를 해치거나 다치게 한 적도 없고요. 살아오는 동안 법을 준수하고 타인에게 피해를 주지 않으려고 노력해 왔습니다. 그렇지만 한 명을 희생시켜야 여덟 명이 살 수 있는 그런 불가피한 상황에 직면한다면 그 한 명을 희생시킬 수밖에 없지 않을까요? 이건 선택의 여지가 없는 문제입니다. 인정이나 양심에 얽매여서 한 명을 포기하지 못하면 아홉 명 전원이 몰살당할 테니까요. 한 명을 빼지 않으면 결국 마이너스 아홉 명이 되겠죠. 매정하게 들릴지 모르겠지만 간단한 산수인 겁니다. 희생자 아홉 명과 생존자 여덟 명 중 어느 쪽을 선택하겠습니까? 이런 질문을 받는다면 100이면 100, 모두 생존자 여덟 명을 선택할 겁니다. 물론 개개인의 생명은 다 소중하고 누구의 목숨이 더 가치가 있는지 경중을 가릴 수는 없습니다. 그러나 전쟁이나 재난 등의 비상 상황에서는 규범이나 상식이 적용되지 않습니다. 재난 상황에서 희생은 필연적일 수밖에 없고요. 평화롭고 안전한 세상에서 살인은 극악무도한 범죄 행위입니다. 그렇지만 일상이 붕괴된 세상에서는 살인도 생존을 위한 방편 중 하나일 뿐입니다. 당연히 희생자에게 미안한 마음도 생기겠죠. 원한이나 돈 때문에 죽인 게 아니니까요. 그저 살기 위해 아등바등 발버둥 친 것뿐이니까요. 한편으로는 진심으로 고마워할 겁니다. 그의 희생으로 인해 나머지 사람들이 생존할 수 있었을 테니까요."

시윤이 냉랭하게 콧방귀를 뀌었다.

"전경석 씨가 자발적으로 숭고한 희생정신을 발휘한 것처럼

기만하지 마시죠? 그는 아무 영문도 모른 채 살해당한 거니까."

"그런 처지에 놓인다면 억울할 수도 있겠죠. 하지만 사고나 사건에 휘말려 덧없이 세상을 뜨는 사람들도 얼마나 많습니까. 전경석 씨도 재수 없게 그런 불운한 사고에 휘말렸을 뿐입니다."

"만약 임창민 씨와 전경석 씨의 입장이 뒤바뀌었다면 어땠을 것 같습니까? 임창민 씨가 110킬로그램의 거구라 나머지 사람들이 임창민 씨를 죽이려 했다면요. 그걸 순순히 받아들일 수 있을 것 같습니까?"

임창민이 주저 없이 대답했다.

"물론입니다. 제가 사람들의 생존에 심각한 위협이 됐다면, 저는 엘리베이터에 타지 않았을 겁니다."

"전경석 씨처럼 희생할 수 있는 기회조차 주어지지 않는다면요. 그런 사실을 알려주지 않은 채 사람들이 트렁크에 감금한다면요. 사람들이 나를 죽이려는 이유도 모른 채 고통스럽게 익사해야 한다면요. 영문을 알 기회도, 자진해 희생할 기회도 박탈당한 채 트렁크 안에서 살해당해도 괜찮다는 건가요?"

임창민이 잠깐 고민해 보더니 어깨를 으쓱했다.

"그런 건 제 의지로는 어찌할 수 없는 부분이잖습니까. 언제 어떻게 일어날지 모를 교통사고 같은 거죠. 괜찮지는 않겠지만 어쩌겠습니까. 그게 내 팔자인걸."

임창민의 말과 태도에 거짓은 없어 보였다. 진심으로 전경석을 살해한 자신의 판단과 행동이 옳았다고 굳게 믿고 있었다. 그러나 혐의를 전면 부인하고 있는 이상 죄를 물을 방법은 없었다. 레버 파편만으로는 턱없이 부족했다. 시윤도 그 사실을 잘 알았다. 아무것도 할 수 없다는 걸. 그럼에도 알려주고 싶었다. 살인자들의 존재를 알고 있는 사람이 있다고. 지금은 네가 뭘 할 수 있느냐며 코웃음을 치더라도, 두 발 뻗고 자지 못하게 아주 조금이라도 죄책감이라는 트라우마를 안겨주고 싶었다.

다시는 볼 일이 없을 줄 알았던 박경일 형사를 대면한 건 3일 후였다. 전화로 간략하게 자초지종을 들었을 때도 어안이 벙벙했지만, 경찰서에 도착한 후에도 여전히 현실감이 느껴지지 않았다. 저번에 왔던 회의실 테이블에 마주 앉자마자 시윤은 급하게 물었다.

"어떻게 된 겁니까? 범인이 잡혔다니요?"

"어제 강력반 앞으로 익명의 우편물이 도착했습니다. 뜯어 보니 사진이 동봉돼 있더군요."

"무슨 사진입니까?"

"남정운과 이혜나가 차 안에서 은밀히 만나는 장면을 포착한 사진이었습니다. 남정운이 이혜나에게 처방받은 수면제를 건네는 모습도 찍혀있었고요. 그걸 토대로 남정운의 집을 철저히 재수색했습니다. 결국 냉동고 안쪽에서 이혜나의 지문을 발견했습니다. 수면제가 든 얼음도 몇 개 찾아냈고요. 이혜나를

소환해 확보한 증거를 내미니 실토하더군요. 남정운을 죽이는
데 가담했다고."

시윤은 경악할 만한 이야기의 흐름을 좀처럼 따라갈 수가 없
었다.

"잠깐만요. 이혜나가 남정운에게 받은 수면제로 남정운을
죽였다는 건가요?"

"그렇습니다."

"사건 당일 남정운의 자택을 방문하거나 침입한 사람은 없
었다고 하지 않으셨나요?"

"그건 사실입니다. 사건 당일 이혜나는 남정운의 집에 얼씬
도 하지 않았습니다. 사건 발생 일주일 전에 그의 집에 갔죠.
그것도 초대를 받아서."

"남정운이 이혜나를 초대했다고요? 둘이 예전부터 사적으로
만나는 관계였던 건가요?"

"그건 아닙니다. 다만, 남정운이 이혜나에게 눈독을 들였던
모양입니다. 예전부터 자신을 바라보는 눈길이 음흉하기 짝이
없었다고 이혜나가 얘기하더군요. 집단 인터뷰를 마치고 귀가
하는 길에도 찝쩍거렸다고 합니다. 그랬기 때문에 그를 어렵지
않게 불러낼 수 있었다고 하더군요."

"남정운을 어떻게 죽인 겁니까?"

"그가 반신욕 중에 온더락 위스키를 마시는 습관에서 살인
의 힌트를 얻었다고 합니다."

처음으로 집단 인터뷰를 했던 날이 떠올랐다. 긴장된 분위기를 풀고 참가자들의 심리상태도 확인해 볼 겸 스트레스 해소법에 대한 화제를 꺼냈었다. 각자 돌아가며 본인만의 비법을 공개할 때 남정운은 반신욕과 위스키가 최고라며 젠체했었다. 시시콜콜했던 대화에서 살인 방법을 착안해 내다니. 식은땀이 났다.

"수면제 처방도 이혜나가 부탁한 거고요?"

"남정운이 직접 수면제를 처방받아야 자살할 목적으로 샀다고 보일 테니까요. 그 꼼수가 정확히 먹힌 거죠. 저희마저 자살로 사건을 종결했으니까요."

박경일의 입가에 자조적인 쓴웃음이 번졌다. 시윤은 왠지 그가 안 돼 보여 두둔하듯 말했다.

"누구라도 자살로 판단했을 겁니다. 자택 침입 흔적 전무, 다툼이나 외상의 흔적도 전무, 수면제 구입 등 자살의 요건을 전부 충족했으니까요. 자살 동기도 그의 주변에 널려있었고요. 가정불화에 경제적 형편도 좋지 않았잖아요. 뭣보다 비극적 참사의 생존자인 만큼 재난 트라우마를 이겨내지 못하고 끝내 극단적인 선택을 했다고 여겨도 이상할 게 없었죠."

"고려할 여지가 없는 건 아니지만 저희가 안이하고 성급하게 결론 내린 것도 사실입니다."

"뜬금없이 불법 대리 약 처방을 부탁한 거잖아요. 남정운은 왜 순순히 그런 부탁을 들어준 걸까요?"

"이혜나 말로는 의심 사는 걸 피하려고 수면제 중독인 척했답니다. 불면증이 심해서 수면제를 복용해야 하는데 자신은 이미 너무 많이 구매해서 처방전을 내주지 않을 거라는 핑계를 댄 거죠. 더불어 수면제를 사주면 위스키 한잔하면서 같이 반신욕을 해주겠다는 미끼까지 던졌고요. 그 정도 미끼면 의심 많은 남정운도 걸려들 수밖에 없었겠죠. 부푼 욕망도 눈을 흐리게 만드는 데 한몫했겠지만요."

박경일은 시윤도 사건 관계자 중 한 명이라 여긴 건지, 수사 정보를 흔쾌히 알려줬다. 어차피 조만간 공개될 내용이라 거리낌 없이 말하는 걸 수도 있겠지만.

"남정운에게 받은 수면제를 물에 타서 얼린 거군요. 그 얼음을 남정운의 집에 갖고 간 거고요."

"남정운에게 욕조에 물을 받으라고 한 다음, 자신은 위스키와 잔을 준비하겠다고 한 거죠. 부엌으로 가서 냉동실에 수면제 얼음을 집어넣었고요. 그런 다음 남정운에게 핑계를 댄 겁니다. 갑자기 집에서 급한 연락이 와서 가봐야 한다고. 위스키는 혼자 마시지 말고 조만간 함께 마시자는 당부도 잊지 않았을 테고요. 그리고 사건 당일에 전화한 겁니다."

안도진과 신지아 그리고 남정운이 인터뷰에 불참한 날이었다. 이혜나는 웬일로 자신이 남정운에게 연락을 해보겠다며 발 벗고 나섰다. 시윤을 도와주려고 호의를 베푼 줄 알았는데 이 또한 치밀하게 계산된 범행 계획의 일부였던 것이다. 시윤이 말을 이어받았다.

"남정운에게 인터뷰 참석 의사를 물어본 게 아니라 오늘 그의 집에 가겠다고 한 거군요. 저번에 못 한 반신욕을 하자고."

"그렇죠. 하지만 좀 늦을 거 같으니 먼저 욕조에 들어가 있으라고 한 거죠. 느긋하게 위스키도 한잔하면서. 몸이 달대로 단 남정운은 콧노래를 흥얼대며 준비했을 겁니다. 욕조에 물을 받고, 냉장고에서 수면제가 든 얼음을 꺼냈을 테고요. 잔에 얼음을 넣고 위스키를 따른 후 욕조에 갖고 들어갔겠죠. 남정운은 이혜나를 오매불망 기다리며 위스키를 홀짝였을 겁니다. 하지만 아무리 기다려도 그녀는 오지 않았죠. 얼음이 녹으면서 수면제는 남정운의 몸 안으로 들어갔고요. 그렇게 남정운은 욕조에서 의식을 잃은 거죠. 가정집에 있는 일반 욕조였다면 그저 잠들었다가 깨어났을 수도 있습니다. 일반 욕조에서는 다리를 접거나 욕조 밖으로 올리지 않는 이상 성인 남자의 상체가 완전히 잠기지는 않으니까요. 그렇지만 남정운이 주문 제작한 히노끼 욕조는 그보다 훨씬 큽니다. 본인도 모르게 수면제를 과다 복용하고 의식을 잃은 그는 머리끝까지 욕조 물속에 잠겨 익사했던 겁니다."

이로써 남정운의 죽음 또한 타살로 드러났다. 그는 재난 이전부터 적이 많았던 터라 원한에 의한 살인일 가능성도 컸다. 그럼에도 시윤은 이 사건이 전경석과 연결돼 있을 거라 직감했다. 시윤은 침을 한 번 삼킨 뒤 물었다.

"범행 동기도 자백했습니까?"

"이혜나는 임창민과 다른 생존자들이 시키는 대로 했을 뿐이라고 하더군요."

"임창민과 다른 생존자들은 혐의를 인정했고요?"

"처음에는 완강히 부인하더군요. 이혜나 단독으로 제멋대로 벌인 짓이지 자신들과는 무관한 일이라면서요. 하지만 이혜나가 몰래 녹음했던 녹취록을 들려주자 순순히 실토했습니다."

"그들이 남정운을 죽인 이유가……."

"남정운이 그들을 협박했다고 합니다."

예상치 못 한 말에 시윤의 눈이 가늘어졌다. 남정운이 언제 다른 사람들을 협박했을까? 그가 무슨 약점을 쥐고 있었던 걸까. 협박 도구로 써먹을 만한 약점이라면, 역시 그 일밖에 떠오르지 않았다.

"어떻게 협박했는데요?"

"협박 메일을 받았다더군요. 너희들이 전경석을 살해했다는 사실을 알고 있고 결정적인 증거도 갖고 있다고. 1인당 1억씩 내놓지 않으면 이 사실을 방송국에 폭로하고 경찰에 증거를 넘기겠다는 내용이었다고 하더군요."

"남정운이 정말 증거를 갖고 있었습니까?"

"그의 자택과 사무실 그리고 그가 대여 중인 사설 금고까지 샅샅이 뒤져봤는데 아무것도 나오지 않았습니다."

"허세를 부린 거군요."

"임창민을 비롯한 생존자들도 남정운이 허풍을 친다고 여기고 그를 자살로 위장해 죽인 것 같습니다."

"증거가 없다면 굳이 남정운을 죽일 필요까지는 없었던 거 아닌가요?"

"찔리는 게 있는 만큼 이 사실이 공론화되면 엄청난 파장이 일 테니까요. 전국적인 관심은 물론이거니와 비방과 테러가 난무할 수도 있겠죠. 이런 비화가 있었다는 걸 알게 되면 사실 여부를 떠나 경찰도 가만있을 수 없고요. 재수사에 착수하게 될 수도 있고, 만에 하나 정신이 약한 사람이 있으면 버티지 못하고 자백할 가능성도 있죠. 그렇게 되기 전에 위험 요소를 아예 제거하는 게 낫겠다고 판단했겠죠. 설령 협박에 굴복해 돈을 준다고 해도 이걸로 끝나지 않을 거라는 점도 그를 죽이는 데 결정적으로 작용했을 테고요. 남정운의 죽음을 자살로 완벽하게 위장할 자신도 있었을 겁니다. 실제로 익명의 제보가 없었다면 완전 범죄로 끝날 뻔했으니까요."

"생존자들은 전경석과 남정운 두 명의 살인죄로 기소되는 건가요?"

"남정운의 경우에는 물증이 있는 데다 자백도 한 상태여서 큰 문제 없이 기소할 수 있을 것 같습니다. 문제는 전경석 씨 건이에요. 벌써 1년도 넘은 사건인 데다, 이렇다 할 증거도 없어서요. 임창민도 전경석 씨 건에 대해서는 완강히 부인하는 상태입니다. 증거가 없다는 걸 알고서 어떻게든 빠져나가려 하는 것 같아요. 다른 생존자들도 자신들은 몰랐다거나, 임창민에게 모든 혐의를 전가하는 형국이고요."

"남정운을 죽인 동기가 전경석 사건이지 않습니까. 전경석 살인을 은폐하기 위해 남정운을 죽였으니까요."

"전경석 건은 남정운의 새빨간 거짓말이라고 주장하더군요. 전경석은 사고로 죽은 거라고. 남정운을 죽인 것과는 상관없는 일이라면서요. 임창민은 이전부터 쌓인 원한 때문에 남정운을 죽였을 뿐이라고 주장하고 있어요. 한 번의 살인과 두 번의 살인은 그 무게감이 다를 수밖에 없으니까요. 형량 차이도 꽤 나고요. 그러니 빼도 박도 못하는 죄만 인정하고 입증하기 힘든 살인죄에 대해서는 끝까지 모르쇠로 일관하겠다는 거겠죠."

결국 전경석의 원통함과 억울함은 풀어주기 힘들다는 소리였다. 그래도 그들이 아무 죗값도 치르지 않는 것보다야 낫겠지, 싶으면서도 가슴 한구석이 뻐근해지는 건 어쩔 수 없었다. 사건의 진상을 밝혀준 익명의 제보자가 누구일지 궁금했다.

"결정적인 사진을 보내준 익명의 제보자에 대한 신원은 파악됐나요?"

"본인이 직접 밝히지 않는 한 밝혀내기는 어려울 것 같습니다. 실상을 아는 관계자 중 한 명이 보낸 게 아닐까 추정하고 있습니다만."

"실상을 아는 관계자라면…… 생존자 중 한 명일 거라는 뜻인가요?"

"저희는 그렇게 추측하고 있습니다. 누군가가 양심의 가책을 느낀 건지도 모르죠. 임창민이나 생존자들의 광기가 무서웠을 수도 있고요."

그럴 가능성이 제일 높으리라. 남정운과 이혜나를 미행할 만한 사람도, 그간의 비밀을 아는 사람도 생존자들밖에 없으니까. 그나마 가장 양심적으로 보였던 김광일이 제보자가 아닐까 싶었지만, 입 밖에 내지는 않았다. 전혀 생각지도 못한 인물일 수도 있다. 익명으로 보낸 나름의 이유도 존중해 주고 싶었다. 더불어 제보자의 신변을 보호해 줘야 할 의무도 있잖은가.

머리카락을 손가락으로 꼬는데, 뒤쪽에 던져놓은 휴대폰이 울렸다. 탄식이 폐부에서부터 올라왔다. 두 시간도 안 돼서 또 독촉 전화라니. 악덕 사채업자도 울고 갈 판이었다. 시윤은 벨소리를 무시하기로 마음먹었다. 전화를 받아봤자 좋은 소리를 못 들을 게 뻔했다. 통화를 하다 보면 기분만 상할 테고. 서로를 위해서라도 무시하는 게 낫다. 한참을 울리던 휴대폰은 이윽고 조용해졌다.

시윤은 눈두덩을 지압한 뒤 눈꺼풀을 깜빡거리고는 키보드 자판으로 손을 뻗었다. 정신을 산만하게 만드는 잡생각을 힘겹게 쫓아내며 키보드를 치는 순간, 벨소리가 재차 울렸다. 어렵게 다잡은 의지가 산산조각 났다. 시윤은 툴툴대며 의자에서 일어섰다. 짜증으로 턱 근육이 불끈거렸다. 마지못해 탁자로

가 휴대폰을 집어 들었다. 전화를 받을 생각은 없었다. 아예 휴대폰 전원을 끌 생각이었는데 액정을 본 시윤의 미간이 좁아졌다. 이 실장이 아니었다. 모르는 휴대폰 번호였다. 무시하고 끄려던 시윤은 통화 버튼을 눌렀다. 저장돼 있지 않은 번호는 받지 않지만, 왠지 받아야 할 것 같은 예감이 들었다.

"여보세요?"

"기시윤 작가님이신가요?"

"그런데요. 누구시죠?"

"저 엄현중입니다. 경석이 동창이요."

"아, 현중 씨. 안녕하세요. 잘 지내셨죠? 무슨 일로 연락을……."

엄현중에게서 연락이 올 줄은 몰랐기에 시윤은 얼떨떨했다. 내심 찔리기도 했다. 전경석이 사고로 죽은 게 아니라 살해됐다는 소식을 전하지 못했기 때문이었다. 하지만 엄현중은 뜻밖의 이야기를 꺼냈다.

"다른 게 아니라 문혁이를 만나보고 싶어 하셨잖아요."

"그랬었죠."

"어제 오랜만에 학교 동창을 만났는데 문혁이 근황을 알고 있더라고요. 그 친구를 통해서 연락처도 알아냈고요. 작가님이 알고 싶어 하실 거 같아 전화했습니다."

"잊지 않고 전화까지 주시고 감사합니다."

시윤은 시큰둥한 속내가 드러나지 않게 말투에 신경을 썼다.

이제 와서 김문혁을 만날 필요는 없었다. 그는 전경석의 죽음과 아무 상관도 없었으니까. 게다가 이미 다 끝난 마당 아닌가. 하지만 엄현중이 애써 준 게 고맙고 미안해서 차마 필요 없다는 말을 꺼낼 수가 없었다.

개업한 지 얼마 안 된 카페에서는 알싸한 화학용품 냄새가 떠돌았다. 테이블과 의자는 물론이고 가게 인테리어나 소품도 모두 새것이었다. 테이블은 그리 많지 않았지만, 손님이 거의 없어서 자리는 넉넉했다. 시윤은 화장실 쪽 구석 자리에 앉았다. 고소한 원두 냄새를 만끽하며 매장을 둘러보는데 한 남성이 출입문을 열고 들어왔다. 중간키에 호리호리한 체형이었다. 얼굴도 남자치고는 곱상한 편이었다. 그는 내부를 두리번대더니 시윤 쪽으로 다가왔다. 옆자리에 앉을까 싶어 휴대폰으로 시선을 내리까는데 까칠한 목소리가 고막을 때렸다.

"그쪽이 기시윤 씨?"

시윤은 머리를 들고 눈을 가늘게 떴다.

"김문혁 씨인가요?"

"그러니까 그 쪽한테 말을 걸었겠죠."

상냥함이라고는 눈곱만치도 찾아볼 수 없는 태도였다. 모르는 사람이 봤다면 시비라도 거는 줄 알았을 것이다. 부리부리한 눈빛에서 독기가 엿보였다. 시윤은 일어나 인사를 건네고 뭘 마실 건지 물었다.

"됐어요. 커피 마시면 밤에 잠을 못 자서."

너랑 커피 마시며 노닥거릴 시간은 없다는 소리처럼 들렸다. 역시나 그는 의자에 앉기가 무섭게 용건을 꺼냈다.

"무슨 일로 보자고 한 겁니까?"

말끝마다 귀찮음이 묻어 나왔다. 삐딱하게 다리를 꼬고 앉아 팔짱을 낀 자세도 불량스러웠다. 외모와는 참으로 상반된 성격이다 싶었다. 사실 시윤 자신도 김문혁과 만난 이유를 알 수가 없었다. 프로젝트는 무산됐고 인터뷰 모임도 와해됐다. 더 이상 전경석의 일에 골머리를 싸맬 필요가 없었다. 더욱이 사건은 깔끔하게 해결되지 않았던가. 범인이 정당한 죗값을 받은 건지는 잘 모르겠지만.

어쩌면 찌뿌둥하고 심란한 마음을 깨끗하게 정리하고 싶었던 걸지도 모른다. 이 만남으로 포레그린뷰 재난 사건에 대한 모든 걸 매듭짓고 싶었을 수도 있다. 혹은 전경석에 대한 연민이 발걸음을 이끈 걸지도 모르고. 엄현중의 노고를 모르는 체할 수 없어 예의상 나온 것도 없지는 않았다. 용건을 묻는 김문혁의 말에 시윤은 머리를 쥐어짜다, 전경석에 관한 얘기를 입에 올렸다.

"현중 씨에게 들으셨는지 모르겠지만 포레그린뷰 재난 트라우마에 관한 책을 집필하고 있습니다. 전경석 씨는 유일한 희생자이니만큼 비중 있게 다뤄질 예정이고요. 도움을 좀 받고 싶어서 뵙자고 했습니다."

322

김문혁이 꼰 다리를 풀더니 쓥, 하고 잇새로 소리를 냈다.

"나한테서는 영양가 있는 얘기를 거의 못 들을 텐데. 경석이
랑 그렇게 친한 편은 아니었거든요. 서로 노는 물이 달랐다고
해야 하나. 뭐, 그래도 착한 녀석이었죠. 나랑은 다르게. 가끔
그게 눈꼴시게 보인 적도 있었지만…… 아, 오해는 하지 마세
요. 그렇다고 경석이를 괴롭힌 적은 없으니까. 아무튼 죽었다
는 소식 들었을 때는 마음이 안 좋기는 하더라고요. 아직 앞날
이 창창한 나이잖아요. 그 자식도 참 재수가 없었다고 해야 하
나……"

"듣기로는 졸업 후에는 교류가 없었다고 하던데요."

"그랬죠. 학창 시절에도 가까운 편은 아니었으니까요. 동창
회 아니면 만날 일이 없었죠."

"2년 전쯤 경석 씨가 뜬금없이 문혁 씨에게 연락했다고 들
었습니다. 실례가 안 된다면 경석 씨가 일절 교류도 없었던 문
혁 씨를 무슨 용건으로 찾은 건지 여쭤봐도 될까요?"

쉽게 대답해 줄 거란 예상과 달리 김문혁이 난감하다는 듯이
콧잔등을 찡그렸다.

"그 일은 밝히기가 좀 어려운데…… 경석이는 동창이기도
하지만 제 의뢰인이기도 했거든요."

뜻밖의 말에 시윤은 귀를 쫑긋했다.

"경석 씨가 의뢰인이었다니요? 그게 무슨 말씀입니까?"

"아, 저는 이런 일을 하고 있습니다."

김문혁이 바지 뒷주머니에서 닳고 구겨진 명함을 꺼내 내밀었다. 명함에는 그의 이름과 함께 흥신소라는 단어가 박혀 있었다.

"경석 씨가 문혁 씨한테 일을 맡기려고 연락했었다는 겁니까?"

"그렇죠. 제가 흥신소에서 일한다는 소문을 들었다며 일을 의뢰하고 싶다고 하더라고요."

"무슨 일을 의뢰했는데요?"

김문혁이 혀를 찼다.

"알만한 분이 왜 이러실까. 구멍가게보다 작은 흥신소지만 우리도 지킬 건 지킵니다. 그 녀석도 제 고객이었다고요. 고객 정보를 아무한테나 떠벌릴 수야 없죠. 경석이의 프라이버시가 달린 문제이기도 하고."

비단 이 업계뿐만 아니라 어떤 회사든 고객 정보에 대한 비밀 엄수는 기본이다. 아무리 음지의 세계에서 활동한다 해도 의뢰인의 정보를 유출할 리는 없다. 의뢰라고 해봤자 별거 아니었을 것이다. 지극히 사적이고 막상 들으면 김이 팍 새는 그런 의뢰였겠지. 포레그린뷰 재난과는 어떤 연관도 없을 테고. 의뢰 시기가 재난 발생 한참 전이기 때문이었다. 그런 생각 한편으로 전경석이 무슨 의뢰를 했을지 몹시도 신경 쓰였다.

"제가 실수했군요. 그럼 어떤 종류의 의뢰였는지만이라도……."

"뭐, 적정한 대가를 지불한다면 말해줄 용의도 있고요."

김문혁이 비릿한 웃음을 흘렸다. 시윤의 입에서 얼빠진 헛웃음이 새어 나왔다.

"고객에 대한 신의를 지켜야 한다더니……."

"경석이는 이 세상 사람도 아니니까. 요즘 일이 없어 좀 궁하기도 하고."

불법 거래에 연루된 것 같은 찜찜함은 둘째 치고 돈만 버릴 것 같았지만 시윤은 끝내 호기심에 무릎을 꿇었다. 지갑에서 돈을 꺼내 건네자마자 대답을 재촉했다.

"전경석 씨가 무슨 의뢰를 했습니까?"

"아버지를 찾아달라고 하더군요."

"전경석 씨와 절연한 부친 말인가요? 중학생 때 모친과 이혼한?"

"저도 그 사람을 말하는 줄 알았는데 아니더라고요. 생부를 찾아달라고 했어요."

"생부요?"

생각지도 못한 이야기에 시윤의 목소리가 뒤집혀 나왔다.

"자기를 낳아준 아버지요. 경석이의 생물학적 친부."

"그럼 절연했다던 아버지는 누구죠?"

"저도 경석이한테 들은 이야기인데 의부라고 하더라고요. 어머니가 미혼모였대요. 아버지 없이 경석이를 낳은 거죠. 경석이가 막 돌이 지났을 무렵 어머니가 의부를 만난 거고요. 1년 후에 결혼하면서 경석이를 자기 호적에 올리고 친자식처럼 키웠나 봐요. 몇 년 후에 친아들인 경석이 동생이 태어났고요."

"경석 씨도 그 사실을 알고 있었나요?"

"몰랐대요. 어머니는 물론 의부도 그런 사실을 일절 말하지도, 내색하지도 않았대요. 경석이도 그 일이 있기 전까지는 그가 친부라 믿어 의심치 않았다더군요."

"그 일이라면 설마?"

"물놀이 사고로 경석이 동생이 사망한 일이요. 단란했던 가정에 갑작스럽게 비극이 찾아온 후, 부모님이 싸우는 걸 우연히 엿듣게 됐나 봐요. 그때 아버지가 술김에 해서는 안 될 말을 했나 보더군요. 당신 아들이 내 아들을 죽게 했다고. 이럴 줄 알았으면 경석이를 내 호적에 올리는 게 아니었다고."

충격적인 이야기에 시윤은 머리가 어질어질했다. 엄현중이 했던 말이 생각났다. 절연했다지만 아무리 그래도 자식이 죽었는데 장례식장에 코빼기도 안 비추는 건 너무하지 않느냐고. 전경석이 친아들이 아니었기 때문이었다. 더욱이 피 한 방울 안 섞인 남의 자식이 자신의 진짜 핏줄을 죽였다고 여겼다면, 원망스럽기 짝이 없을 터였다. 둘째가 세상을 떠났더라도 전경석이 친아들이었다면 이혼하지 않았을지도 모른다. 어린 전경석이 받았을 상처가 얼마나 컸을지 좀처럼 가늠이 되지 않았다.

"이제 와서 왜 갑자기 친부를 찾은 거죠?"

"언젠가는 어머니한테 물어볼 생각이었다고 하더군요. 만날 생각은 없지만, 아버지가 어떤 사람인지 궁금하다고요. 근데 어머니 치매가 악화한 탓에 들을 길이 없어진 거죠. 그래서 나한테 의뢰한 겁니다. 친부를 찾아달라고."

"그래서요. 전경석 씨 친부를 찾았나요?"

"고생을 좀 하긴 했지만 찾았죠."

가구라고는 단순한 디자인의 응접 테이블과 안락한 소파 그리고 소품용 탁자가 전부였다. 대화와 상담에 집중할 수 있도록 가구 배치를 최소화한 것 같았다. 벽 쪽에 붙어있는 소품용 탁자에는 꽃병과 풍경화, 갑티슈가 가지런히 놓여있었다. 그 옆에는 따스한 느낌을 주는 스탠드형 전등갓이 덩그러니 서있었다. 아늑한 분위기를 조성하기 위해 소품도 신경 써서 고른 티가 났다. 시윤은 작게 숨을 쉬며 초조한 마음을 다잡았다. 상담은 처음이다 보니 긴장감으로 목덜미가 뻣뻣하게 굳어있었다. 상담이 제대로 될지는 의문이었지만. 주머니에서 휴대폰을 꺼내 시간을 확인하려는 찰나 상담실 문이 열렸다. 조찬식이 활기찬 발걸음으로 다가오더니 손을 내밀었다. 사무적으로 악수를 주고받은 후에 마주 앉자마자 그가 싱글거렸다.

"작가님이 상담 신청을 하실 줄은 몰랐습니다. 다시는 저를 찾아오시는 일이 없을 줄 알았는데요."

"원장님께 실망한 건 사실이지만 이쪽 분야에서 원장님만 한 권위자도 없으니까요. 상담받기로 결심한 거, 이왕이면 실력 좋은 선생님께 받고 싶었습니다."

"과찬입니다. 제가 다른 상담사보다 특출하게 뛰어난 건 아닙니다. 그저 내담자들의 이야기에 더 귀 기울이고 공감해 주려고 애쓸 뿐이지요."

"원래 가장 쉬워 보이는 일이 가장 어려운 법이죠."

다리를 꼰 조찬식이 가져온 태블릿을 왼쪽 팔로 받쳐서 들었다. 제스처만으로도 전문가의 포스가 물씬 풍겼다.

"그럼 시작해 볼까요?"

"무슨 이야기부터 하면 될까요?"

"아무 얘기나 상관없습니다. 하고 싶은 얘기부터 하시면 됩니다. 사소한 일상 얘기도 괜찮고, 마음에 담아뒀던 일 등 뭐든 괜찮으니 편하게 말씀하세요."

"음……. 그러면 제 딸 이야기부터 할까요?"

"일전에 언급하셨던 따님 말이요? 현재 투병 중이라던?"

입술 끝을 씹으며 머뭇대던 시윤은 가슴속 깊은 곳에 묻어뒀던 상처를 파냈다.

"실은 수연이는 큰 딸입니다. 저에게는 수민이라는 둘째 딸이 한 명 더 있었습니다."

"있었다고요? 그렇다면……."

"수민이는 아주 어렸을 때 세상을 떠났습니다. 물놀이 사고로요."

조찬식의 눈이 살짝 커졌다. 그가 위로의 말을 건넸다.

"저런……. 무슨 말씀을 드려야 할지……. 상심이 크셨겠습니다."

시윤은 대꾸 없이 조찬식을 빤히 쳐다봤다. 민망해할 정도로. 뭔가 이상한 낌새를 감지한 조찬식이 입을 떼려는 찰나 시윤이 선수를 쳤다.

"원장님이 저를 콕 집어 선택한 이유도 수민이 때문이었겠죠?"

"네? 그게 무슨 말씀인지?"

정곡을 찔렀는지 조찬식의 목소리가 갈라져 나왔다.

"첫 대면에서 포레그린뷰 재난 프로젝트를 이끌어줄 적임자는 저밖에 없다고 말씀하셨죠. 제 글솜씨와 글 속에 내재한 감수성에 큰 감명을 받았다고 추켜세우면서요. 그저 입에 발린 소리였겠죠. 제가 선택된 건 자식을 물놀이 사고로 잃은 부모이기 때문이었어요. 전경석 씨와 수민이는 익사 사고로 사망했다는 공통점이 있으니, 제 눈에 그 둘이 겹쳐 보일 거라 여겼겠죠. 어떤 난관이 닥쳐도 쉽게 나가떨어지지 않고 끈기 있게 프로젝트에 매달릴 거라 판단했을 테고요. 그의 죽음에서 의문점을 발견하면 집요하게 파고들 거라고 확신했을 겁니다. 딸의 죽음을 막지 못한 죄책감을 그에게 투영시킬 테니까. 물놀이 사고로 자식을 잃은 작가는 제가 유일했기에 꼭 저를 뽑아야 했던 겁니다. 아닌가요?"

묵묵히 이야기를 듣던 조찬식이 머리를 조아렸다.

"말씀하신 대로 작가님의 아픈 과거에 대해서는 사전에 인지하고 있었습니다. 작가님을 섭외하는 데 따님을 잃었다는 경험이 있다는 게 큰 영향을 미친 것도 사실이고요. 뭐라고 사죄의 말씀을 드려야 할지 모르겠네요. 작가님의 고통스러운 가정사를 제 학술적인 욕심을 위해 악질적으로 이용했다고 여기실 만도 합니다. 죄송합니다."

"단지 학술적인 욕심 때문이라고요?"

"물론 전경석이라는 내담자에 대한 흥미도 크게 작용했습니다."

"그가 단순히 흥미로운 연구 대상이라서 이 모든 일을 벌인 게 아닐 텐데요."

시윤의 눈이 예리하게 번득였다.

"그게 무슨?"

"전경석 씨가 원장님의 아들이기 때문이죠."

갑작스러운 폭로에 조찬식의 몸이 딱딱하게 경직됐다. 눈을 지그시 감았다 뜬 그가 더는 부인할 수 없다고 여겼는지 순순히 수긍했다.

"그걸 어떻게 아셨나요?"

"흥신소를 운영하는 전경석 씨 친구를 통해 확인했습니다. 전경석 씨가 생부를 찾아달라는 의뢰를 했었다고 하더군요. 그가 가까스로 찾아낸 전경석 씨의 생부는 제 앞에 있는 조찬식 원장님이고요."

조찬식이 회한이 깃든 숨을 깊이 토해냈다. 시윤이 물었다.

"전경석 씨가 내담자로 왔을 때 바로 알아보셨습니까? 원장님의 핏줄이란 걸 말입니다."

"그럴 리가요. 상상도 못 했습니다. 조금 놀라기는 했죠. 옛 인연과 무척이나 닮아서요. 하지만 닮은 사람이라고 여겼을 뿐, 모자지간일 거라고는 생각하지 못했습니다. 가족관계를 살펴보고 나서야, 경석이가 그녀의 아들이라는 걸 알았죠. 하지만 그때까지도 경석이가 제 자식일 거라고는 꿈에도 생각하지 못했습니다. 그녀가 딴 남자와 결혼해서 낳은 아들일 거라고 여겼죠. 근데 상담 중에 경석이가 자신은 아버지가 없다고 하더군요. 어렸을 때 동생이 죽은 후 부모님이 이혼했고 아버지와는 절연했다면서요. 안타까운 가정사를 다 듣고 난 뒤에야 뭔가 심상찮은 느낌이 들었습니다. 그래서 개인적으로 뒷조사를 해봤고 경석이가 내 핏줄일 수도 있다는 걸 알게 됐습니다."

"심리상담 봉사활동을 가는 곳도 최인숙 씨가 계신 요양병원이죠? 치매 환자인 최인숙 씨는 가까운 사람조차 못 알아봤어요. 일면식도 없는 남을 가족으로 오인하는 일도 흔했고요. 간호사 선생님도 그와 유사한 증언을 해주셨죠. 처음 보는 병원 직원을 경석이라고 한다거나, 외부에서 봉사활동 온 선생님을 애아빠라고 부른 적이 있었다고. 애아빠로 불린 선생님이 조찬식 원장님이죠? 최인숙 씨는 심각한 기억 장애를 앓는 와중에도 무의식적으로 원장님만은 알아본 겁니다."

조찬식의 얼굴에 고통과 비애가 뒤섞인 주름이 자글자글
졌다.

"경석이가 내 아들이 맞는지 직접 묻기 위해 그녀의 행방을
찾았습니다. 수소문 끝에 요양병원에서 마주했지만, 그녀는 저
를 전혀 알아보지 못했어요. 근데 아주 찰나의 순간 저를 애아
빠라고 부르더군요. 곧바로 눈이 탁해지며 낯선 사람 취급했지
만요. 그때 확신했습니다. 경석이가 내 아들이 맞는다는 걸."

"최인숙 씨와는 무슨 사이였던 겁니까?"

"제 목숨만큼 사랑했던 사람이었습니다. 결혼하려고 했지만,
저희 집안의 반대로 무산되고 말았죠. 부모님과 연을 끊는 한
이 있어도 그녀와 함께하려 했는데…… 어머님이 자살 소동까
지 벌이는 바람에 헤어질 수밖에 없었습니다."

"헤어질 당시 최인숙 씨가 임신 중이란 사실을 모르셨습니
까?"

"그때 당시에는 전혀 몰랐습니다. 그녀가 임신했었다는 건
몇 년 후에야 우연히 알게 됐죠. 어머니가 낙태를 종용했었다
는 것과 그녀가 별수 없이 애를 지웠다는 사실도요. 몰랐다고
는 하지만 그녀와 아기를 지켜주지 못한 자신이 몹시 한심하고
부끄러웠습니다. 뒤늦게라도 그녀를 책임질 수 있는 상황도 아
니었습니다. 저는 이미 집안에서 정해준 사람과 결혼한 상태였
으니까요. 용서라도 구하고 싶어 백방으로 수소문하던 중 그녀

가 가정을 꾸렸다는 걸 알게 됐습니다. 아기가 있다는 것도요. 그제야 안심이 되더군요. 멀리서 행복하게 살길 빌어줬는데 그 아기가 제 아이였을 줄이야…….”

“전경석 씨는 상담 중에 밝히지 않았던 건가요? 자신이 원장님의 친자식이란 사실을요.”

“말은커녕 그런 낌새조차 전혀 드러내지 않았습니다. 내담자와 상담사, 그 이상도 이하도 아니었어요.”

“원장님은요? 왜 말하지 않았죠?”

“이제 와서 내가 네 아버지라고 밝히기에는 면목이 없었습니다. 이제껏 그 애를 챙겨주기는커녕 존재조차 모르고 있었었으니까요. 뭣보다 경석이가 무슨 마음으로 저를 찾아온 건지 알 수 없는 상태에서 먼저 제 정체를 밝히는 게 두려웠습니다. 게다가 저는 이미 가정과 자식이 있는 몸이니까요.”

조찬식의 얼굴이 자괴감으로 일그러졌다.

“전경석 씨는 눈치를 못 챈 거 같던가요? 두 사람이 부자지간이라는 걸 원장님이 알고 있다는 사실을요.”

“눈치챈 것 같기도 했습니다. 제가 만년필을 선물하는 등 필요 이상으로 잘 챙겨줬으니까요. 언젠가부터 부담스러운 기색을 보이는가 싶더니 발길을 끊더군요.”

“경석 씨에게 연락하거나 찾아가 보지는 않으셨고요?”

“그럴 수가 없었습니다. 경석이가 원하는 건 부자 관계의 회복이 아닐 수도 있으니까요. 단순한 호기심 때문에 생부를 찾아본 걸 수도 있잖습니까. 얼굴 몇 번 본 걸로 됐다고 여겼을 수도 있죠. 막상 만나보니 괜히 찾아왔다면서 실망한 건지도 모르고요. 이만하면 됐다고 여겨서 상담을 중단했을 수도 있어요. 그런 상황에서 제 감정만 앞세울 수는 없는 노릇이었습니다. 그렇게 차일피일 애만 태우고 주저하다 용기를 내 경석이를 찾아가 봐야겠다고 다짐했을 때, 재난이 발생했죠. 그 뒤로는 작가님도 다 아는 내용입니다."

조찬식이 눈에 차오른 물기를 손등으로 훔쳤다. 30여 년 만에 나타난 아들을 잃은 그가 안쓰러웠지만 심문을 멈출 수는 없었다.

"그래서 아들의 복수를 하신 건가요?"

"복수라……. 왜 그렇게 생각하시는 겁니까?"

"원장님은 경석 씨의 죽음에 강한 의문을 느꼈어요. 물에 대한 트라우마가 있는 아들이 자진해서 침수구역을 수색했을 리가 없으니까요."

"그건 이미 다 드러난 사실 아니던가요? 경석이가 생존자들에게 살해당한 건 진실이에요. 자신들의 생존율을 높이기 위해 잔인하게 경석이를 죽였죠. 단순히 정원 중량이 초과한다는 이유만으로."

싸늘한 어조에서 생존자들에 대한 강렬한 분노가 느껴졌다.

"맞습니다. 그래서 원장님은 그들을 벌하기로 한 겁니다. 남정운을 죽여서."

"남정운을 죽인 건 생존자들이지, 제가 아닙니다."

"실행은 그들이 했지만, 원장님이 놓은 덫에 걸려든 거죠. 남정운이 살인 공모에서 제외됐다는 사실도 원장님은 진작 알고 계셨죠?"

"제가 그걸 어떻게 알겠습니까? 전 모든 범죄 사실이 공개된 이후에……."

"상담실에 초소형 녹음기나 도청 장치를 설치했겠죠. 원장님은 첫날부터 모든 인터뷰 내용을 도청하고 있었던 겁니다. 저는 집단 인터뷰뿐만 아니라 원장님과의 대화도 녹음해 왔습니다. 어제 원장님과 했던 대화를 다시 들어보다 이상한 점을 발견했죠. 불참자가 생긴 날, 저는 불참자가 세 명이 있다고 말했을 뿐 그게 누구인지는 밝히지 않았어요. 근데 대화 막바지에 원장님이 그러더군요. 불참자 설득을 해보고 안 되면 남정운 씨부터 직접 만나보겠다고."

조찬식의 흔들림 없는 모습에 조바심이 난 시윤은 계속해서 몰아붙였다.

"경석 씨가 자기 구역이 아닌 데서 사망해서 놀랐다고 하는 남정운의 말도 엿들었겠죠. 그때 남정운은 말실수한 듯 보였지만, 고의로 폭로한 걸 겁니다. 왜? 그는 전경석 씨를 죽이자는 모의에 끼지 않았으니까요. 하지만 남정운도 살인 모의에 대해 알고 있었을 겁니다."

"남정운은 그 자리에 없었다고 하지 않으셨나요?"

"맞습니다. 그들은 남정운을 살인 모의에서 배제했어요. 그를 믿지 못했으니까요. 더불어 살인사건으로 밝혀질 경우를 대비한 보험이기도 했죠. 남정운이 가장 유력한 살인 용의자가 돼줄 테니까요. 남정운은 수색 구역이 정해진 뒤 제일 먼저 자기 구역으로 내려갔어요. 혹시나 담당 구역을 다시 정하자는 말이 나오기 전에 자기 구역을 맡아놓는 게 상책이다 싶었겠죠. 하지만 가던 중에 아차, 싶었던 겁니다. 자기가 없는 틈에 본인에게 목표를 주자는 담합이라도 할까봐. 그래서 몰래 돌아와 그들의 대화를 엿들은 겁니다."

조찬식이 반박에 나섰다. 자기변호를 위해서라기보다는 사실 관계를 재검토하는 듯한 뉘앙스였다.

"남정운이 그 사실을 알고 있었다면, 살인범으로 몰렸을 때 왜 가만히 당하고만 있었던 거죠? 그 내용을 폭로하면 누명을 벗을 수 있었을 텐데."

"두 가지 이유가 있습니다. 첫 번째, 사람들이 그를 살인범으로 몰아세웠지만, 그 이상 뭘 어떻게 할 수 없었던 이유와 같습니다. 바로 결정적인 증거가 없었다는 점이죠. 내가 아니라 저 인간들이 전경석 살인 모의를 하는 걸 들었다고 주장해도 그게 살인의 증거가 되지는 못해요. 일방적인 주장일 뿐이죠. 게다가 그의 평판이 최악이라는 점도 매우 불리하게 작용할 겁니다. 그가 아무리 진실을 부르짖어봤자 과거 행실 탓에 양치기 소년 취급을 당할 게 뻔하죠. 두 번째, 결국 그도 전경석 씨의 살인에 동의한 거나 마찬가지라는 점이에요. 살인 공모를 듣고 적극적으로 제지하지 않았으니까요. 그 또한 내심 쾌재를 불렀을 겁니다. 전경석이 죽으면 본인이 살 수 있으니까요. 모든 사실이 밝혀진다면, 전경석이 살해당할 걸 알았으면서도 왜 막지 않았느냐는 비난을 면할 수 없어요. 자칫 잘못하면 살인 방조죄로 체포될 수도 있죠. 이런 점들 때문에 굳이 말하지 않은 거예요. 도리어 생존자들이 진실을 덮으려고 기를 쓰고 자신에게 누명을 뒤집어씌우는 걸 보면서 즐겼을지도 모릅니다. 자신은 진실을 다 알고 있으니까요."

"그래서 생존자들이 남정운을 죽였나 보군요. 그가 진실을 알고 있다는 걸 눈치챘기 때문에."

"생존자들이 익명의 협박 메일을 받았다고 하더군요. 각자 1억씩 내놓으라고요. 너희들이 살인자라는 비밀을 폭로하지 않는 조건으로."

"결국 돈이 목적이었던 거군요."

"아니요. 그 메일을 보낸 사람은 남정운이 아닙니다. 원장님이죠."

조찬식은 긍정도 부정도 하지 않고 초연한 눈으로 시윤을 마주 봤다.

"원장님은 격분했을 겁니다. 30년 넘게 존재하는지도 몰랐던 아들이 억울하게 살해당했다는 사실에. 하지만 그들을 벌할 방법이 없었죠. 증거가 없었으니까. 고민 끝에 다른 죄목으로

337

라도 첫값을 치르게 해주려고 남정운을 미끼로 사용한 겁니다. 남정운을 죽이면 살인죄로 잡혀 들어갈 테니까요. 원장님은 남정운인 척, 협박 메일을 보냈겠죠. 그들은 원장님의 예상대로 움직였어요. 어디로 튈지 모르는 남정운을 제거했으니까요. 물론 증거 확보는 철저히 해놓으셨겠죠. 경찰이 받은 익명의 우편물도 원장님의 작품 아닌가요?"

조찬식은 무거운 짐을 내려놓은 듯한 표정으로 입을 열었다.

"사람 보는 눈이 아직 죽지는 않았군요. 작가님을 섭외할 때부터 이렇게 될 줄 알았던 것 같기도 합니다. 말씀하신 대로 우편물은 제가 보냈습니다. 생존자들에게 협박 메일을 보낸 것도 저고요."

시윤이 탄식하며 말했다.

"꼭 이렇게까지 하셔야 했나요?"

"평생 아무것도 해주지 못한 못난 아비가 해줄 수 있는 게 이것밖에 없었으니까요."

"남정운까지 죽게 할 필요는 없었던 것 아닌가요? 그의 인간성이나 그간의 행실과는 별개로 그는 살인 모의에 가담하지 않았잖습니까."

"제 눈에는 남정운도 생존자들과 크게 다를 바 없었습니다. 작가님 말대로 경석이가 죽을 거란 걸 알면서도 말리거나 도와주지 않았으니까요. 본인의 생사가 달린 투표 건에서는 눈을 희번덕대며 반발했으면서, 경석이를 죽이자는 공모에는 입에 지퍼를 채우고 잠자코 있었어요. 그건 살인에 찬성하고 가담한 거나 마찬가지예요. 그리고 저는 그들에게 남정운을 죽이라고 부추기거나 협박하지 않았습니다. 그들의 인생을 망친 건 그들 자신입니다. 저는 오히려 그들에게 기회를 준 겁니다. 남정운을 살해해 입막음하는 방법 외에도 자수라는 다른 선택지가 있었으니까요. 하기야, 자수할 사람들이었다면 애당초 경석이를 죽이지 않았겠죠."

논리적으로 틀린 말은 아니었지만 비뚤어진 심연을 들여다보는 기분이었다. 반박할 수 없어 속이 답답한 건지도 모르지만. 조찬식이 계속 말했다. 담담한 어조였지만 그래서 더 격정적인 통곡으로 느껴졌다.

"한 치 앞도 알 수 없는 극한의 재난 상황. 언제 어떻게 죽을지 모른다는 공포 앞에서는 제정신을 유지하기 힘들겠죠. 그런 걸 이해 못 하는 건 아닙니다. 본인 목숨이 태풍 앞의 촛불인 상태에서 타인의 생명을 구하거나 돕는 건 쉽지 않은 일이죠. 그렇기에 위험에 빠진 조난자를 구하지 않거나 외면한다 해도 감히 손가락질할 수 없는 법이고요. 그런 특수성을 고려해 재난 상황에서 구명 활동을 하지 않아도 법적 처벌을 받지 않더군요. 살기 위해서라면 무슨 짓이라도 불사하는 게 모든 동물의 본능이라는 건 잘 알고 있습니다. 그럼에도 그들이 다른 방식으로 경석이를 보내줬더라면……. 차라리 경석이를 투표로 뽑아서 낙오시켰다면 담담히 받아들였을 겁니다. 최소한 그 애에게 자신이 죽어야 하는 까닭과 명분이라도 알게 해줬더라면 말이죠. 자신의 삶을 스스로 마감하고 정리할 시간을 줬다면 이렇게까지 하지 않았을 겁니다. 투표로 경석이가 뽑혔는데, 그가 불복해서 죽였다면 그들로서도 어쩔 수 없었겠다면서 이해해 보려 노력했을 겁니다. 그러나 그들은 사전에 어떤 설명이나 부탁 혹은 협의도 없이 경석이의 목숨을 앗아갔어요. 그것도 그 애가 가장 무서워하고 괴로워하는 방법으로. 그들의 눈에 경석이는 그저 숫자로만 보였던 겁니다. 자신들에게 치명적이고 위협적인, 어떻게든 덜어내야만 하는 숫자. 본인들의 생존에 마이너스일 뿐인 인간이었던 거죠."

시윤은 어쭙잖은 훈계를 늘어놓을 수가 없었다. 그럼에도 경찰에게 수사를 맡겼어야 했다거나, 사적 제재는 법치주의의 근간을 뒤흔드는 행위라는 등의 고지식한 소리를 들먹일 수도 없었다. 자식을 원통하게 잃은 아버지 앞에서 입바른 소리를 해봤자, 무슨 소용이 있겠는가. 만약 수연이가 전경석과 같은 일을 당한다면, 시윤은 과연 사회가 정해준 법칙에 따라 이성적으로 대처할 수 있을까. 자신이 없었다.

그런 자들이 온당한 죗값을 치르지 못한다면 아마 조찬식과 비슷한 길을 걸을 수도 있다. 아니, 더 처절하고 악독하게 응징할지도 모른다. 머리로는 그러면 안 된다는 걸 알면서도 가슴으로는 조찬식의 편에 설 수밖에 없었다. 생존자들로서는 그게 최선이었을지도 모른다. 그들에게는 가장 합리적인 선택이었

을 수도 있다. 임창민도 비슷한 말을 하지 않았던가. 삶과 죽음
이 교차하는 아수라장에서 살인은 그저 생존 수단일 뿐이라고.
어쩌면 조찬식도 본인의 생존을 위해 이렇게 몸부림친 것인지
도 모른다. 영혼의 생존을 위해. 하고 싶었던 말을 다 쏟아냈는
지 후련해진 표정으로 조찬식이 몸을 일으켰다.

"어디를 가십니까?"

"경찰서에 갑니다. 마무리를 지어야죠. 저도 언젠가는 죗값
을 치를 날이 올 거라고 생각했습니다. 생존자들의 범죄 행각
이 드러나고 결국 심판을 받게 된 것처럼요. 저라고 예외일 수
는 없겠죠. 그날이 이렇게 빨리 오게 될 줄은 몰랐지만요. 차라
리 작가님에게 들켜서 잘됐다 싶습니다."

시윤은 뭐라고 말해야 할지 알 수 없었다. 안타까웠지만 이
또한 그의 생존 방식일 테니 존중해 줘야겠지. 머리를 숙인 뒤
몸을 돌리던 그가 돌연 시윤을 돌아봤다.

"심리상담사가 아닌 자식을 잃은 부모로서 한 가지 말씀드
리고 싶은 게 있습니다."

"무슨 말을……."

"망설이지 말고 딸에게 먼저 다가가세요. 세상 사람 모두가
등을 돌릴지라도, 작가님만은 딸을 믿어주세요. 그리고 필요로
할 때 곁에 있어주세요. 저처럼 평생 후회하지 마시고."

상담실을 나가는 조찬식의 뒷모습이 몹시도 작고 쓸쓸해 보
였다. 상념에 잠겨있던 시윤은 휴대폰을 꺼내 전화를 걸었다.

경미가 전화를 받자마자 말했다.

"나야. 다음 주에 그쪽으로 넘어갈게. 수연이가 보고 싶어.
수연이 곁에 있어주고 싶어."

끝

마이너스 인간

초판 1쇄 인쇄 2025년 4월 23일
초판 1쇄 발행 2025년 4월 30일

지은이 염유창
펴낸이 김문식 최민석
총괄 임승규
편집장 조연수
편집 백승민 이혜미 김지은
　　　김민혜 박지원
마케팅 조아라
디자인 배현정

펴낸곳 (주)해피북스투유
출판등록 2016년 12월 12일 제2016-000343호
주소 서울시 서대문구 신촌로 25-1 보고타워 4층
전화 02)336-1203
팩스 02)336-1209